# ROUGE

## Tome 1 : Le Cercle de Couët Krann

De la même autrice :

Rouge

Tome 1 : Le Cercle de Couët Krann
Tome 2 : La Montagne d'Abranas

**Muriel Ferwerda**

# Rouge

## Tome 1
## Le Cercle de Couët Krann

**Marathon Éditions**

Marathon Éditions
5 rue Aldebert
13 006 Marseille
marathoneditions@gmail.com
www.marathoneditions.fr

ISBN 979-10-97570-91-0
Dépôt légal mars 2022

TERRE
D' ESCALON
OCÉAN
SIMADÉSIA
Chaussée
des Elfes
CITÉ
D'ARLIX
Île de Blangerval
ROYAUME
DE BLANGERVAL
CÔTE DE CALADRE
Belredon
Bourg
Dun
Temple de l'Harmonie
Lac de Nokor
Cercle de
Couët Krann
Caverne de
Raflanel
OÛME
DES GNOMES
FORÊT DE
CHEVIREUIL
BOIS
DE SELVIA
Repère de Darakchan
CITÉ DE CARTAME
ROYAUME
D'ABRANAS

TERRE D' ESCALON
OCÉAN
CITÉ D'ARLIX
Île de Blangerval
ROYA
DE BLAN
CÔTE DE CALADRE
Belredon
Bourg Dun
Temple de l'Harmonie
Lac de Nokor
Cercle de Couët Krann
Caverne de Raffanel
OÛME DES GNOMES
FORÊT DE CHEVIREUIL
BOIS DE SELVIA

SIMADÉSIA
Chaussée
des Elfes
UME
GERVAL
Repère de Darakchan
CITÉ DE CARTAME
ROYAUME
D'ABRANAS

# Prologue

Ce récit commence en une époque lointaine, alors que la Terre d'Escalon était encore peuplée de nombreuses créatures, aujourd'hui disparues.

Les Elfes immortels vivaient éparpillés partout sur le continent, dans les endroits les plus secrets, les vallons les plus reculés, les forêts les plus profondes. Pourtant, tous leurs cœurs continuaient de battre au rythme de Simadésia, le berceau de leur espèce. Chacun d'entre eux naissait sur cette île sacrée, mère de tous les Elfes, et revenait y mourir un jour.

Les Nains habitaient reclus sous la montagne, au sein même des grottes et des souterrains qu'ils avaient creusés de leurs mains.

Les cruels Gobelins, jadis un grand peuple conquérant, avaient été vaincus par l'alliance des Elfes et des Hommes, les survivants bannis, exilés loin de toute autre civilisation, sur le plus petit des quatre satellites de la Terre d'Escalon : la lune noire.

Les Gnomes constituaient par leur nombre le deuxième plus grand peuple, après celui des Hommes. Ils vivaient partout sur le continent, en colonies d'une cinquantaine d'individus. Leur petite taille autant que leur mode de vie très naturaliste rendaient leur présence presque indécelable, et si les Elfes entretenaient encore de bonnes relations avec les Gnomes des forêts de l'ouest, les Hommes avaient oublié jusqu'à l'existence de ceux qui vivaient dans les recoins les plus secrets de leurs royaumes.

Le dernier peuple était celui des Hommes, la plus jeune de toutes les espèces ; la plus imprévisible et la plus impétueuse aussi. Les Hommes avaient partagé leurs territoires en royaumes prospères en les délimitant par des frontières naturelles, terrestres ou maritimes. Pourtant, ils guerroyaient entre eux depuis toujours, pour agrandir ou défendre leurs terres, laver une offense, conquérir ou ravir une femme. De tout temps, les Hommes s'étaient adonnés à la guerre.

Cette histoire débute en temps de paix, lorsque la douceur de vivre semble soudain agitée par les premiers remous qui annoncent une grande tempête. Les royaumes du Sud venaient de passer une décennie sans conflits, un long sursis à l'échelle de la courte vie des Hommes, obtenu par de judicieuses alliances, successions et mariages. La paix découlait aussi de l'éradication du plus grand fléau de ces temps : les hordes de Gobelins qui se terraient jadis dans les montagnes et menaient des assauts inattendus et sanguinaires dans les hameaux isolés.

Le roi Darleon du royaume de Blangerval, à l'est de la Terre d'Escalon, avait réussi, dans sa jeunesse, l'exploit d'exiler ces peuplades de monstres sur la lune noire, le plus petit des quatre satellites qui illuminaient le ciel nocturne. Avec le sorcier Peyrus qui l'avait créé, il était le seul Homme à connaître le secret du portail magique qui reliait la Terre d'Escalon à sa lune noire.

Mais la paix des Hommes est fragile et l'ambition d'un seul suffit à embraser un continent.

Le petit royaume de Blangerval, constitué de l'île du même nom et d'une large bande littorale sur le continent, vit accéder à la tête de son conseil un jeune homme influent, sorcier et guérisseur, nommé Darakchan. Celui-ci réussit à convaincre le roi et ses ministres de la nécessité de modifier profondément les arcanes de la société, sous prétexte de défendre des valeurs morales en déperdition. Il jugeait certaines coutumes ancestrales dissolues et contraires à l'éthique, et fit promulguer de nouvelles lois pour abolir ces pratiques archaïques. Il ne servait en réalité que ses intérêts personnels et son immense soif de pouvoir.

La mutation commença dans la cité royale d'Arlix, sur l'île de Blangerval.

Pour mieux y asseoir son emprise, Darakchan soumit la population à sa tyrannie, usant de l'ignorance et de l'obscurantisme. Cependant, pour éviter une révolte qui aurait risqué de renverser la royauté, il résolut de porter ses efforts sur une partie du peuple seulement, celle dont il était sûr qu'elle ne prendrait pas seule les armes contre le pouvoir en place : les femmes.

Les femmes ne se rebelleraient pas, du moins pas tant que les hommes ne leur apporteraient pas leur soutien.

Alors que les lois du royaume ne faisaient jusque-là que peu de distinction entre les droits des uns et des autres, les femmes se virent brusquement mises au ban de la société. Sous prétexte de bienséance, elles n'eurent plus le droit d'apprendre ni d'exercer un métier, plus l'autorisation de sortir sans être accompagnées d'un chaperon, père, frère ou mari. Les cultes ancestraux des déesses de la fertilité et de la famille furent abolis. Les célébrations publiques et les rassemblements de population interdits, car l'exhibition des dames dans leurs atours de fête était désormais contraire à la vertu.

Le roi et ses ministres ne protestèrent pas, endoctrinés par le sorcier. Seul le prince héritier du trône tenta de s'opposer à Darakchan, mais sa vie fut bientôt menacée et sans soutien, il choisit de s'exiler avec quelques fidèles sur le continent, dans la partie du royaume qui n'était pas encore sous le contrôle du tyran.

En quelques mois, la capitale et les hameaux alentours furent métamorphosés. Partout régnait un climat de peur et ceux qui tentèrent de braver les nouvelles lois le payèrent de leur vie. La première victime fut une vieille doula, une des femmes qui assistent les futures mères lors de leurs accouchements. Alors qu'elle se rendait auprès d'une jeune femme en travail, elle fut arrêtée, et on lui reprocha de pratiquer l'art de la médecine, une activité qui désormais ne pouvait être exercée que par les hommes. La vieille femme fut pendue sans autre forme de procès devant les murs du palais.

Les doulas restèrent donc chez elles et ne vinrent plus au chevet des femmes enceintes.

Cependant, les hommes n'avaient pas pour autant le droit d'assister à la délivrance, car l'accouchée y exhibait son intimité, spectacle abominable pour les vertueux. Nombre de femmes moururent donc en couche faute de soins.

Un soir, un mari inquiet vint jusqu'au palais pour supplier le roi et sa cour de le laisser amener une doula à sa femme pour la soulager, car l'enfant venait difficilement. L'homme fut accusé par Darakchan d'outrage et on lui coupa la langue sur le champ.

La nouvelle politique de Blangerval et les horreurs qui en découlaient commencèrent à préoccuper les souverains voisins qui se mirent à craindre la propagation.

Tous les peuples de la Terre d'Escalon regardèrent bientôt avec inquiétude en direction de Blangerval. Les Elfes, les Gnomes voyaient d'un mauvais œil la montée en puissance du jeune sorcier qui chercherait sûrement bientôt à étendre son influence par-delà la mer, sur tout le continent.

Le royaume de Blangerval ne serait que sa première étape.

Darakchan avait soif de pouvoir et faim de conquêtes.

Tome 1 – Le Cercle de Couët Krann

# I

Une pluie drue s'abattait sur la contrée depuis plus de deux heures. L'orage était si violent que des torrents ruisselaient au creux des sentiers et que la terre saturée dégorgeait l'eau. Des petits lacs se formaient dans les pâtures, transformant les bocages en marécages.

L'averse avait pénétré jusque dans les sous-bois de Selvia malgré l'épaisseur des feuillages, faisant monter aux narines une douce odeur d'humus et de champignon. Les animaux avaient trouvé refuge au creux des troncs, dans les terriers ou sous les frondaisons et regardaient tomber la pluie avec patience, conscients qu'elle cesserait bientôt.

Le bois de Selvia était composé de feuillus, chênes, ormes et hêtres. Les hommes du village le plus proche y venaient parfois, surtout à l'automne, ramasser du bois ou cueillir des champignons. Les enfants y menaient les cochons qui fouissaient le sol à la recherche de glands et de faînes. Parfois même, un chasseur venait s'y poster en espérant que la chance mettrait sur sa route quelque chevreuil. D'une manière générale, l'endroit était très calme, et les Gnomes qui vivaient-là étaient rarement dérangés. Plusieurs familles avaient construit leur maison dans des arbres creux ou des terriers de mulots abandonnés.

Le gros temps ne les avait jamais effrayés. Ils étaient robustes et leurs bonnets coniques les protégeaient bien de la pluie ; pourtant, quand ils n'avaient pas de motif sérieux à braver les intempéries, ils préféraient demeurer en la douceur de leur foyer.

Lacerte, Blarel et Faroux étaient ainsi. Ils vivaient dans la vieille souche d'un orme abattu par les Hommes longtemps auparavant. Ils appelaient cet endroit leur *oùme.*

On accédait à leur habitation en empruntant une galerie étroite creusée dans l'épaisseur de la souche et qui consistait en une succession de virages en épingle très serrés, interdisant ainsi l'accès de leur lieu de vie aux prédateurs tels que les serpents ou les hermines. Après avoir parcouru la galerie et poussé une porte de bois ouvragée, on débouchait sur une pièce unique, au plafond haut, si l'on considérait que l'on se trouvait chez des Gnomes.

Face à l'entrée se dressaient l'âtre et le poêle de briques. À droite, un astucieux système de récupération et de stockage des eaux de pluie dans une citerne avait permis l'installation d'un évier qui était doté d'un robinet, une invention encore inconnue des Hommes.

De part et d'autre de la pièce, les alcôves étaient cachées par de lourds rideaux rouges. Elles abritaient des lits moelleux dont les édredons et les oreillers étaient garnis de duvet que les Gnomes ramassaient à la fin de l'automne, dans les nids abandonnés des oiseaux.

En hauteur, le long des murs de cette unique pièce, couraient des rayonnages, accessibles par une mezzanine étroite. Ils étaient chargés de centaines de parchemins, de livres et de grimoires recouverts d'écritures cunéiformes. Tout le savoir des Gnomes était réuni ici, dans une bibliothèque exceptionnelle.

Les trois frères, Lacerte, Blarel et Faroux y étaient assis à une table de travail. C'était leur mère, comme toujours chez les Gnomes, qui avait choisi leurs prénoms, dérivés du nom d'un animal auquel elle avait choisi de les lier. En vérité, il s'agissait le plus souvent du premier animal rencontré après l'annonce de la grossesse… Ainsi donc, Faroux venait du hibou, Lacerte, son jumeau, du lézard, et Blarel, leur frère cadet, du blaireau.

Les trois gnomes se ressemblaient en tout point : même culotte grise et veste en drap de laine bleue, même bonnet rouge, et même bonhomie dans les traits. Ils avaient tous trois des joues roses presque enfantines et un regard espiègle qui contrastait avec leur visage buriné et leur barbe blanche taillée en pointe à la hauteur de l'estomac.

Cette après-midi, ils étaient occupés à compulser des ouvrages vieux de plusieurs siècles. Car, plus encore que les Elfes, leur race était ancienne et détenait le savoir, la connaissance absolue de toute l'Histoire de la contrée, et au-delà, de la Terre d'Escalon entière. Ils savaient les peuples de toutes les espèces, Hommes, Elfes, Gnomes et autres, les créatures magiques et les animaux de toutes sortes.

Les Gnomes connaissaient tout et se transmettaient le savoir dans leurs écrits depuis des temps immémoriaux.

Tout comme les Elfes, ils étaient conscients que l'harmonie de la Terre d'Escalon dépendait de la répartition équitable de la magie entre les créatures terrestres. Elle était un instrument, une force neutre, ni bonne, ni mauvaise, et la Terre d'Escalon était depuis toujours soumise à son influence.

On la rencontrait partout. Des individus de toutes les espèces étaient susceptibles de posséder des pouvoirs qu'ils maîtrisaient de façon consciente. Ils pouvaient être sorciers, thaumaturges, voyants, ou avoir d'autres dons tout à fait particuliers. Il existait également une magie naturelle, qui émanait de certains lieux, ainsi que de nombreuses créatures, animales ou végétales pourvues d'une puissance brute, sans en avoir une réelle conscience.

Depuis la naissance du monde, la magie devait être équitablement répartie entre les vivants pour qu'existe l'harmonie. Utilisée pour faire le mal, elle générait un grand déséquilibre, et l'Harmonie était alors brisée.

Les Gnomes étaient préoccupés, car ils avaient noté que l'équilibre avait été rompu à l'est.

Là-bas, la rumeur disait qu'un homme cherchait à obtenir toujours plus de magie.

De tout temps, le pouvoir avait attisé les tentations d'individus dénués de scrupules, pour qui seule leur propre puissance comptait, menaçant ainsi l'Harmonie en Terre d'Escalon. L'équilibre ne pouvait alors être rétabli que lorsque celui qui l'avait rompu était vaincu.

Quelle que fût la façon dont il s'y était pris, le sorcier Darakchan avait acquis trop de pouvoirs. Ses dons lui permettaient à présent d'avoir une emprise totale sur les Hommes du royaume de Blangerval. Il avait rompu l'Harmonie fragile de la Terre d'Escalon et provoqué une grande inquiétude parmi les sages de tous les peuples.

Le haut conseil des Elfes, craignant pour la paix entre les races, avait envoyé un émissaire qui était chargé d'observer l'évolution des évènements à la cour du royaume de Blangerval où sévissait le sorcier. Devant l'échec de sa mission et dans l'espoir qu'ils découvriraient un moyen de ramener l'équilibre, les Elfes s'étaient résolus à solliciter l'aide des Gnomes, seuls détenteurs de la connaissance exhaustive du Monde.

En tant que gardiens du savoir, Lacerte, Faroux et Blarel s'étaient vu confier la tâche de trouver des réponses.

Désormais, ils connaissaient l'identité du sorcier responsable du déséquilibre magique en Terre d'Escalon. Ils étaient parvenus à lever le voile sur une partie de son histoire personnelle.

Tout avait été écrit et les réponses se trouvaient forcément sur ces étagères, dans la *oùme* du bois de Selvia.

Les chroniqueurs avaient consigné le passé et les spirites ce qu'ils savaient de l'avenir. Il existait forcément, parmi les milliers d'ouvrages et de rouleaux de la bibliothèque des Gnomes, une évocation de la prise de pouvoir de ce sorcier de l'est.

Lacerte, Faroux et Blarel étaient donc plongés dans la lecture, leurs yeux plissés de concentration pour mieux déchiffrer les petits caractères triangulaires.

– Tout de même, je suis sûr qu'il doit en être question dans *Prospections en Terre d'Escalon*, dit Faroux.

Il s'exprimait dans la langue rugueuse des Gnomes, bien que chacun d'entre eux maîtrisât également l'elfique, plusieurs dialectes des Hommes et possédât quelques mots de langue gobeline.

– Impossible, répondit Lacerte, qui roulait les *r* comme le tonnerre. C'est un nain qui a écrit les Prospections, et les nains n'ont jamais prédit l'avenir ! Nous cherchons une prophétie. Regarde donc plutôt dans un ouvrage rédigé par un devin ou un astrologue.

Faroux ôta son bonnet rouge et gratta un instant son crâne dégarni.

– Le *Ten Te Regde Escalon* ! s'exclama-t-il. Cette Rana qui l'a écrit était une voyante gnome, et plusieurs de ses prophéties se sont accomplies, comme les grandes tempêtes de 2916 et le bannissement des Gobelins en 3022.

– Poil aux yeux ! conclut Blarel, le troisième frère.

Les deux autres lui jetèrent un regard noir, mais ne relevèrent pas. Ils avaient l'habitude du caractère facétieux de leur cadet et considéraient que le mieux qu'ils pouvaient faire était de l'ignorer.

Faroux se remit debout avec une facilité que ne laissait pas présager sa physionomie trapue et fouilla avec avidité les rayonnages.

– Je l'ai trouvé ! s'écria-t-il au bout de quelques minutes.

Il prit sur l'étagère un gros volume à la couverture noire, où les mots *Ten Te Regde Escalon* étaient peints en lettres d'or. Il feuilleta délicatement les pages jusqu'à trouver le passage qu'il recherchait :

« *À l'aube d'une ère nouvelle, le bâtard aliénera le mauvais*
*Né du feu, le vol et le meurtre le feront régner*
*Quand du sang d'une ombre sa soif voudra étancher*
*Au cercle de pierre où le destin va trancher*
*La bête et les cornes le feront trébucher*
*De l'enfant visionnaire, la sœur sera mère*
*D'un roi généreux ou d'un roi sanguinaire*
*Venues de la boue de Belredon, l'avenir passe par elles* »

Un court silence suivit la lecture de la prophétie, bientôt rompu par Faroux.

– Comment être sûrs que cela parle bien des évènements qui nous concernent ?

– Plusieurs indices le laissent pourtant penser, répondit Lacerte. Nous avons lu dans les *Chroniques de Blangerval* quelques renseignements sur le début de la vie de Darakchan. D'abord, le surnom de bâtard… Souviens-toi, quelques mois après la mise à sac de son village par une horde de gobelins, sa grand-mère avait mis au monde son père, que les villageois ont toujours surnommé l'*orc* ; il y a fort à parier que le sang de ces créatures coule dans les veines du sorcier. Et il est né dans le feu : la foudre s'est abattue sur sa chaumière au moment de sa naissance. Sa mère a été tuée dans l'incendie, alors que lui a été sauvé. La vieille femme qui l'a élevé lui a aussi transmis sa connaissance de la sorcellerie primaire.

– C'est très préoccupant, répondit Faroux. Si cette prophétie est en train de s'accomplir, cela signifie que nous sommes au tournant de notre époque. « *À l'aube d'une nouvelle ère* ». Peut-être Rana parlait-elle de l'extinction progressive des Gnomes et des Elfes au profit des Hommes, ce qui commence malheureusement déjà à se produire.

– Ou bien de l'avilissement des Hommes, puis de tous les peuples de la Terre d'Escalon par ce Darakchan, renchérit Lacerte.

– Il est pourtant si jeune, il n'a que vingt-trois ans ! protesta Faroux.

– Poil aux dents ! s'écria Blarel.

Lacerte et Faroux l'ignorèrent une nouvelle fois.

– Son âge importe peu, ajouta Lacerte. Darakchan n'appartient à aucun peuple. Il n'est ni tout à fait un Homme ni tout à fait un Gobelin. Il n'a pas connu sa mère, il haïssait la vieille qui l'a élevé parce qu'il a grandi parmi les miséreux, et il n'apprécie pas les Hommes qui l'ont toujours rejeté. S'il lui reste un tant soit peu de raison, il doit également mépriser les Gobelins parce qu'ils sont idiots et répugnants.

Lacerte et Faroux attendirent la réplique de Blarel, qui ne vint pas.

Au bout d'un instant, Lacerte poursuivit :

– Il a déjà commis nombre d'exactions ! Les Gnomes du Sud le soupçonnent du pillage d'un temple et de plusieurs meurtres. Ce genre de monstre n'en a jamais assez.

– Poil aux pieds !

– Les Elfes racontent qu'il est devenu l'éminence grise du roi de l'île de Blangerval, à l'est du continent.

La population subit sa tyrannie en pensant obéir au roi. Il a fait disparaître tous ceux qui osaient s'opposer à lui, devenant peu à peu le maître de l'île.

Lacerte devint plus sombre et ajouta :

– Et il semble que ce ne soit que le début.

– Poil au…

Faroux s'empressa de couper Blarel en haussant la voix :

– Il convoite déjà tous les villages de la côte de Caladre sur le littoral. Il y a fort à parier qu'il ne s'arrêtera pas aux frontières du royaume de Blangerval.

– Pourtant, la prophétie parle d'un affrontement. Quelqu'un s'opposera donc à lui. Un enfant, à ce que je comprends, dit Lacerte.

– Pas un, mais une enfant. Regarde la fin de la prophétie : « *Venues* » est au féminin ; Rana parle de deux sœurs. Et l'enfant est visionnaire, elle voit ce qui adviendra demain, répondit Faroux.

– Poil aux mains, ajouta Blarel.

– Et si l'autre fille est en âge de devenir mère, renchérit Faroux, sa sœur est donc son aînée.

– Poil au nez !

– Blarel, cesse donc ces enfantillages, s'emporta subitement Faroux. Si tu as été vexé par ma remarque tout à l'heure, j'en suis vraiment désolé, mais pour l'heure, nous discutons de choses sérieuses et tu es extrêmement pénible !

Blarel ne répondit rien et se contenta de hausser les épaules. Il était d'un naturel rancunier et têtu et ne comptait pas laisser passer un affront sans se venger.

– « *Venues de la boue de Belredon* ». Ce doit être le nom d'un village ou d'une communauté quelconque, continua Lacerte.

De Lacerte et de Faroux, aucun ne semblait vouloir laisser le dernier mot à l'autre et leurs joues rosissaient à mesure que leurs commentaires s'accumulaient. Chacun y allait d'une nouvelle réflexion sur la fillette, sa sœur ou l'affrontement entre le sorcier et l'enfant, le tout ponctué par les petites phrases puériles de Blarel.

Pourtant, au bout d'un moment, plus aucun des trois frères ne trouva quelque chose de nouveau à ajouter. Ils se toisèrent du regard, comme pour évaluer qui sortait finalement vainqueur de ces joutes verbales.

Lacerte finit par se racler la gorge et demanda :

– Bien, et que faisons-nous maintenant que nous savons tout ?

– Je crois au contraire que nous sommes loin d'avoir tout compris, s'insurgea Faroux. Nous ne savons pas du sang de qui Darakchan a soif, ni ce qu'est ce cercle de pierre, ni quelle bête et quelles cornes décideront du sort de ce duel. Et encore moins ce que vient faire l'enfant de la sœur de la fille qui voit l'avenir dans cette affaire !

Le gnome était un peu essoufflé après cette tirade déclamée à un rythme effréné. Les deux autres admirent à regret que Faroux avait raison et Blarel n'ajouta rien, car il sentait bien que personne ne goûterait à une plaisanterie supplémentaire à ce moment précis.

Ce soir-là, le dîner fut plutôt morose. Chacun resta le nez planté dans son écuelle, perdu dans ses pensées. Malgré tout, leurs réflexions personnelles n'entamèrent pas leur appétit, qui était toujours impressionnant chez les Gnomes, si l'on considérait leur petite taille.

Les trois frères mangèrent avidement la purée de carottes sauvages, la salade de cresson de fontaine et d'érythrone et se partagèrent un œuf dur de pigeon.

Leur peuple ne consommait jamais ni viande ni poisson, mais il leur arrivait de manger des œufs, après avoir vérifié à la lumière d'une flamme qu'ils ne contenaient pas d'embryon d'oiseau. Pour les laitages, Lacerte, Blarel et Faroux avaient de bonnes relations avec les rongeurs des alentours. Les femelles mulots, campagnols et musaraignes leur permettaient parfois de tirer un peu de leur lait. Ils fabriquaient alors de petites mottes de fromage qu'ils dégustaient frais, accompagnés de compote ou de fruits rouges.

Ils terminèrent le repas avec des galettes de farine de châtaigne tartinées de miel.

Chacun restait perdu dans ses propres pensées, le dîner s'était déroulé sans qu'aucun d'eux n'ait pris la peine de reprendre la conversation. La mauvaise humeur n'était pas dans le caractère des Gnomes. Aussi, lorsqu'ils eurent essuyé leur bouche et lissé leur barbe, le silence commença à leur peser et les trois frères cherchèrent chacun dans leur coin un moyen de renouer le dialogue.

C'est Blarel qui rompit le silence en premier. Il se mit à chantonner une ancienne comptine que les grand-mères fredonnaient aux enfants gnomes :

– *Un vilain troll a écrabouillé*
*Toutes les souris de mon quartier*
*Un vilain troll a écrabouillé*
*Toutes mes réserves de lait*
*Un méchant troll s'est empiffré*
*De toutes les abeilles de mon quartier*
*Un méchant troll s'est empiffré*
*Plus de bon miel sur mes sablés*
*Un vilain troll s'est installé*
*Je n'ai rien dit, je n'ai rien fait*
*Un vilain troll s'est installé*
*Et je n'ai plus rien à dîner !*

– Tu as raison ! s'écria brusquement Faroux. Ce

sorcier, Darakchan, c'est comme un troll. Pour l'instant, le problème ne concerne que les Hommes dont il a pris le contrôle des vies et des terres. Pourtant, si nous ne faisons rien, nous le regretterons sans doute tôt ou tard. Il a rompu l'Harmonie magique et cela ne présage rien de bon pour la Terre d'Escalon.

– Oui, acquiesça Lacerte. Le plus urgent est de rétablir l'équilibre. Allons-nous encore laisser les Elfes décider de la marche à suivre ? Je dis, moi, que le peuple gnome est vieillissant, mais qu'il n'est pas fini. Nous pourrions aider les Hommes à chasser le sorcier. Après tout, c'est bien une prophétie gnome qui nous donne la solution à ce problème.

Faroux et Blarel parurent enthousiasmés par son discours. Il poursuivit :

– Nous pourrions commencer par tenter de retrouver l'enfant et sa sœur, et peut-être même les aider à vaincre Darakchan afin de restaurer la paix sur l'île de Blangerval ainsi que sur la côte de Caladre. Mettons-nous en route. Après tout, les Elfes nous ont demandé de l'aide. À nous de remplir cette mission !

La discussion qui s'en suivit fut animée et dura fort longtemps. Les Gnomes devaient prendre une décision sur la conduite à tenir. Ils estimèrent qu'une partie de la prophétie de Rana s'étant déjà réalisée avec la naissance de Darakchan, les meurtres qu'il avait perpétrés et son accession au pouvoir. Le reste des évènements contre lesquels elle les mettait en garde étaient sans doute imminents.

La prophétie ayant été énoncée par une Gnome, il était peu probable que d'autres peuples en aient connaissance. Eux seuls pouvaient donc informer les Hommes du danger qu'ils couraient ainsi que de l'existence d'un espoir. Eux seuls, sans doute, avaient suffisamment d'indices pour retrouver les deux principales actrices de ce drame : l'enfant visionnaire et sa sœur aînée.

Les Gnomes possédaient une certaine fierté et ils rechignaient à partager trop tôt leur découverte avec les Elfes, craignant que les *Belles Gens* ne solutionnent eux-mêmes la menace posée par Darakchan et n'en tirent une nouvelle fois toute la gloire. Aucune des grandes épopées de la Terre d'Escalon ne mentionnait les Gnomes comme des héros.

Il était donc urgent qu'ils changent cela en se mettant en route.

Le voyage amènerait très certainement les trois frères très loin de leur chère *oùme*, et peut-être seraient-ils absents fort longtemps, néanmoins aucun d'entre eux n'avait encore de compagnes à qui il aurait manqué.

Les Gnomes vivaient dans une société matriarcale où les femmes étaient libres de choisir leur compagnon. Leur espérance de vie frôlant les huit cents ans, ces dames n'étaient pas pressées de se mettre en ménage avant d'avoir au moins atteint l'âge de deux siècles. Avant cela, elles profitaient des plaisirs de la longue période où les amours allaient et venaient, où la frivolité prévalait sur le réel désir de fonder une famille.

Lacerte, Blarel et Faroux étaient encore trop jeunes pour être engagés dans une relation sérieuse.

Le départ n'en serait que plus facile, ils n'avaient pas d'adieux à faire.

Ils se levèrent de table, sans pour autant se plonger immédiatement dans les préparatifs de leur expédition.

Les Gnomes constituaient un peuple pointilleux, soucieux de la bonne tenue de leur foyer. Ils étaient très ordonnés et organisés, détestaient la précipitation et le manque de rigueur si communs chez les

Hommes. Aussi, les trois frères commencèrent-ils par remettre la pièce en ordre.

Blarel se saisit d'un balai fait d'un bâton droit à l'extrémité duquel était fixée une gerbe d'herbe séchée, et entreprit de nettoyer le sol, tandis que Faroux et Lacerte débarrassaient la table et lavaient gobelets et écuelles.

Une fois leur devoir accompli, ils se rassirent au pied de la grande bibliothèque et reprirent leurs recherches en sirotant une infusion de menthe dans des gobelets de terre cuite.

La soirée fut longue et toutefois fructueuse. À force de lectures, ils découvrirent que Belredon était un hameau sur la côte de Caladre. Pour l'atteindre, ils devraient traverser la forêt de Chevireuil, ce qui prendrait plusieurs jours. Une fois sur place, il leur resterait à identifier les deux sœurs, et pour cela, ils décidèrent d'aller en premier lieu consulter le registre du canton.

Chacun des huit royaumes des Hommes de la Terre d'Escalon était divisé en plusieurs cantons qui disposaient chacun d'un registre de population tenu par un fonctionnaire royal. On y trouvait pour chaque ville, village ou hameau, les mariages, naissances et décès. Retrouver le nom des deux sœurs et le lieu où elles vivaient ne serait que le commencement de leur quête. Le plus ardu viendrait ensuite : les retrouver, chercher un moyen de les aborder et les convaincre toutes deux de se joindre à eux pour aller vaincre le grand sorcier Darakchan. Cette étape semblait être d'une difficulté insurmontable, de quelque façon qu'ils l'abordassent.

Les Gnomes n'entretenaient que peu de contacts avec les Hommes, à tel point que la plupart d'entre eux ignoraient jusqu'à leur existence. Lorsque Lacerte, Faroux et Blarel auraient identifié les deux filles, comment réagiraient-elles en les découvrant ? Comment parviendraient-ils à les convaincre qu'elles avaient un rôle à jouer dans l'anéantissement du sorcier, alors qu'eux-mêmes ignoraient lequel ni ce qui devrait être entrepris pour y parvenir ?

Il sembla à Faroux qu'il serait plus judicieux de ne pas anticiper. Il était préférable de surmonter une épreuve après l'autre, d'attendre d'avoir retrouvé les deux sœurs avant d'aborder la suite de leur quête.

Le contexte de leur rencontre et leur personnalité seraient sans doute des paramètres déterminants pour la suite. Dans le pire des cas, s'ils s'avéraient incapables d'accomplir leur mission, ils auraient toujours la possibilité de solliciter l'aide du haut conseil des Elfes.

Restait à régler tous les détails logistiques de l'expédition.

Belredon était très éloigné de leur *oùme,* aussi discutèrent-ils âprement de leur moyen de transport. La voie terrestre apparut rapidement comme la meilleure solution, bien plus courte s'ils traversaient la forêt de Chevireuil. Ils comptaient mobiliser Fauve, une renarde au poil doux amie des Gnomes. L'animal était sûr, et les renards n'avaient que peu d'ennemis en comparaison des oiseaux qu'ils auraient également pu utiliser pour voyager. N'importe quel volatile pouvait être une proie potentielle pour d'autres animaux ou des chasseurs.

L'autre avantage était que les renards exhalaient un fumet très fort, qui couvrirait aisément leur propre odeur et tromperait les prédateurs naturels des gnomes, tels que les serpents, les martres, les fouines et surtout les trolls.

La forêt de Chevireuil abritait une colonie de trolls des bois qui ne dénigrait pas la chair de gnome à l'occasion. La capture d'un gnome restait cependant un incident rare. Lorsqu'ils en détenaient un, les trolls prenaient un plaisir malsain à prolonger le supplice du malchanceux. Leur imagination pourtant d'ordinaire si limitée ne connaissait alors plus de bornes pour satisfaire leur cruauté.

La préparation de l'expédition tint éveillés Lacerte, Blarel et Faroux une bonne partie de la nuit, avant que le sommeil ne se fasse trop intensément ressentir, les obligeant à regagner chacun leur alcôve.

Au matin, après avoir déjeuné de galettes au miel, les gnomes commencèrent à amonceler au centre de la pièce tous les équipements et les provisions qu'ils souhaitaient emporter avec eux.

La première partie de leur voyage devait durer cinq ou six jours : deux pour atteindre la forêt de Chevireuil, environ trois pour la traverser et ensuite, encore une ou deux journées pour gagner le village de Bourg Dun. C'est dans cette bourgade que se trouvait le registre royal du hameau de Belredon où demeuraient peut-être encore les deux filles ; du moins les gnomes l'espéraient-ils.

Les trois frères ignoraient combien de temps durerait leur absence. Ils décidèrent d'emporter des bagages légers, et des provisions nourrissantes, peu encombrantes et non périssables qu'ils compléteraient dès qu'ils le pourraient par des aliments frais glanés en cours de route. Ils remplirent donc deux besaces de pignons, de faînes et de graines de fleurs sauvages, amarante, coquelicot et fenouil. Une troisième musette contenait des galettes à la farine de châtaigne. À cela s'ajoutaient trois bonbonnes d'eau, fabriquées avec des coquilles de noix vides, fermées par un minuscule bouchon de liège.

Pour le reste des bagages, chacun emportait avec lui un sac d'effets personnels contenant une couverture de laine, des vêtements chauds et d'autres légers, une paire de sabots de bois en plus des bottes à semelle de corde qu'ils porteraient aux pieds pour la route et, le plus important, un bonnet conique de laine rouge de rechange pour chacun.

Enfin, une petite malle en osier contenait leur nécessaire de cuisine : trois gobelets et une cocotte de terre cuite, trois calottes de gland qui leur servaient d'écuelle, plusieurs cuillères en bois et quelques outils de découpe de diverses tailles, en silex, car les Gnomes répugnaient à l'usage du métal.

Faroux compléta son équipement en suspendant à sa ceinture un stylet d'obsidienne. Lacerte préféra une hachette de pierre polie. Blarel, quant à lui, glissa dans la poche de sa veste un carnet aux épais feuillets de fibre végétale et un fusain pour noter et croquer les détails de leurs aventures, afin d'étoffer encore les archives de leur bibliothèque à leur retour.

# II

Le départ fut donné au crépuscule suivant, à l'heure où la renarde sortait habituellement de son terrier pour partir en chasse. Le soleil avait déjà disparu, sans que l'obscurité ait toutefois complètement envahi le sous-bois.

Faroux ferma la porte de la *oùme*, et boucha la cavité de la souche avec de la mousse verte et odorante. Fauve attendait, couchée à quelques pas.

La renarde serrait déjà dans sa gueule l'anse d'une nacelle légère en osier que les gnomes avaient fabriquée pour un précédent voyage. Il s'agissait d'une sorte de banquette où s'installeraient les trois frères, sous les sièges desquels se trouvait un coffre contenant leurs bagages. Ainsi les gnomes voyageaient-ils confortablement, s'offrant même le luxe de s'endormir parfois, bercés par les allures souples de leur porteuse.

Après avoir trotté à bonne vitesse pendant quelques heures, Fauve s'arrêta en fin de soirée au fond d'un petit vallon où courait un ruisseau. Elle déposa délicatement la nacelle près d'un rocher massif qui surplombait l'onde transparente. Blarel s'éveilla doucement et salua gaiement la renarde. Il bondit de la banquette et entreprit de préparer un feu, tandis que Fauve lui tournait le dos et s'enfonçait dans la nuit au petit trot.

– Où va-t-elle ? demanda Faroux d'une voix ensommeillée.

– Elle est partie chasser, répondit Lacerte. Elle reviendra dans quelques heures pour se reposer. Nous reprendrons sans doute la route un peu avant le lever du jour.

– Fauve nous laissera seuls toutes les nuits ?

– Oui, mais nous ne risquons rien pour le moment. En revanche, les deux nuits dans la forêt de Chevireuil seront périlleuses. Nous ne devrons pas faire de feu et rester le plus silencieux possible si on ne veut pas attirer l'attention des Trolls.

Blarel réprima un frisson. Ils atteindraient la forêt la nuit suivante, et savaient tous trois que le danger y serait extrême, car les Trolls étaient des créatures nocturnes, dotées d'une ouïe fine et d'un odorat très développé. Sans le fumet de Fauve pour les couvrir, dans cette forêt inconnue, ils seraient très vulnérables.

Comme prévu, ils reprirent la route peu avant l'aube, et la journée passa rapidement. Fauve trotta jusqu'à la fin de la matinée, après quoi elle s'endormit quelques heures, enroulée sur elle-même dans un terrier de blaireau abandonné.

Profitant de la pause, les gnomes se promenèrent aux alentours et revinrent de leur escapade avec quelques framboises et de la racine de bardane qu'ils firent mijoter dans leur cocotte avec des herbes aromatiques. Ils déjeunèrent tranquillement installés au soleil puis attendirent la fin du jour et le réveil de la renarde en devisant.

À la nuit tombée, le petit équipage reprit la route.

La renarde trotta plus d'une heure à découvert avant de pénétrer sous les frondaisons de la forêt de Chevireuil. Malgré le confort de leur nacelle, les trois gnomes restèrent éveillés, scrutant avidement la nuit à la recherche d'indices éventuels de la présence de trolls. Et lorsque Fauve les déposa au sol, c'est avec une grande inquiétude qu'ils la regardèrent s'éloigner, les laissant seuls dans l'ombre des grands arbres.

Cette nuit-là, les trois frères ne firent pas de feu. Ils

camouflèrent la nacelle sous un tas de feuilles et trouvèrent bientôt, à leur grand soulagement, une galerie de souris inoccupée, où ils eurent tôt fait de se glisser. Ils dormirent d'un mauvais sommeil, serrés les uns contre les autres dans la petite cavité circulaire située au bout d'un étroit tunnel.

Ce fut un jappement qui les réveilla. Fauve attendait les voyageurs après sa virée nocturne. Ils la saluèrent tous trois d'une caresse sur la truffe et Blarel ôta une plume de merle piquée dans le pelage de la renarde avant de remonter avec un certain soulagement sur la banquette. Ils grignotèrent chacun une galette de châtaigne en route, pressés qu'ils étaient d'en finir avec la traversée de cette forêt immense.

Le jour suivant se déroula comme la veille. L'étape de la mi-journée fut occupée par la recherche de nourriture et par un déjeuner fort agréable autour d'un feu crépitant. Au soleil, les gnomes ne craignaient rien, cependant, leur nervosité s'accrut à mesure que le crépuscule approchait.

Tandis que la renarde trottait dans l'épais tapis de feuilles du sous-bois, ils tendaient l'oreille, attentifs au moindre son de la forêt, dans le silence de la nuit, à peine troublé par les foulées souples de Fauve.

Les ramures sombres de Chevireuil créaient l'illusion d'un plafond bas et noir que la brise faisait doucement bruisser. Le vert, si étincelant dans l'après-midi, avait disparu pour laisser place à des ombres menaçantes où les gnomes sentaient sourdre le danger. Le pépiement des oiseaux avait cessé, remplacé par des bruits étouffés et de sinistres craquements de branches.

Peu après minuit, la renarde ralentit l'allure et s'arrêta au pied d'un châtaignier séculaire pour y déposer son fardeau, à l'abri, entre les racines épaisses et entrelacées. Puis elle s'en alla.

Les trois gnomes rapportèrent sur la nacelle des feuilles mortes, répandant autour d'eux une douce odeur d'humus. Tout paraissait calme aux alentours. On entendait que le hululement mélancolique d'une chouette et les grognements diffus de quelque sanglier.

Lacerte, Blarel et Faroux firent silencieusement le tour de l'arbre à la recherche d'une anfractuosité entre les racines, où ils auraient pu passer les quelques heures qui les séparaient du retour de Fauve, quand un grognement leur fit lever la tête. Ce n'était pas un sanglier.

Deux trolls se dressaient devant eux.

Légèrement plus petits qu'un Homme, leurs corps trapus et velus étaient soutenus par des jambes arquées courtes et maigrelettes, à l'inverse de leurs bras trop longs qui descendaient jusqu'à leurs genoux, terminés par de larges mains semblables à des battoirs à linge. Leurs têtes rondes à la chevelure noire et hirsute étaient encadrées par deux oreilles écarlates, du même rouge que leur nez qui pendait devant la bouche, cachant à demi un sourire mauvais. Ils avaient de petits yeux ronds très rapprochés, vides de toute expression, trahissant leur profonde stupidité.

– Courez ! hurla Lacerte.

Les trois gnomes partirent aussi vite qu'ils le purent, chacun dans une direction différente.

Cela troubla les trolls qui n'étaient que deux. Les créatures hésitèrent un instant avant de se lancer à leur poursuite. L'un suivit les pas de Lacerte et l'autre emboîta ceux de Blarel.

Faroux, constatant qu'il n'avait personne à ses trousses, fit demi-tour et se mit sur la piste du troll qui courait après Lacerte.

Malgré leur petite taille et leur apparente bonhomie, les gnomes couraient aussi vite sinon plus que leurs poursuivants.

Les arbres et les taillis empêchaient les trolls de bien voir leurs proies, les obligeant parfois à s'arrêter pour humer la piste. Pourtant cela ne laissait aux gnomes qu'un très bref répit. Pour trouver le salut, il leur était nécessaire de se débarrasser des trolls. Une simple cachette serait trop vite découverte, les terriers éventrés, les rochers soulevés et les racines arrachées.

Blarel courait très vite. Son excellente vision nocturne lui avait procuré une confortable avance sur son poursuivant. Il avisa sur sa droite une paroi rocheuse verticale qui surplombait le sentier.

Le troll mit très peu de temps avant de parvenir à son tour à cet endroit où l'odeur du gnome l'avait mené. La piste olfactive semblait s'y arrêter. Ses yeux myopes scrutèrent la paroi rocheuse, plissés par l'effort, avant que le sol n'attire finalement son attention. Un petit cône rouge dépassait légèrement d'un amas de feuilles fraîchement remuées.

Le gnome était là, acculé à la paroi et sans défense, et il s'était simplement dissimulé sous quelques feuilles. Le troll leva le pied pour l'écrabouiller en poussant un glapissement de joie qui se mua très vite en hurlement de douleur. Le bonnet rouge était un leurre. Il recouvrait une branche cassée et pointue, plantée à la verticale dans la terre meuble. En abattant violemment sa plante charnue, le troll s'était transpercé le pied sur le bois acéré.

Il attrapa son membre mutilé à deux mains en criant plus fort que jamais, mais la torture ne dura que peu de temps. Une grosse pierre tomba sur sa tête depuis le surplomb rocheux, et il s'abattit lourdement sur le sol, assommé.

Blarel souffla de soulagement.

Il avait tout juste eu le temps de préparer son piège avec la branche pointue et son bonnet en guise de leurre avant de grimper sur les rochers, juste à la verticale de l'appât. La chance lui avait souri, car il y avait là-haut une plate-forme assez large où se trouvaient de nombreuses pierres. Il avait choisi la plus grosse qu'il pouvait faire rouler jusqu'au bord, et l'adresse naturelle des Gnomes avait fait le reste.

Le troll éliminé, Blarel rebroussa chemin jusqu'à l'arbre qui abritait leur nacelle. Il devait se hâter de retrouver ses frères, car Chevireuil abritait sans aucun doute plus de deux trolls.

Il prit tout de même le temps de tirer de ses bagages son nouveau bonnet, le posa sur sa tête avec soulagement, après avoir lissé sa chevelure du plat de la main. Rien n'était plus insupportable pour un Gnome que d'aller nu-tête, et Blarel ne faisait pas exception à la règle.

Une fois recoiffé, il put repartir en suivant la piste grossière laissée par le second troll dans le tapis de feuilles.

De son côté, Lacerte avait lui aussi rapidement distancé la créature qui était à ses trousses et il prenait désormais le temps de semer de multiples embûches derrière lui pour épuiser et décourager son poursuivant. Le troll était déjà tombé deux ou trois fois de tout son long sur des pierres aux arêtes acérées après s'être entravé les pieds dans des branches habilement placées sur le sentier.

Plus loin, il gaspilla plusieurs minutes à franchir un entrelacs épais de jeunes houx que le gnome avait rabattus en quelques secondes sur le chemin étroit grâce à sa petite hache de silex. Le troll grognait de rage, saignant aux mains et aux genoux, écorché en de multiples endroits. Sa progression avait été tellement ralentie que Faroux le rattrapa bientôt au détour d'un des nombreux virages du sentier. Le troll continuait à courir obstinément pour rattraper Lacerte, si obnubilé par sa proie qu'il ne s'aperçut à aucun moment qu'il était suivi par un second gnome.

Bientôt, le chemin déboucha sur une petite clairière herbeuse parsemée de fleurettes blanches. Le troll fit fuir devant lui une harde de biches venues y brouter à la faveur de la nuit. Il aperçut non loin le gnome qui l'attendait, tranquillement assis sur une pierre au bord du sentier. Aveuglée par la colère, la créature cruelle se rua en avant, poussant un rugissement rauque.

À peine quelques enjambées le séparaient désormais de sa proie. Lacerte semblait l'attendre calmement, alors qu'en réalité, son cœur battait très fort dans sa poitrine. Le gnome pariait sa vie sur les plus bas instincts du troll et il mourrait assurément s'il s'était trompé.

Il fondait tous ses espoirs sur le fait que la créature ne résisterait sans doute pas à l'envie irrépressible de piétiner quelques excréments au passage, un plaisir bien tentant pour tous les individus de son espèce. Et en effet, le troll ne prit pas la peine d'éviter les petits monticules de crottin frais que les grands cervidés avaient laissés sur l'étroite sente de la clairière, donnant même intentionnellement de grands coups de pied dedans, espérant ainsi en projeter sur le gnome.

La ruse fonctionna à merveille. Le pied du troll buta sur une pierre qui affleurait juste derrière un petit tas de fèces, ce qui le fit trébucher en pleine course. Il vint s'aplatir devant le gnome, la face plantée dans un autre tas d'excréments encore fumant.

Lacerte bondit alors vivement de son promontoire tandis que l'autre tentait de se relever. D'un geste sec, le gnome donna un coup de sa petite hache de pierre dans l'œil du troll. Hurlant de douleur, ce dernier tenta d'écraser son assaillant du poing, mais Faroux qui arrivait par la droite, fut plus rapide et enfonça son stylet d'obsidienne dans le second iris, provoquant une autre salve de cris stridents.

Les deux gnomes ne perdirent pas de temps auprès de leur victime qui hurlait et gémissait en se roulant sur le sol, couvrant ses yeux de ses deux grandes mains.

Ils reprirent prestement le chemin qui les avait menés jusqu'à cette clairière, en sens inverse, pour s'enquérir du sort de Blarel, abandonnant le troll aveuglé à son triste sort. Il n'y avait plus aucune chance qu'il se lance à leur poursuite. Il resterait sans doute prostré un bon moment dans cette clairière. En revanche, ses cris risquaient d'alerter ses congénères.

La poursuite avait duré plus d'une heure, et le retour jusqu'à leur nacelle leur prendrait encore autant de temps. La fatigue commençait à se faire sentir et les deux gnomes ne couraient plus aussi rapidement qu'à l'aller lorsqu'ils étaient poursuivis.

Malgré tout, ils allaient aussi vite que leurs courtes jambes pouvaient les porter. Ils étaient très inquiets pour leur cadet, resté seul face au second troll.

Seuls leur souffle et le léger murmure de leurs pas trahissaient leur présence au pied des grands arbres. Ils se taisaient, terrifiés à l'idée de rencontrer d'autres trolls sur leur chemin.

Les lueurs diffuses des trois lunes présentes dans le ciel ce soir-là ne parvenaient pas à transpercer le feuillage dense qui les surplombait, et il faisait très sombre sur le sentier, même pour des gnomes rompus aux sorties nocturnes.

Au détour d'une courbe, un léger bruit de pas les fit s'arrêter net. Ils retinrent leur respiration, les yeux écarquillés, sans plus faire aucun mouvement. Lacerte songea que la créature qui approchait devait percevoir les battements de son cœur, tant les pulsations en étaient violentes et rapides. À leur grand soulagement, ce fut Fauve, la renarde, qui déboucha devant eux. Elle s'arrêta en les fixant, la langue pendante, puis s'allongea sur le sol pour permettre à Blarel, qui se tenait juché sur son dos, de se laisser glisser jusque sur le sol meuble du chemin.

Après s'être débarrassé de ses poursuivants, il s'était mis à la recherche de ses frères, et était tombé sur la renarde en chasse. Elle l'avait alors mené à grand train sur les traces du second troll.

Blarel présumait qu'elle courait droit vers la tanière des trolls. Tandis que Fauve galopait, ne s'arrêtant que pour flairer la piste ou une trace de sang sur une pierre, il songeait que Lacerte avait sûrement été capturé. Peut-être était-il déjà mort.

Pourtant à présent, ses frères se tenaient tous deux devant lui, sains et saufs, et nul troll ne semblait plus les poursuivre.

Les trois gnomes s'enlacèrent en riant, heureux de se retrouver libres et en vie, fiers d'avoir survécu.

Fauve attendait patiemment la fin de leurs effusions, allongée à côté d'eux. Grisés par un intense soulagement, ils finirent par se séparer pour grimper en riant sur le dos de la renarde. Elle fit demi-tour et repartit en trottant souplement vers le châtaignier entre les racines duquel se trouvait la nacelle d'osier des gnomes.

Ils étaient indécis sur la conduite à tenir. La renarde avait interrompu sa chasse pour leur venir en aide et n'avait sans doute rien mangé depuis la veille. D'un autre côté, aucun d'entre eux ne souhaitait prolonger leur station au pied de cet arbre après les évènements de la nuit. Il pouvait venir d'autres trolls, et ils n'auraient certainement pas la chance de se sortir indemnes d'une nouvelle confrontation avec ces créatures puantes.

La renarde trancha pour eux. Elle émit un

grondement sourd, le dos hérissé et les oreilles plaquées vers l'arrière. Les gnomes perçurent des craquements de branches et des grognements rauques à une trentaine de mètres. Comme ils l'avaient craint, d'autres trolls approchaient.

La renarde saisit dans sa gueule la nacelle où Blarel, Faroux et Lacerte montèrent prestement. Elle détala aussitôt au grand galop. Trop rapide pour les trolls, l'équipage fut bientôt hors de portée. Malgré tout, leur fidèle compagne maintint son allure. Elle n'arrêta pas sa course avant plusieurs heures, pas avant d'avoir enfin franchi l'orée de la forêt de Chevireuil.

L'aube teintait le ciel de nuances roses et rouges. Tous étaient épuisés et affamés.

Fauve posa la nacelle à la lisière des arbres et repartit aussitôt en quête de nourriture.

À découvert, loin de l'ombre des feuillages, les trois gnomes respirèrent plus librement. Hors de Chevireuil, ils ne risquaient plus rien. Ils se sustentèrent de quelques galettes et de graines, trop éreintés et bouleversés pour trouver le courage de se mettre immédiatement en quête de fruits ou de racines fraîches.

Après avoir mangé, ils se pelotonnèrent les uns contre les autres sur un matelas de mousse arrachée à une pierre ronde et ne tardèrent pas à trouver le sommeil, rompant la tension accumulée durant leur aventureuse traversée de la sombre forêt.

Lorsque Faroux s'éveilla, l'après-midi touchait à sa fin. La renarde, visiblement repue, s'étirait à quelques pas. Elle aussi avait dormi durant les heures les plus chaudes de la journée et semblait désormais prête à reprendre la route.

Les gnomes regagnèrent leur nacelle et Fauve les souleva avec douceur. Ce fut en chantant un air enjoué qu'ils mirent encore un peu plus de distance entre eux et l'ombre des ramures.

La renarde progressait rapidement et le paysage se fit peu à peu moins sauvage, les bosquets et les ravines tapissées de fougères laissant la place aux cultures et aux hameaux épars. Le lendemain dans la soirée ils aperçurent enfin les lumières de Bourg Dun, le village où se trouvait le registre du canton.

Fauve ralentit sa course dans les pâturages qui bordaient l'enceinte de la bourgade, au pied des palissades de bois. Les gnomes décidèrent d'aller consulter le registre immédiatement, à la faveur de la nuit, avant même de s'octroyer quelque repos. Ils laissèrent leur nacelle dans le pré à l'abri des regards sous les touffes d'herbes hautes, même si cette précaution leur paraissait inutile. Il y avait fort peu de chances pour qu'on remarque ce minuscule panier d'osier au beau milieu de la prairie en pleine nuit.

Faroux, Blarel et Lacerte ne prirent pas la peine de longer l'enceinte. Les rondins de bois qui la composaient joignaient mal par endroits, créant de multiples petites brèches et rendant ainsi possible le passage des créatures de la taille des gnomes.

Ils débouchèrent entre deux constructions bâties contre la palissade et rejoignirent la rue principale en quelques pas. Ils discernaient la grande porte plus bas sur leur droite. Elle était barrée à cette heure de la nuit, et l'on ne voyait aucun garde posté devant, juste une guérite branlante où brillait une faible lanterne et dans laquelle devait ronfler l'homme chargé de la surveillance.

Il n'y avait qu'une seule autre source de lumière dans la rue, une torche allumée sur la façade d'une taverne d'où s'échappaient des chants avinés et des rires aigus de femmes. Le reste du petit bourg était plongé dans le silence.

La clarté des lunes diffusait une douce lumière, une semi-obscurité qui permettait de voir les lieux sans toutefois y distinguer aucune couleur, un monde étrange où tout était gris.

Les gnomes étaient à peine plus gros que des souris et n'avaient donc aucune crainte d'être repérés par un éventuel promeneur attardé. Ils remontèrent la rue à la recherche du bureau du registre en passant devant plusieurs échoppes signalées par des enseignes de bois et trouvèrent rapidement une lourde porte peinte en blanc, que surmontait une couronne dorée, symbole du pouvoir royal qui s'exerçait ici. Ils se glissèrent dessous en rampant. Faroux dut expirer profondément pour passer, car son ventre était légèrement plus proéminent que celui de ses frères.

Les trois gnomes se retrouvèrent dans une petite pièce carrée au centre de laquelle trônait une imposante table qui croulait sous les parchemins de toutes tailles, plus ou moins bien roulés. Ils se hissèrent le long des pieds ouvragés et allumèrent la chandelle qui se trouvait sur le plateau de chêne.

Il y avait plusieurs registres empilés à un angle de la table. Ils avisèrent deux énormes livres reliés de cuir avec des inscriptions dorées, un pour les naissances et l'autre pour les décès, ainsi qu'une trentaine de registres plus petits recensant la population par hameau. Chaque famille y avait une page dédiée, dans laquelle on mentionnait tous les évènements la concernant.

À tous les trois, les gnomes réussirent à tirer le registre du hameau de Belredon au centre de la table. Blarel et Lacerte se tenaient de chaque côté du livre afin d'en tourner les pages, tandis que Faroux lisait à haute voix les informations qu'il contenait. Le registre ne comportait qu'une douzaine de feuillets noircis par une écriture serrée. Deux concernaient des familles dont la lignée s'était éteinte au moins une génération auparavant. Quelques autres avaient plusieurs garçons, ou une seule fille. Finalement, deux familles auraient pu correspondre aux indices qu'ils avaient tiré de la prophétie si l'une des filles n'était pas décédée en bas âge ou si la plus âgée n'était pas déjà mère de plusieurs enfants.

Grâce aux recoupements, ils n'hésitèrent pas longtemps sur l'identité des deux sœurs qu'ils recherchaient et c'est avec une grande excitation que les gnomes lurent les quelques renseignements qui les concernaient. À commencer par leur nom : Issalis et Lalaï.

Issalis, l'aînée, était âgée de dix-neuf ans, et sa mère était morte en la mettant au monde. Elle avait eu deux frères plus âgés qui n'avaient pas vécu au-delà de trois ans. Une fois veuf, le père s'était remarié et avait eu une seconde fille, Lalaï.

Les gnomes apprirent également dans le registre que la seconde épouse, mère de Lalaï, était décédée depuis quelques années. Le père des deux filles avait disparu à la même période. Le fonctionnaire avait simplement noté dans la marge les mots « *probablement mort* ». Cela laissait présager que les deux filles orphelines vivaient encore seules à Belredon. La moitié d'une page était occupée par la généalogie de la famille sur quatre générations.

Dans les royaumes des Hommes, les enfants portaient un nom de naissance donné par leurs parents. À celui-ci s'ajoutait souvent un surnom propre à la famille. Parfois, un individu pouvait acquérir un nouveau surnom à l'âge adulte, un nom usuel donné par l'entourage, la famille ou les voisins. Ce sobriquet devenait le nom d'usage. Il s'agissait souvent du métier ou d'une caractéristique physique de l'individu.

Tel était « le Laboureur », tel autre « le Boiteux » ou encore « le Brave ».

Dans cette société patriarcale, les filles portaient le sobriquet hérité de leur père, avant d'en changer pour celui de leur mari. La femme du « Boiteux » devenait par extension « la Boiteuse », même si sa démarche était celle d'une reine. Bien d'autres exemples de surnoms peu glorieux transmis à l'épouse auraient encore pu être cités.

Lorsqu'une fille n'était pas mariée assez tôt au goût de son voisinage, on l'appelait peu charitablement la « Sola », autrement dit, la vieille fille. Aucun homme n'aurait voulu d'une Sola. Pire, elle était parfois considérée comme une fille de mauvaise vie. À dix-neuf ans, Issalis, semblait avoir la chance de ne pas encore porter ce surnom malgré son célibat.

Sur le registre, les gnomes constatèrent avec surprise que les membres de la famille qui les intéressait avaient tous porté le même sobriquet au travers des générations : « Rouge ». Hommes et femmes, tous avaient été nommés les Rouge. Le père des deux filles se prénommait Jin, Jin le Rouge, paysan de son état. Il n'était noté aucune activité pour sa première épouse, ce qui n'avait rien d'étonnant, car il était assez rare que les femmes exerçassent une quelconque fonction.

En revanche, sa deuxième compagne avait été prêtresse du temple de l'Harmonie, une fonction bien prestigieuse pour la femme d'un simple paysan vivant dans ce hameau reculé.

Les gnomes connaissaient ce temple des Hommes, bâti sur un petit îlot au centre du lac de Nokor, à l'est de Belredon. On ne pouvait y accéder qu'en barque et le temple, d'une architecture très simple, en était la seule construction. On entrait dans ce sanctuaire par un grand portique de grès rose qui donnait dans un atrium où poussaient des plantes aux parfums enivrants. Au fond se trouvait la porte dorée du temple, constitué d'une unique pièce carrée sans ouverture, dans laquelle brûlaient de nombreux lumignons. La prêtresse venait chaque jour y prier la déesse primordiale Brocca, un culte parmi tant d'autres pour les Hommes, qui honoraient plus d'une dizaine de divinités différentes, pour chaque évènement de leur vie, chaque élément naturel, pour le soleil et les saisons.

Les Gnomes ne partageaient pas ces croyances, considérant que le monde était régi par un grand équilibre magique qu'il était vain et même dangereux de chercher à contrôler. Dès leur plus tendre enfance, ces petits êtres apprenaient à aborder l'existence avec optimisme, en harmonie avec la nature et dans le respect de la vie. Ils craignaient et respectaient la magie dont la plupart d'entre eux étaient pourtant dépourvus. Quelques très rares individus gnomes, comme la prophétesse Rana, étaient capables de prédire l'avenir, seul don commun à toutes les races.

Les prêtresses de l'Harmonie étaient choisies pour leur don de voyance. Elles se rendaient dans ce lieu sacré pour prier et répondre aux questionnements des pèlerins au nom de la déesse Brocca. Jadis, les rois eux-mêmes venaient en pèlerinage chercher conseil et augures au temple de l'Harmonie. Ces femmes entraient en transe au son mélodieux de leur roue harmonique, un instrument magique qui accroissait leur pouvoir de divination. Quelques années auparavant, les dernières prêtresses avaient été sauvagement assassinées au cœur même du sanctuaire, la roue volée et le culte abandonné par les Hommes. Faroux en conclut que la seconde épouse de Jin, la mère de la plus jeune des deux filles, avait été l'une des dernières prêtresses de l'Harmonie.

– La prophétie parlait d'une enfant visionnaire, murmura Lacerte. La petite a pu hériter du don de sa mère !

Lorsqu'ils eurent terminé de lire et commenter les renseignements inscrits au registre, les gnomes étaient confortés dans leur conviction d'avoir bien identifié les deux jeunes filles de la prophétie de Rana. Blarel souffla alors la chandelle et ils se glissèrent dehors. Ils regagnèrent la palissade, puis retrouvèrent leur nacelle d'osier. Fauve n'était pas encore revenue de ses pérégrinations nocturnes, aussi se laissèrent-ils tomber lourdement sur la banquette où ils s'endormirent jusqu'au retour de la renarde.

Elle revint quelques heures avant l'aube et reprit sa route, les trois gnomes toujours endormis ballottés sur leur banquette. Elle parcourut à vive allure la dernière étape qui les séparait du hameau de Belredon.

Le petit équipage arriva en vue du village au milieu de la matinée.

Ils découvrirent, nichées au creux d'un vallon, six petites maisons aux toits de chaume. De la fumée blanche montait depuis les cheminées, s'étirant paresseusement dans le ciel limpide. Des poules picoraient entre les enclos où paissaient des ânes dont les longs fanons bruns recouvraient les sabots. On entendait grogner un cochon dans une courette, et la cloche d'une vache, quelque part, dans la chaleur d'une étable.

Fauve déposa la nacelle au pied d'une haie de noisetiers, à distance de la première maison. Les Hommes n'aimaient pas les renards, qu'ils accusaient, parfois à raison, d'être des mangeurs de poules. Les trois gnomes flattèrent longuement le museau de l'animal. Elle était bien loin de son territoire et les avait fidèlement amenés jusqu'à leur destination.

Après un dernier au revoir, Lacerte, Faroux et Blarel, émus, la regardèrent s'éloigner. Ils songèrent avec nostalgie qu'elle s'en retournait à son terrier, tout près de leur *oùme* confortable, qu'ils avaient quittée à peine quelques jours plus tôt pour se lancer dans cette quête, sans pouvoir deviner jusqu'où elle allait les mener.

Depuis l'endroit où ils se trouvaient, ils observèrent les alentours un long moment. Un homme trapu fendait des bûches derrière sa maison. Assis sur le palier, dans l'embrasure de sa porte, un très jeune enfant jouait avec un chaton tigré. De l'autre côté du hameau, près du ruisseau, trois femmes étaient agenouillées et achevaient de battre leur linge en bavardant, tandis qu'entre les demeures, une dizaine d'enfants aux pieds nus se poursuivaient à grands cris, effrayant au passage les poules qui s'enfuyaient en caquetant.

Lacerte, Blarel et Faroux prirent chacun leur paquetage dans le panier d'osier puis se mirent en marche pour rejoindre la première habitation. Ils n'avaient vu aucun chien qui aurait pu signaler leur présence par ses aboiements. Il fallait être discret. Pas plus gros que des souris, les gnomes devaient également se méfier des chats, redoutables prédateurs, qui savaient approcher en silence et bondir avec souplesse sans laisser la moindre chance à leurs proies.

Ils se coulèrent derrière la maison de l'homme qui préparait ses réserves de bois pour l'hiver suivant. Les enfants jouaient toujours, un peu plus loin sur leur droite. Les gnomes décidèrent de visiter chaque habitation jusqu'à découvrir celle où vivaient les deux Rouge.

La chance était avec eux et ils n'eurent pas à fouiller bien longtemps.

Alors qu'ils se rapprochaient d'un deuxième

bâtiment, à couvert d'un buisson de framboisiers, une jeune femme sortit sur le palier. Elle portait une chemise écrue qui lui tombait jusqu'aux chevilles recouverte d'une longue cotte de toile bleue au corsage ajusté par des lacets qui enserrait étroitement son buste. Pourtant, ce que virent surtout les gnomes, ce furent ses cheveux. Une longue chevelure bouclée d'un roux flamboyant, chatoyante comme la robe d'un écureuil.

Ils furent alors certains d'avoir trouvé.

– Issalis la Rouge ! murmura Blarel.

# III

– Lalaï ! Lalaï ! héla la jeune femme.

Elle avait mis sa main au-dessus de ses yeux noisette pour les protéger de la lumière crue du soleil tandis qu'elle cherchait sa sœur du regard.

Une petite fille arriva en courant devant elle, les joues rouges, encore tout essoufflée par la folle poursuite avec les autres enfants.

Elle avait les mêmes cheveux qu'Issalis, d'un roux profond, quoique légèrement moins longs. En revanche, ses yeux étaient très différents, d'un bleu vert presque transparent, qui rappelait l'onde limpide du lac Nokor.

– Cesse de t'amuser, la sermonna gentiment son aînée. Si tu veux que nous allions à la fête demain, il faudra d'abord terminer notre travail.

– Oui, d'accord, répondit la petite à regret, en jetant un dernier coup d'œil au groupe d'enfants qu'on entendait encore courir et crier entre deux masures.

Les gnomes, tapis non loin de là, dévoraient les deux sœurs des yeux, détaillant l'apparence de celles pour qui ils avaient entrepris cette périlleuse quête.

Hormis leurs regards, elles se ressemblaient beaucoup. Elles avaient toutes deux un beau visage ovale au teint pâle et un nez droit aux proportions parfaites. Toutefois Lalaï avait encore des joues d'enfant, rosées et rebondies, avec une bouche petite et ronde. Les lèvres carmin d'Issalis se fendirent d'un sourire taquin :

– Je te prive de la compagnie d'Axiam ?

Lalaï rougit un peu plus avant de répondre d'un ton boudeur :

– Je m'en moque. Les garçons ne m'intéressent pas. Ils ne pensent qu'à se battre à coups de bâton.

– Oh, je vois, répondit ironiquement l'aînée avec un demi-sourire avant de suivre la petite fille à l'intérieur.

Les gnomes n'entendirent pas la fin de la conversation. Ils se rapprochèrent pour se cacher derrière un balai de genêt appuyé à gauche de la porte où ils tinrent un rapide conseil pour décider de ce qu'il convenait de faire à présent.

– Il faut qu'on leur dise ! s'enflammait Lacerte.

– Oui, nous sommes d'accord, tempéra Faroux, mais pour cela, il faudrait leur parler. Je te rappelle qu'elles ignorent sans doute l'existence des Gnomes. Je n'ai aucune envie de finir écrasé ou assommé à coups de balai !

– Tu as peur de leur faire peur ? railla Lacerte. Nous leur arrivons à peine à la cheville !

– Les souris sont aussi petites que nous, répondit posément Faroux. Et pourtant, elles ont le don de provoquer la panique, surtout chez les femmes à ce qu'on dit !

– Elles pourraient nous trouver répugnants, ajouta tristement Blarel.

– Parle pour toi ! se récria Lacerte, vexé.

– On pourrait les espionner encore un peu, proposa Blarel.

Les deux autres s'apprêtaient à l'envoyer paître, car les idées de Blarel étaient la plupart du temps saugrenues ou hors de propos. Cependant, Faroux hocha la tête.

– Oui, bien sûr. Nous allons les suivre discrètement jusqu'à trouver le moment le plus propice pour les aborder et nous faire connaître. Nous découvrirons bien un moyen, nous n'avons pas le choix !

Et c'est ainsi que les trois gnomes se faufilèrent

silencieusement derrière les jupes d'Issalis et Lalaï.

Ils entrèrent dans l'unique pièce de l'habitation. Contre le mur situé en face de l'entrée se trouvait une armoire imposante, avec des portes sculptées, qui contenait le nécessaire pour la cuisine et des provisions. Derrière quelques choux et topinambours se cachait un modeste coffret de bois qui renfermait toutes les économies des deux sœurs, une dizaine de pièces de bronze.

L'âtre se trouvait sur la gauche ; une large cheminée qui s'étendait sur toute la largeur de la maison. Au centre, le foyer était encadré par deux chenets qui soutenaient une grosse bûche à demi consumée.

Un simple rideau de toile cirée masquait, de l'autre côté de la pièce, le lit au mauvais matelas de paille et un grand coffre de bois sombre ouvragé où était rangé le linge. Dans un coin se trouvait un minuscule guéridon sur lequel étaient disposés les accessoires de toilette : un bassinet pour l'eau fraîche, un peigne en corne, quelques fils colorés pour tresser les cheveux, un flacon d'huile et un minuscule miroir d'étain poli.

Issalis et Lalaï s'étaient assises au centre de la pièce, sur des bancs robustes disposés autour d'une table carrée. Elles étaient occupées à tresser des couronnes avec des lianes de clématite où elles piquaient délicatement des fleurs des champs qu'elles tiraient d'un grand panier d'osier.

Lalaï demanda :

– Combien en faut-il ?

– Vingt, répondit Issalis. Nous serons dix filles et il y aura autant de garçons.

La jeune femme regarda du coin de l'œil sa petite sœur qui soupirait d'ennui.

– Il ne nous en reste que deux à tresser, ajouta-t-elle pour la rassurer. Il faudra les laisser dehors ce soir pour qu'elles restent assez fraîches jusqu'au matin.

Il y eut quelques minutes de silence. Lalaï se tortillait sur son banc en regardant sa sœur à la dérobée. Enfin, n'y tenant plus, la petite fille demanda :

– Qu'est-ce que je deviendrai, moi, si tu te trouves un mari demain ?

Issalis observa la petite et prit un moment avant de répondre.

La fête des moissons où elles devaient se rendre le lendemain célébrait la fin de l'été et l'abondance des récoltes. C'était aussi l'occasion de réunir les habitants des hameaux alentours, permettant ainsi aux jeunes en âge de se marier de se rencontrer. La tradition exigeait que les jeunes célibataires se distinguent par le port d'une couronne de fleurs.

En réalité, la plupart des unions n'étaient pas le fruit du hasard. Les mariages étaient généralement arrangés dans l'intérêt des familles. Il arrivait parfois même que les époux ne se soient jamais rencontrés avant le jour de la cérémonie.

– Il y a peu de chances que je trouve un mari demain, tu sais. Je connais chacun de ces dix garçons et je préfère rester seule et devenir une Sola plutôt que passer ma vie avec l'un de ces lourdauds !

– Si tu ne te maries pas, moi non plus je ne me marierai jamais. On restera ici toutes les deux, et on deviendra les sœurs Sola ! déclara Lalaï d'un ton décidé.

Issalis éclata de rire. Un rire cristallin et communicatif bientôt rejoint par celui de Lalaï.

Blarel, Lacerte et Faroux restèrent cachés sous l'armoire et assistèrent, silencieux, au déroulement de la fin de l'après-midi, ne manquant aucun geste, attentifs au moindre détail de la vie des deux sœurs qui portaient, à leur insu, tous leurs espoirs.

Ils les virent sortir pour rapporter de l'eau fraîche, et plus tard du bois sec pour le feu. Ne sachant toujours pas de quelle manière les aborder, ils les observèrent encore longuement, et assistèrent au dîner. Elles bavardaient, assises l'une en face de l'autre devant une écuelle de soupe fumante aux légumes et aux lentilles où trempaient quelques croûtes de pain noir.

Lorsque les deux filles furent couchées, peu après le repas, les trois gnomes sortirent enfin de leur cachette et soupèrent à leur tour. Lacerte trouva le mets goûteux, bien que roboratif. Cependant, Blarel et Faroux restèrent sur leur faim, car il manquait à cette collation la diversité de plats nécessaire à tout bon repas de Gnome.

Chuchotant pour ne pas risquer de réveiller Issalis et Lalaï qui dormaient juste derrière le rideau, les trois frères firent le point sur ce qu'ils avaient appris au cours de l'après-midi. Ils étaient un peu rassurés par le fait que les deux sœurs n'aient aucune famille : il serait sans doute plus aisé de les convaincre de tout quitter pour se lancer sur les routes dans cette quête incertaine. Les emmener aurait été d'autant plus compliqué si elles avaient encore eu leur père. Nul doute que celui-ci se serait opposé à leur départ.

Faroux réfléchissait toujours au moyen de les accoster sans les effrayer. Cela s'avérait assez complexe.

Ils repoussèrent encore une fois l'échéance jusqu'au lendemain soir, prétextant le besoin de les observer encore une journée, en espérant vivement au fond d'eux que le destin leur fournirait une occasion favorable.

Si rien de mieux ne leur venait à l'esprit entretemps, ils avaient résolu de surgir de sous leur armoire le soir suivant, alors qu'elles prendraient leur repas et de leur exposer le but de leur venue, en espérant qu'elles resteraient assez sereines pour être en mesure de les écouter.

Faroux comptait sur le sang-froid apparent d'Issalis, priant secrètement pour qu'elle ne soit pas terrorisée par des gnomes au point de chercher à les écraser à coups de pied comme de vulgaires punaises. Lacerte imaginait déjà la jeune femme poussant des hurlements stridents en s'agitant de façon hystérique, rameutant dans la petite maison tous les hommes du hameau. Blarel, lui, n'ajouta pas grand-chose à part qu'Issalis lui inspirait confiance et qu'il la pensait suffisamment équilibrée pour pouvoir admettre leur existence et leur présence sous son armoire sans pousser de hauts cris. Pourtant son regard se fit tout de même plus soucieux, et il ne s'autorisa aucun jeu de mots de la soirée, preuve plus qu'évidente, aux yeux de ses deux frères, de son extrême nervosité.

Le sommeil finit par les surprendre un peu plus tard, et les trois gnomes s'assoupirent dans un coin de l'âtre, assis les uns contre les autres.

Au petit matin, aux premiers signes d'éveil des deux filles, Faroux, Lacerte et Blarel se glissèrent furtivement sous l'armoire, retrouvant avec soulagement leur cachette de la veille. Blarel avait emporté avec lui une tranche de pain noir, si grosse par rapport à sa taille qu'ils auraient suffisamment à manger pour toute la journée.

Issalis et Lalaï émergèrent bientôt de derrière le rideau. Elles avaient déjà revêtu leurs robes. Issalis s'attela en tout premier lieu à ranimer le feu tandis que Lalaï disposait sur la table le pain et des fruits qui constitueraient leur frugal petit-déjeuner.

– Il faut se préparer maintenant, annonça Issalis

lorsqu'elles eurent mangé.

La jeune femme saisit le peigne et entreprit de discipliner les cheveux de sa sœur avant de les séparer en deux nattes qu'elle remonta sur la tête de l'enfant, entourant son visage poupin d'un diadème écarlate. Puis elle démêla sa propre chevelure, qu'elle laissa tomber librement sur ses épaules avant de ceindre son front d'une des couronnes de fleurs qu'elles avaient préparé la veille. Ce fut la seule coquetterie de sa tenue. Issalis ne possédait pas de bijoux et sa robe d'un bleu sombre était la même que la veille, d'un modèle assez simple, car elle l'avait elle-même cousue. Malgré cela, la jeune femme était resplendissante.

Une fois prêtes, les filles prirent un baluchon léger et le panier qui contenait les couronnes de fleurs puis se rendirent chez leur voisin.

L'homme, grand et brun, allait partir pour la fête des moissons avec sa famille, comme la plupart des habitants du hameau. Il possédait un lourd cheval gris à la croupe pommelée qu'il avait attelé à une charrette d'un autre âge où étaient déjà entassés sa femme, ses quatre enfants et sa vieille mère que l'on avait installée un peu plus confortablement à l'avant, sur le siège du conducteur. La vieille femme était sénile et marmonnait continuellement dans sa barbe une litanie insensée.

Issalis et Lalaï saluèrent toute la famille avant de se hisser à l'arrière. Les trois gnomes se faufilèrent sous la porte et profitèrent de l'agitation des enfants et de l'agacement du fermier pour longer un muret de pierre et traverser prestement le passage à découvert qui les séparait de la charrette, avant de s'installer d'un bond sur l'essieu arrière.

Le trajet jusqu'au village où avait lieu la fête des moissons ne dura pas plus d'une heure, au rythme lent des pas du cheval. Ce fut l'occasion pour Issalis d'échanger quelques nouvelles avec sa voisine, une petite femme rondelette aux cheveux châtains qui riait beaucoup, faisant sursauter à chaque fois le plus jeune de ses enfants qui somnolait sur ses genoux.

La vie dans les campagnes était rude et les gens n'avaient que peu d'occasions de sortir de leur village. On ne manquait jamais la fête des moissons ni la grande foire du printemps à Bourg Dun.

Les paysans venaient s'y approvisionner pour l'année en savon, en tissu, et pour les castes plus aisées en parfums ou en fourrures rares. Les foires et les fêtes étaient aussi l'occasion d'admirer les parures à la dernière mode que l'on ne pouvait s'offrir, de goûter des mets venus de contrées lointaines ou de contempler des créatures étonnantes que des montreurs exhibaient dans des cages.

En hiver, il y avait d'autres types de célébrations, comme les cérémonies des trois nuits sans lunes, les plus longues de l'année. Les habitants des hameaux se réunissaient alors autour du feu pour de longues veillées au cours desquelles les vieux racontaient les légendes de l'ancien temps, peuplées de monstres effrayants et sanguinaires. Une fois l'an avait lieu la nuit des quatre lunes, au cours de laquelle les quatre astres de la Terre d'Escalon se levaient ensemble dans leur plénitude. Cet évènement donnait lieu à des cérémonies religieuses où l'on célébrait les divinités féminines de la fertilité.

Le reste du temps, chacun vivait dans son hameau et ne le quittait guère, mis à part pour rendre visite à la famille à l'occasion de mariages ou de funérailles.

Lorsqu'ils arrivèrent à Bourg Dun, l'homme laissa le cheval et la charrette à l'extérieur des murs, auprès de nombreux autres attelages de toutes tailles. Lalaï, Issalis et leurs voisins se donnèrent rendez-vous à cet endroit au coucher du soleil puis franchirent à pied la grande porte de bois, ouverte en ce jour de fête.

Issalis partit avec Lalaï déposer les couronnes de fleurs près du plancher monté la veille sur la place pour les danses de l'après-midi. Elle salua plusieurs jeunes gens qui se penchaient déjà sur le panier pour y prendre leur couronne et s'identifier ainsi en tant que célibataire.

Les deux sœurs disposaient de toute la matinée pour profiter des nombreuses animations de la petite bourgade. Il y avait partout des musiciens et des jongleurs aux tenues bariolées qui faisaient la joie des enfants. Sur une place, elles virent un cracheur de feu et plus loin un avaleur de sabre à lame courbe qui effraya quelque peu Lalaï. Elles frissonnèrent devant un montreur d'ours à l'air peu amène, dont la bête énorme ne cessait de gronder en tirant sur sa chaîne puis elles rirent de bon cœur devant un théâtre de marionnettes.

Elles déambulaient lentement, emportées par une foule dense, ivres de rires et de couleurs, accaparées par le spectacle de la ville en fête.

Au détour d'une rue, une femme aux longs cheveux noirs et à la peau mate, les bras et les oreilles couvertes de bijoux, saisit la main d'Issalis et lui demanda la permission de lui dévoiler son avenir avec un sourire enjôleur. La jeune femme y consentit en riant et glissa une piécette dans la main de la voyante. Celle-ci sourit et cacha prestement le petit sou doré dans un des replis de ses jupons rouges et violets, faisant tinter ses nombreux bracelets. Elle observa la paume blanche qui lui était tendue un court instant puis releva brusquement la tête, ses yeux gris étrangement écarquillés.

– Ta ligne se dédouble, et la fourche est pour bientôt.

Elle parlait d'une voix rauque et lente en fixant Issalis dans les yeux.

– Ton avenir dépendra de l'homme que tu suivras. Mais, quel que soit ton choix, je vois un grand destin pour toi.

Elle fit une courte pause avant d'ajouter en dardant ses yeux noirs sur Lalaï :

– Tout ça, elle, elle le savait déjà…

La fillette qui écoutait d'un air grave eut un sursaut.

– Je ne comprends pas, que voulez-vous dire ? demanda Issalis en regardant sa petite sœur.

Mais lorsqu'elle se retourna, la diseuse de bonne aventure s'était coulée dans la foule et avait disparu.

– Ne t'inquiète pas Lalaï, elle doit promettre un grand avenir à tous ceux qui lui donnent un sou ! s'exclama la jeune femme en haussant les épaules.

Pourtant, le visage de Lalaï restait fermé.

– C'est la vérité, murmura l'enfant dans un souffle.

– De quoi tu parles ? demanda Issalis en scrutant son visage.

Lalaï sembla hésiter avant de s'expliquer.

– Tu sais, la nuit je rêve beaucoup. Depuis quelque temps, ces rêves sont devenus très clairs, si réels que je me suis souvent demandé s'ils n'étaient pas vrais. J'ai rêvé plusieurs fois que tu te mariais, que tu devenais reine. Parfois, tu portais une robe claire et tu souriais, d'autres fois, tu portais un manteau noir et alors toi aussi tu étais sombre.

Devant le regard interdit de sa sœur, la petite fille tenta de se justifier :

– Je ne t'en avais jamais parlé avant parce que je savais que tu me dirais que je rêvais de tout ça juste parce que j'ai peur que tu te maries et que tu m'abandonnes.

Issalis était troublée. Elle ne se souvenait pas que sa sœur lui ait caché quoi que ce soit auparavant. Un instant, la jeune femme eut la vague impression de ne plus tout à fait avoir une enfant face à elle. Lalaï paraissait soudainement mûrie. Son visage grave et ses yeux si transparents étaient empreints d'une acuité inhabituelle pour une petite fille.

– Bien sûr que je t'aurais crue, Lalaï.

Issalis chercha un instant ses mots. Elle lui devait la vérité. Elle avait toujours su que ce moment arriverait. Simplement, elle avait espéré qu'elles ne seraient pas confrontées à ce phénomène avant longtemps encore.

– Lalaï, je ne t'en ai jamais parlé non plus, car je pensais que tu étais encore trop petite pour ça. Ta mère était une des prêtresses de la déesse Brocca, précisément parce qu'elle avait le don de voir l'avenir. Il semble que tu commences à entrer en possession de ton héritage. Alors, bien sûr que je te crois. Comme ceux de ta mère, tes rêves sont le reflet de la réalité. Simplement, le message n'est pas toujours celui qu'il paraît être. En particulier celui-là ! Je ne vois pas très bien comment une orpheline comme moi pourrait un jour devenir reine. Au cours de leur jeunesse, les prêtresses visionnaires apprennent à interpréter leurs visions et c'est aussi ce que tu devras faire. Malheureusement, je ne pourrai pas t'aider dans cet apprentissage, car je n'ai aucune compétence en la matière.

Les gnomes étaient tapis non loin de là sous la charrette d'un camelot. Ils avaient réussi, non sans mal, à suivre les sœurs parmi la foule grâce à la couleur si particulière de leur chevelure qui permettait de les reconnaître de loin parmi les badauds. Ils avaient progressé lentement, rasant les murs, serrés les uns contre les autres et recouverts d'un morceau de toile brune pour ne pas attirer l'attention sur leurs bonnets rouges, si peu discrets. Cependant l'agitation des rues était telle que personne ne prenait vraiment garde à ce qui se passait au niveau du sol.

Ils auraient aimé entendre la prédiction de la diseuse de bonne aventure, avant qu'elle ne désigne Lalaï et ne s'évanouisse parmi la foule, mais de là où ils se tenaient, ils n'avaient pas compris un traître mot ni de l'échange ni de la discussion qui avait suivi entre les deux sœurs. Pourtant, quelque chose de grave s'était produit, car le visage d'Issalis était soudainement devenu soucieux. Ensuite, Lalaï et elle s'étaient éloignées trop rapidement pour que les gnomes puissent leur emboîter le pas sans risquer de se découvrir aux yeux des passants.

Les trois frères restèrent un moment indécis, à couvert sous une charrette sur laquelle s'amoncelaient des amas de laine grossière qu'un homme trapu tentait de vendre à grands cris. Ils souhaitaient s'accorder une pause, car filer les deux sœurs dans le bourg en fête s'avérait risqué et épuisant. Issalis irait de toute façon danser sur la place dans l'après-midi, aussi décidèrent-ils qu'il serait plus aisé de l'attendre à l'endroit où devait se tenir le bal.

Faroux fut soulagé de cette proposition, car il craignait que leur maigre bout de tissu ne les tienne pas à l'abri des regards bien longtemps.

Ils rebroussèrent donc tranquillement chemin jusqu'à la grande place et s'assirent sous un étalage pour manger un morceau tout en devisant :

– Avec un peu de chance, cette voyante nous aura facilité la tâche ! articula Lacerte, la bouche pleine.

– Il faut espérer, ajouta Faroux. Peut-être qu'elle n'avait aucun don et qu'elle ne leur a raconté que des fadaises.

– Je ne crois pas ; il s'est bien passé quelque chose de très sérieux sous nos yeux. Peste soit cette foule bruyante qui nous a privés de cette conversation cruciale !

– Il ne nous reste plus qu'à espérer que la voyante les ait préparées malgré elle à nos révélations. Quoi qu'il en soit, il faudra nous lancer ce soir et tout leur dire, car le temps presse.

– Poil aux tresses !

– Blarel, la fatigue te rend encore moins drôle qu'à l'accoutumée.

Tome 1 – Le Cercle de Couët Krann

# IV

La matinée tirait doucement à sa fin, émaillée par le spectacle coloré offert par la foule chamarrée qui se pressait dans les ruelles.

Issalis et Lalaï avaient déjà fait le tour de la petite bourgade, en s'arrêtant maintes fois pour écouter musiciens et trouvères qui chantaient tantôt les louanges et les exploits du grand roi Darleon, tantôt les tourments délicieux de l'amour.

À présent, le soleil atteignait presque le faîte de sa course, et Lalaï commençait à s'impatienter. Les fruits du matin lui semblaient n'être qu'un lointain souvenir et son estomac se mettait parfois à gargouiller bruyamment.

Issalis entraîna donc sa sœur vers une volée de marches menant au bord du cours d'eau qui traversait le bourg. Un quai pavé de larges dalles grises permettait un accès plus aisé à la berge. On pouvait y imaginer les pêcheurs posant leurs nasses et les femmes qui venaient laver leur linge chaque matin. Cependant, en ce jour de fête, les promeneurs y étaient rares.

Assise à même les marches, Issalis tira quelques pipefarces aux herbes de son baluchon ainsi qu'une outre de cuir dont l'eau restait encore assez fraîche.

– Je suis désolée, dit la jeune femme, nous ne sommes pas invitées au banquet qui précède le bal. Mais j'ai fait bien plus de pipefarces qu'il ne nous en faudra !

– C'est pas grave, répondit Lalaï la bouche pleine de beignets aux herbes, je préfère ça à tous les pâtés aux épices et à toutes les oreilles de cochon farcies.

Les deux filles se mirent à rire.

Un bruit de sabots venant du quai, sur leur gauche, mit subitement fin à leurs plaisanteries.

Tirant derrière lui deux chevaux et un grand mulet, un jeune homme venait dans leur direction. Grand et mince, il portait des chausses et une tunique de cuir foncé qui contrastaient avec ses longs cheveux blonds, épars sur ses épaules. Sa barbe était tressée avec soin, et ses fines moustaches renforçaient l'impression de malice que dégageaient ses yeux noirs et pétillants.

Il parut surpris et, pendant un très fugace instant, presque décontenancé de les trouver sur ces quais qu'il pensait être déserts à l'heure du déjeuner. Le jeune homme fit pourtant rapidement bonne figure et lança aux deux filles, d'un air enjôleur :

– Si j'avais su que j'allais tomber sur pareilles beautés, j'aurais mieux soigné mon entrée !

Issalis ne dit rien, tandis que sa petite sœur adressait en réponse l'un de ses plus beaux sourires au jeune homme.

– Alors, ma belle, continua-t-il en avisant la couronne de fleurs qu'Issalis portait sur le front, tu iras danser tout à l'heure ? J'espère que tu ne comptes pas repartir au bras d'un de ces paysans, tu es bien trop belle pour eux !

Issalis se sentit rougir, et mit pourtant toute l'impertinence dont elle était capable dans sa réponse :

– Ici, les gens sont simples, ça n'enlève rien à leur mérite. Vous ne valez sans doute pas mieux qu'eux.

– Holà, du calme, jeune dame. Je vaux certes mieux que tous ces nigauds réunis. Mon nom est Bergon le valeureux, pour vous servir.

Le hasard voulut qu'un des chevaux tenus par le beau Bergon choisisse cet instant pour souffler bruyamment par les naseaux, comme s'il avait pouffé de rire. Ce bruit incongru provoqua l'hilarité de Lalaï et un sourire narquois d'Issalis.

Bergon se retourna vers le coupable, un grand alezan massif à l'épaisse crinière ondulée.

– Tu n'es pas d'accord ? lui dit-il sèchement. D'abord, je suis bien plus beau qu'eux. Vois mes cheveux d'un blond elfique et ma haute taille. Et bien plus malin aussi. N'ai-je pas un cheval qui semble comprendre ce que je raconte et qui se mêle de ma conversation alors même que je me suis bien gardé de lui demander son avis ?

Le grand cheval repoussa doucement Bergon de la tête, faisant redoubler les rires des filles.

– Assurément, déclara Issalis, ce cheval est plus spirituel que bien des hommes que j'ai rencontrés. Quel est son nom ?

Le front de Bergon se plissa furtivement avant qu'il ne réponde :

– Désormais, il se nommera l'Éloquent.

Il caressa le bout du nez de l'animal en souriant avant d'ajouter :

– Je dois partir maintenant, je ne me suis que trop attardé en votre charmante compagnie. Mais pense bien à ce que je t'ai dit, ces gueux ne te méritent pas.

Le jeune homme se rapprocha des deux sœurs, jusqu'à ce que leurs visages ne soient qu'à quelques centimètres du sien, faisant battre leurs cœurs un peu plus fort. Il déposa un baiser bruyant sur la joue de Lalaï. Lorsqu'il recula, il tenait à la main deux pipefarces qu'il venait de subtiliser dans la besace restée ouverte.

Bergon reprit sa route dans un éclat de rire, traînant derrière lui ses deux chevaux et son mulet.

Lalaï et Issalis suivirent le jeune homme des yeux jusqu'à ce qu'il disparaisse.

La petite fille se tourna alors vers sa sœur et lui déclara d'un air solennel :

– C'est un homme comme ça qu'il te faut.

Issalis gourmanda sa sœur en souriant :

– Un voleur impertinent ! Excellent choix, vraiment.

Elles mangèrent quelques autres pipefarces en silence.

Au bout de quelques minutes, Issalis se tourna pour regarder plus attentivement sa petite sœur.

– Maintenant Lalaï, j'aimerais que tu me racontes un peu tes rêves.

L'heure du bal, point d'orgue de la fête des moissons, approchait. Sur la grand-place, on avait dressé des mâts aux quatre coins du parquet de danse, entre lesquels étaient tendus des voilages blancs qui descendaient jusqu'au sol à chaque angle, apportant de l'élégance, sinon un peu d'ombre, à la piste où allaient évoluer les danseurs.

Issalis et Lalaï se rapprochèrent ; plusieurs jeunes coiffés de couronnes de fleurs attendaient déjà. C'était à eux qu'il incombait d'ouvrir le bal, avant d'être rejoints par les autres danseurs. Quatre musiciens entonnèrent un air gai et entraînant qui attira les premiers couples sur la piste.

Lalaï les observa un moment. Le joueur de flûte était borgne et portait un bandeau noir qui cachait la mutilation de son œil gauche. Son instrument façonné en cuir bouilli avait la forme d'un serpent dont la bouche béante laissait s'échapper des notes mélodieuses. Il souriait et échangeait des regards complices avec le joueur de vièle à archet aux cheveux bruns et frisés, placé sur sa droite. Un troisième homme, entre deux âges, tenait sa chevrette de cuir sous son bras, et ses doigts agiles couraient le long du chalumeau tandis qu'il soufflait dans une petite pipe en bois, produisant un son aigrelet. La mélodie était rythmée par le son sourd du tambour frappé en cadence par un nain qui suait à grosses gouttes dans son costume jaune et vert.

Les danses s'enchaînaient, et Issalis passait de bras en bras, chaque jeune homme se pressant pour l'arracher au précédent.

Lalaï suivait les danseurs depuis le bord du parquet. Sa sœur ne semblait pas prêter plus d'attention à l'un ou à l'autre des garçons, souriait vaguement quand ils lui glissaient quelques mots à l'oreille. Issalis avait même parfois l'air un peu lasse.

En un sens, la petite fille se sentait rassurée. Ces garçons étaient sans intérêt. Aucun de ceux-là ne lui prendrait sa chère sœur aujourd'hui. La fillette finit par se détourner et partit d'un pas joyeux profiter encore un peu du spectacle des artistes de rue.

Adossés à un mât, dissimulés derrière un pan de rideau blanc, Faroux, Blarel et Lacerte ne manquaient rien du manège des hommes autour de la rousse Issalis. L'un d'entre eux, plutôt gauche, lui chuchotait quelques mots à l'oreille. Pour autant, ses paroles semblaient susciter à la jeune femme plus de gêne que d'enthousiasme.

– Elle mérite quand même mieux que ces paysans ! s'écria Blarel

– Mais puisqu'on te dit qu'elle épousera un roi, s'agaça Faroux. Laisse-la donc danser !

– Perte de temps, puisqu'elle n'épousera aucun de ceux-là, renchérit Lacerte.

Leur discussion fut brusquement interrompue par des aboiements furieux et des cris venant de la rue principale de Bourg Dun.

Surpris, puis peu à peu alarmés, les danseurs cessèrent de tournoyer et la musique s'interrompit. Tous cherchaient l'origine du tapage avec inquiétude. La curiosité qui se lisait sur les visages fit bientôt place à l'horreur lorsqu'ils virent une meute de mâtins aussi gros que des veaux qui remontaient la rue au grand galop en aboyant sauvagement, renversant les malchanceux qui se trouvaient sur leur chemin, attaquant ceux qui tentaient de se défendre.

Les chiens précédaient un groupe de cavaliers en armes, montés sur des chevaux d'un gris sombre comme un ciel d'orage. Les destriers portaient des harnais de guerre en cuir noir, et leur poitrail écumant était protégé de plaques métalliques de la même couleur. Leurs cavaliers frappaient au passage les gens affolés du plat de leurs longues épées, les poussant au-devant d'eux comme du bétail, en direction de la place où les danseurs évoluaient encore avec insouciance quelques instants plus tôt. Issalis chercha Lalaï du regard parmi la foule affolée. Elle cria son nom, le cœur battant, mais dans la panique générale qui avait saisi danseurs et spectateurs, elle ne vit nulle part la petite fille rousse. Chevaux et chiens arrivaient déjà près du parquet où se trouvait maintenant une foule compacte. L'homme qui menait les cavaliers, brun, les sourcils hirsutes, émit un long sifflement qui ramena les chiens aux pieds des chevaux. Il leva la main, les gens se turent et l'observèrent avec angoisse, serrés les uns contre les autres entre les rideaux blancs gonflés par la brise.

– Peuple du canton de Bourg Dun et du royaume de Blangerval. Mon nom est Brögen, capitaine de l'armée de la justice du roi Darleon. Le roi nous a dépêchés, moi et mes hommes, pour porter sa parole auprès de son bon peuple.

Brögen marqua une pause théâtrale, balayant sévèrement la foule du regard, avant de tendre un index accusateur :

– Vous avez mécontenté votre roi.

Son auditoire resta silencieux, les yeux grandis par

l'effroi. Un enfant se mit à pleurer.

Le capitaine, toujours installé sur sa monture, et de ce fait les dominant tous, poursuivit un peu plus fort :

– Par ordre de Darleon, roi de Blangerval en Terre d'Escalon, et eu égard au caractère éhonté des festivités coutumières des cantons du royaume où les femmes s'exhibent pour trouver mari et sortent seules ou en compagnie d'autres femmes, incitant ainsi les hommes à la débauche, le roi ordonne qu'à compter de ce jour tout rassemblement de la populace soit désormais interdit. Les femmes devront rester en leur foyer et n'en sortiront qu'en la compagnie d'un homme, père, frère ou mari, pour la garantie de leur vertu. Il leur est interdit d'exercer quelque fonction publique. Il est d'autre part proscrit tout culte des déités anciennes. Seul votre roi mérite d'être adoré dès ce jour.

Le capitaine fit à nouveau une pause de quelques secondes. L'enfant pleurnichait toujours. Un homme toussa.

– Les ordres de Darleon doivent être appliqués sur le champ. La fête est finie. Que chacun rentre chez lui et emmène sa femme et ses sœurs.

Brögen se tut, et personne ne bougea. Tous semblaient figés, vacillant entre terreur et surprise. Le capitaine les regarda un instant en ricanant puis il leva son épée et rugit :

– Allez !

Alors, ce fut le chaos.

Les cavaliers chargèrent la foule en brandissant leurs armes et les chiens attaquèrent, dispersant la populace, séparant les familles.

Faroux, Lacerte et Blarel restèrent tapis au pied de leur mat, n'osant sortir de peur de se faire piétiner. Ils devaient attendre, spectateurs impuissants, que les soldats s'en aillent et que le calme revienne. À peine avaient-ils retrouvé Lalaï et Issalis que déjà elles avaient disparu à leurs regards, emportées dans un tourbillon d'aboiements et de cris.

Dans la panique générale, Issalis ne savait pas où aller pour échapper aux molosses et aux cavaliers.

Des sanglots montaient dans sa gorge alors qu'elle appelait vainement Lalaï au milieu de tous les cris. Elle passa près des tables du banquet où avaient tranquillement déjeuné les notables quelques heures plus tôt, à quelques pas du parquet de danse. Plusieurs tréteaux étaient renversés au sol, les nappes déchirées. Un petit groupe de femmes était acculé dans un angle du parquet, ne sachant pas trop dans quelle direction fuir pour échapper à l'horreur. Serrées les unes contre les autres, elles furent rapidement repérées par deux cavaliers qui dirigèrent leurs chevaux vers elles à vive allure. Issalis se tenait à quelques pas derrière et elle leur hurla de fuir avant de s'aplatir et d'aller rouler sous une des rares tables encore debout. Dissimulée sous la nappe, elle regarda par une fente du tissu, le cœur battant.

Deux jeunes filles s'étaient résolues à se séparer de leurs aînées et s'enfuyaient dans une rue adjacente. Les deux hommes cernèrent les quatre femmes restantes, l'épée tirée du fourreau. L'un d'eux frappa la plus âgée du plat de la lame avec une telle violence que la vieille tomba à genoux. Les autres poussèrent des cris d'effroi et se recroquevillèrent sur elles-mêmes, impuissantes. Les cavaliers se mirent à rire bruyamment tout en les encerclant, faisant tourner leurs chevaux autour d'elles, de plus en plus près, manquant de les bousculer.

– Où sont les hommes qui vous accompagnent ? demanda l'un des soldats.

L'autre ne prit pas la peine d'attendre la réponse.

– Les femmes mariées ne sortent pas seules de chez

elles. Vous n'êtes que des solas !

Il tendit le bras et saisit à pleine main la chevelure de l'une des malheureuses. La femme gémit. Il l'attira vers lui et la hissa brutalement en travers de sa selle avant de vociférer :

– Les solas sont pour les soldats !

Les deux cavaliers éperonnèrent leurs chevaux et partirent au galop, emportant avec eux la pauvre femme qui hurlait, ballottée comme un sac par les foulées rapides de la monture.

Issalis restait tapie sous la table, tremblante. Elle sentait une sueur glacée ruisseler le long de son dos. Elle n'osait plus sortir de là, il y avait encore trop de cris et d'agitation autour d'elle. Elle pensait à sa sœur, encore une petite fille, seule dans les rues, face aux chiens et aux soldats. Elle eut le pressentiment qu'elle l'avait perdue, qu'elle ne la retrouverait pas.

Elle repensa à leur conversation sur les quais, quelques heures plus tôt. Lalaï lui avait raconté un de ses rêves, un cauchemar qu'elle faisait très souvent, où une bête l'emportait loin d'Issalis, vers son destin.

L'heure était-elle venue ?

Issalis se sentit prise de panique. Les chiens. Les chevaux. Ces hommes monstrueux. Elle fut soudain certaine que lorsqu'elle sortirait enfin de sous cette table, sa petite sœur aurait disparu à jamais.

– Issalis, nous pouvons vous aider.

La voix interrompit le tourbillon de ses pensées confuses. Elle chercha autour d'elle, les yeux hagards. Elle crut même un instant que c'était son imagination qui en était à l'origine.

– Issalis, par ici.

Elle baissa les yeux et ne put retenir un cri. Trois minuscules hommes vêtus de bleu, avec un étrange bonnet rouge et pointu, se tenaient à quelques pas devant elle sous une autre table. Elle eut un mouvement de recul. Cependant, fuir hors de sa cachette était impensable et l'un des lutins eut un geste d'apaisement. Il lui parla d'une voix posée, rocailleuse, avec un fort accent aux mots traînants, où les *r* roulaient comme les roucoulades des colombes :

– Ne soyez pas effrayée. Nous sommes des Gnomes et nous ne vous voulons aucun mal. Nous allons vous sortir de là, vous et votre sœur. Nous l'avons vue s'éloigner pendant que vous dansiez, tout à l'heure. Ayez confiance en nous, nous allons vous aider à la retrouver.

Issalis jeta un regard paniqué aux alentours. Les soldats étaient toujours visibles, poursuivant les femmes en hurlant, sous les encouragements et les rires de leur capitaine. Sa cachette serait découverte sous peu. Il lui fallait fuir et trouver un refuge plus sûr. Elle n'avait plus de temps à perdre à réfléchir. Pas le temps non plus de poser à ces trois drôles de bonhommes – tout droit sortis des légendes qu'on racontait autrefois aux enfants pour les endormir – les questions qui lui brûlaient les lèvres. Elle ouvrit sa besace sur le sol et les trois gnomes y grimpèrent prestement. Faroux tendit le doigt vers le sud.

– Elle est partie par-là ! dit-il.

Issalis écarta la nappe et se mit à courir éperdument dans la direction que lui désignait le gnome. Elle ne tourna même pas la tête pour s'assurer qu'aucun soldat ne l'avait repérée ou suivie. Elle s'engagea dans une ruelle, puis dans une autre, avant d'atteindre une zone plus calme, où les cris et le tumulte paraissaient presque lointains.

En entendant les premiers aboiements, la petite Lalaï n'avait pas détourné son attention du spectacle, fascinée qu'elle était par les mouvements des voiles de la danseuse qui se déhanchait devant elle en frappant son tambourin du plat de la main. Puis la femme avait brusquement cessé de danser, et son chant s'était mué en un cri lorsqu'un énorme chien gris s'était élancé vers elle en grondant, babines retroussées.

Lalaï ne vit pas ce qui arriva à la danseuse. Elle se mit à courir, comme tous les autres, emportée par le mouvement de panique de la foule. Hors d'haleine, elle parvint à sortir du flot de fuyards pour bifurquer sur sa droite dans une ruelle perpendiculaire. Elle appuya son dos contre un mur pour reprendre son souffle.

Elle n'était pas seule. Plaqués contre les parois, il y avait auprès d'elle une femme qui serrait un tout jeune enfant contre sa poitrine et aussi un petit groupe d'hommes dont certains n'étaient encore que des adolescents. Tout au fond, comme tapis dans l'ombre, Lalaï discerna l'ours brun avec sa muselière rouge et son vieux maître, accroupi près de lui, qui murmurait une litanie monocorde et inintelligible pour apaiser le fauve. La petite fille avança un peu plus dans la ruelle, dépassant le groupe d'hommes. Elle veilla toutefois à rester à bonne distance de l'ours.

Tous gardaient le silence, écoutant, le cœur battant, les grondements et les cris qui leur parvenaient depuis la grande rue. Soudain, la femme poussa un hurlement de frayeur. Un chien énorme se dressait à l'entrée de la ruelle, immobile, la bave aux lèvres. Son pelage gris anthracite et ras ressemblait à la robe soyeuse des taupes. Il émit un grognement sourd. Un autre grondement, plus puissant, lui répondit. Au fond de la ruelle, l'ours s'était dressé sur ses pattes arrière, et le vieux montreur peinait à le retenir, ses bras malingres tirant de toute leur force sur la chaîne, sans cesser de lui parler pour tenter de le calmer.

Les hommes du petit groupe replié dans la ruelle s'avancèrent lentement devant la femme et son enfant pour les protéger, faisant face au chien.

Brusquement, le mâtin chargea, les renversant comme de vulgaires quilles de bois. Lalaï regardait la scène, les yeux écarquillés, pétrifiée de frayeur. Le molosse allait tous les tuer et finirait par elle. Un cri derrière elle la fit se retourner.

N'y tenant plus, le vieux montreur avait fini par lâcher la chaîne et l'ours se ruait en avant, droit sur la petite fille. Elle n'eut que le temps de voir l'énorme bête dressée devant elle avant que la terreur ne lui fasse perdre connaissance aux pieds de l'animal. Dans un rugissement, le plantigrade s'abattit lourdement sur la fillette évanouie sur le sol.

# V

Issalis s'arrêta un instant pour souffler, le dos plaqué contre un mur. Elle souleva le rabat de son baluchon et y trouva les trois gnomes, entassés au fond du sac au milieu des restes de pipefarces.

– Ça va ? demanda-t-elle.

– Cela pourrait aller mieux, lui lança Lacerte avec un regard noir. On a été secoués !

– Vraiment désolée, dit-elle distraitement. Dites-moi où est ma sœur.

– Elle est partie par la grande rue pendant que vous dansiez. Nous l'avons vue regarder un moment le cracheur de feu, avant de la perdre de vue.

– Mais vous disiez que vous alliez m'aider ! dit Issalis avec un sanglot dans la voix.

– Et c'est bien ce que nous allons faire, répondit Faroux d'une voix grave. Ne perdez pas espoir, posez des questions aux gens, trouvez des personnes qui ont pu voir où elle s'est rendue ensuite.

– Quoi ? Enfin, regardez donc autour de vous, s'emporta la jeune fille. Les gens se sont enfuis, les chiens et les cavaliers sont encore dans les rues. Personne n'aura remarqué une enfant parmi la foule. Qui me répondra ?

Issalis fut interrompue par quatre adolescents qui déboulèrent en courant dans la ruelle. L'un d'eux tenta d'ouvrir plusieurs portes avant de réussir à en trouver une qui n'était pas verrouillée. Il s'engouffra dans ce qui semblait être l'atelier d'un menuisier, rapidement suivi par les trois autres. On entendait approcher un cheval, ses sabots ferrés résonnant sur le sol. Issalis se précipita à la suite des garçons et referma la porte sur eux, juste à temps pour voir par le carreau étroit un cavalier qui venait inspecter la ruelle. Il faisait sombre à l'intérieur, et tous se taisaient, osant à peine respirer.

Après quelques minutes qui leur parurent durer une éternité, le cavalier fit demi-tour et quitta le passage.

– Il est parti, chuchota Issalis. Nous pouvons y aller.

– Non, ils sont partout, eux et leurs chiens. Il faut attendre encore, surtout vous, lâcha un des jeunes hommes dans un murmure.

– Les chiens n'attaquent que les femmes, ajouta un autre. J'en ai vu un défigurer une danseuse de rue.

Issalis se sentit défaillir.

– Avez-vous vu une fillette avec des cheveux roux, comme moi ? Elle portait une tunique blanche.

– Oui, on l'a vue tout à l'heure, s'anima le plus jeune. Dans la ruelle où il y avait l'ours, ajouta-t-il à l'attention des autres garçons.

Les autres ne répondirent pas, pourtant Issalis les sentit se crisper dans la pénombre.

– Dis-moi ce qu'il s'est passé, ordonna Issalis en empoignant le garçon par les épaules.

Ce fut un autre jeune homme qui lui répondit lentement, le visage blême.

– Elle était cachée dans une ruelle, de l'autre côté du bourg. On y était aussi, avec mon père et mon oncle. Il y avait encore une femme avec un bébé et le vieux bonhomme avec son ours. Et là, un chien est arrivé. Mon père et mon oncle se sont mis au travers du passage, devant la femme et votre sœur pour nous protéger tous, mais l'ours est arrivé par-derrière et il a sauté sur la petite. Après, mon père nous a crié de partir. On a juste eu le temps de voir le vieux soulever la petite fille et la poser sur le dos de son ours. Elle était évanouie.

Issalis écoutait le récit du garçon, la bouche

entrouverte. Elle dut s'appuyer contre un établi pour ne pas défaillir.

– Vous allez bien ? s'inquiéta un des jeunes hommes en la voyant si pâle.

Elle eut envie de hurler.

Non, rien n'allait bien, tout allait même très mal. Lalaï était perdue, et elle-même ne pouvait pas sortir de cette cachette sans risquer de tomber sur les cavaliers du roi et leurs terribles chiens. Pourquoi ce vieil homme avait-il pris sa sœur ? Était-elle blessée ? Peut-être déjà morte ? Les pensées les plus horribles déferlaient dans son esprit. Elle se sentait très seule et désemparée. Elle n'osait pas ouvrir sa besace devant les garçons, toutefois même la présence de ces drôles de petits hommes tapis au fond de son sac ne l'aurait pas réconfortée tant sa détresse était grande.

Après quelques minutes d'attente, l'oreille aux aguets, les adolescents s'assirent à même le sol, bientôt imités par Issalis.

L'un d'eux occupa ses mains à tailler un morceau de bois avec les outils éparpillés sur l'établi. Les autres écoutaient, l'air inquiet, les cris et les aboiements qui provenaient des rues les plus proches.

Cela dura longtemps.

Le plus jeune s'endormit, les bras serrés autour de ses jambes, la tête posée sur ses genoux.

Enfin, la bourgade se tut peu à peu, et le tumulte s'atténua pour faire place à un lourd silence.

Les jeunes gens attendirent encore en s'interrogeant du regard avant d'oser enfin s'aventurer à l'extérieur.

Après la pénombre de l'atelier, la lumière crue fit ciller Issalis. Un triste spectacle de désolation se dévoila alors à son regard.

Dans la grande rue, les étals étaient renversés, les fruits et légumes piétinés. Çà et là traînaient des vêtements abandonnés dans la fuite par leurs propriétaires. Quelques hommes erraient, les yeux hagards, les bras ensanglantés. Une vieille femme gémissait, recroquevillée dans un coin.

– Père !

Deux des garçons se précipitèrent vers un homme qui avançait en boitant, appuyé sur un autre dont la tunique était maculée de sang.

– Hagor, Minar ! La déesse soit louée, vous voilà sains et saufs.

– Que s'est-il passé, père ? Vous êtes blessé ! Vous aussi, mon oncle ?

L'homme blond qui soutenait le père des garçons leur adressa un pâle sourire destiné à les rassurer sur son état. Il aida son frère à s'asseoir, adossé contre un mur.

– Quand le chien a chargé, il nous a fait basculer tous les deux. Alors votre père l'a saisi par les pattes arrière avant qu'il n'atteigne la femme et la petite qui étaient derrière nous.

Issalis sentit son cœur se serrer à l'évocation de sa sœur, tandis que l'homme racontait la suite.

– Il s'est retourné sur moi, et il m'a mordu au bras et au torse. Votre père lui a donné quelques coups de bâton dans le train…

– Et il m'a lacéré la jambe, coupa le père dans une grimace.

Il faisait des efforts visibles pour dominer sa douleur, et des gouttes de sueur perlaient sur son front grisonnant.

– Toutefois votre père ne s'est pas démonté ! enchaîna l'oncle, presque enthousiaste ; il lui a tellement bastonné la tête que nous l'avons laissé estourbi sur le sol !

Les garçons dévisagèrent leur père avec un regard empli de fierté.

– Et ma sœur ? souffla Issalis d'une voix blanche.

Que lui est-il arrivé ?

– Elle cherche sa sœur, la petite rousse qui était derrière nous dans la ruelle, expliqua un des adolescents.

– Une bien jolie fillette, répondit l'homme d'un air songeur. Il s'est passé une chose étrange.

L'homme fit une courte pause, tandis qu'Issalis restait suspendue à ses lèvres.

– Le chien ne cherchait pas à nous attaquer nous, reprit-il en les désignant, lui et son frère. C'est après les femmes qu'il en avait, la femme au bébé et la petite.

– C'est pour ça qu'on a crié aux jeunes de s'enfuir, précisa l'oncle.

– Mais dans la pagaille, l'ours du vieux s'énervait de plus en plus. Il tirait si fort sur sa chaîne que le bonhomme a fini par le lâcher. Votre sœur est tombée par terre et l'ours s'est mis au-dessus d'elle en rugissant, comme pour la protéger.

– Il ne s'est calmé que lorsque mon frère a fini par tuer le chien, ajouta l'oncle.

– Alors l'ours s'est assis à côté de la petite qui était toujours évanouie, jusqu'à ce que son maître vienne le chercher, reprit le père des garçons. Le vieux nous a dit qu'il allait s'occuper d'elle et il l'a chargée sur le dos de sa bête.

– Ils sont partis vers la porte sud, conclut l'oncle. Je les ai vus sortir de la ville pendant qu'on cherchait les garçons.

Issalis était abasourdie. Elle remercia machinalement le groupe d'hommes pour leur aide et prit congé des adolescents avant de s'éloigner. Elle ne fit que quelques pas dans les rues maintenant désertes avant de s'effondrer à l'ombre d'un porche, prostrée, oubliant jusqu'à la présence des gnomes qui s'impatientaient au fond de son sac de cuir.

– Hé, ho ! appela Blarel. Hé ho ! Ne perdez pas espoir. Je suis là moi.

– Oui, c'est sûr, ironisa Lacerte. Tu lui seras d'un grand secours !

– Allons, ce n'est pas le moment de nous disputer, tempéra Faroux. Trouvons plutôt un moyen de lui venir en aide.

Le gnome sortit en rampant du sac et vint se planter devant la jeune fille. Elle cachait son visage rougi entre ses mains, les cheveux éparpillés sur ses épaules.

– Issalis, vous devez vous relever et reprendre courage. Nous sommes avec vous et nous allons vous aider à retrouver votre sœur.

La jeune femme, sortant peu à peu de sa torpeur, releva lentement la tête et considéra le gnome.

Il n'était pas plus gros qu'un poussin. Quelle aide pourrait-il donc lui apporter ? Elle était seule désormais, Lalaï était partie. Malgré tout, ces petits hommes constituaient son dernier espoir, si ténu soit-il. Elle n'avait de toute façon pas d'autre choix. Issalis chassa tous ses doutes d'un geste rageur et se redressa.

Lacerte et Blarel avaient rejoint Faroux hors du sac et ils observaient la jeune femme avec inquiétude.

Elle prit alors conscience de la détresse qui devait émaner de tout son être. Elle essuya ses yeux rougis et poussa un soupir. L'heure n'était plus aux geignardises.

Issalis avait des dizaines de questions à poser aux gnomes. Qui étaient-ils et d'où venaient-ils ? Comment connaissaient-ils son nom et pourquoi étaient-ils venus jusqu'à elle ?

Les trois gnomes répondirent patiemment, décrivant l'inquiétude des Gnomes et des Elfes devant l'évolution de la couronne de Blangerval. Ils lui racontèrent la découverte de la prophétie, puis leur périple pour arriver jusqu'à elle et sa sœur.

Faroux s'en voulait à présent de ne pas avoir eu le courage d'aborder les deux filles la veille dans leur chaumière. Sans son hésitation, le drame de la disparition de Lalaï aurait pu être évité. Toujours cette lenteur gnomesque, ce temps de réflexion nécessaire avant tout agissement, qui avait coûté si cher aux trois frères, mais aussi et surtout à la jeune femme dont ils partageaient aujourd'hui la destinée.

Blarel alla saisir la main d'Issalis, bien que ses doigts longs et fins fussent aussi grands que lui. Il y déposa un baiser appuyé et lorsqu'il se redressa, la jeune femme lui souriait. Elle semblait avoir quelque peu repris le dessus quant à ses émotions.

Issalis ne croyait pas à la fable des Gnomes. La Terre d'Escalon était bien trop vaste pour qu'elle y eût un si grand rôle à jouer. Quel intérêt pouvait-elle présenter aux yeux des Elfes ? Elle ne comprenait pas ce qu'était l'Harmonie, et cela lui était égal de savoir qui était au pouvoir. Cependant ces drôles de bonshommes souhaitaient l'aider à retrouver sa sœur. C'était tout ce qui comptait.

– Bien, bien, dit Lacerte en repoussant Blarel du coude afin de venir se placer juste devant lui. Relevez-vous, chère Issalis, et partons à la recherche de Lalaï. Nous n'avons déjà que trop tardé.

Les gnomes reprirent leur place dans la besace de la jeune femme, qui entreprit de traverser le bourg en direction du sud. À mesure qu'elle progressait, elle constatait les ravages perpétrés par les soldats et leurs chiens de guerre. Tout était saccagé. Quelques blessés erraient encore dans les rues, les yeux hagards. Issalis vit des femmes aux vêtements déchirés assises à même le sol et qui sanglotaient en silence.

– Je ne comprends pas, chuchota-t-elle à l'adresse des gnomes. Quel déferlement de haine ! Pourquoi le roi veut-il tout à coup changer les choses à ce point, empêcher toutes les festivités, interdire aux femmes de sortir, en faire des esclaves ? Ça n'a aucun sens !

– Votre roi n'a plus aucun pouvoir depuis longtemps, répondit Lacerte. C'est un pantin, aux mains du sorcier Darakchan. C'est lui qui tient réellement les rênes du pouvoir, au nom de Darleon. Vous devez comprendre que brimer les femmes est une façon très efficace d'asservir les Hommes. Les guérisseuses, les prêtresses, détiennent le savoir de votre civilisation. Et ce sont aussi les femmes, lorsqu'elles deviennent mères qui éduquent les enfants en leur transmettant le savoir et les usages ancestraux. Darakchan, lui, a compris tout cela. Il sait qu'un peuple maintenu dans l'ignorance et la peur est facile à dominer et manipuler. Si vos anciennes lois, vos religions et vos traditions sont abolies, elles ne sont plus transmises au fil des générations et, peu à peu, le peuple est moins instruit donc plus soumis à l'autorité. Un peuple maintenu dans la terreur ne se soulève pas contre son tyran.

– Nous en ignorons encore les tenants et les aboutissants, reprit Faroux, pourtant la prophétie est claire sur un point : vous et Lalaï avez un rôle primordial à jouer dans la dernière tentative des Hommes de la Terre d'Escalon pour arrêter Darakchan.

– Toutefois avec la disparition de votre sœur, grommela Lacerte d'un air sombre, la prédiction n'a désormais que peu de chances de s'accomplir !

– Ne sois pas si négatif ! gronda Blarel.

Il regarda la jeune femme avec tendresse avant d'ajouter :

– Issalis, n'ayez crainte, je vais nous sortir de là !

– Poil au bras ! ironisa Lacerte, provoquant l'hilarité de Faroux.

Blarel leur jeta un regard noir, mais les deux autres

ne firent aucun effort pour contenir leur amusement. Profondément vexé, le benjamin partit s'isoler au fond de la besace en cuir.

– Commençons par vous trouver une monture, dit Faroux en retrouvant son calme. Le montreur d'ours a deux heures d'avance sur nous. Nous ne le rattraperons jamais à pied.

– Comment ? Je n'ai pas assez d'argent pour acheter un cheval, objecta Issalis.

– Aux grands maux, les grands remèdes, déclama Lacerte. Et puis, il n'y a guère que les Hommes pour penser qu'un être peut leur appartenir et qu'on peut vendre ou acheter une vie comme on achète un objet. Chaque cheval n'appartient qu'à lui-même et à son Créateur, à l'image de tous les êtres de la Terre d'Escalon. Laissez-nous convaincre un bon coursier de nous mener vers le sud.

Issalis, un peu hésitante, se mit en quête d'un cheval suffisamment isolé pour qu'elle puisse le voler sans que personne ne la remarque. Elle n'eut heureusement pas à chercher bien longtemps.

Dans une courette à l'arrière d'une grande bâtisse, elle tomba sur cinq bêtes attachées ensemble par une corde épaisse passée dans les anneaux de leurs mors, de sorte qu'ils formaient un cercle autour d'un jeune arbre dont ils avaient déjà grignoté la plupart des feuilles.

Issalis reconnut immédiatement les deux chevaux et le mulet du jeune homme croisé le matin sur les quais. Les deux autres bêtes étaient une petite jument baie et une autre plus grande et efflanquée, à la robe presque noire.

Il n'y avait personne à proximité. Le jeune homme avait manifestement laissé ses bêtes sans surveillance. Issalis s'approcha furtivement des chevaux en vérifiant à chaque instant que personne ne débouchait d'une des ruelles adjacentes. Elle choisit l'un des chevaux qu'elle avait vu le matin avec Bergon. Outre sa robe dorée aux reflets métalliques, il avait surtout l'avantage d'être équipé d'une selle en bois recouverte d'une étoffe pourpre. Lorsqu'elle l'eut détaché, elle renoua consciencieusement la longe et caressa le chanfrein de l'Éloquent, le grand alezan qui l'avait tant fait rire le matin même.

La jeune femme n'était jamais montée sur un cheval. Celui-ci paraissait calme. Elle grimpa sur les marches d'un perron pour se hisser plus aisément sur la selle. Une fois installée sur le dos de l'animal, elle caressa nerveusement son encolure, soulevant sa crinière blonde et soyeuse. Faroux sortit de la besace et remonta le long de l'encolure du cheval. Agrippé au sommet de sa tête, le gnome murmura quelques mots à son oreille.

– Il va nous aider, dit-il en se tournant vers Issalis, le visage radieux. Vers le sud ! s'écria-t-il.

Le cheval se mit aussitôt en marche d'un pas souple dans la direction indiquée.

– Hey ! hurla Bergon qui arrivait juste à cet instant par une autre ruelle, tirant derrière lui un gros cheval de trait pommelé. Qu'est-ce que tu fais avec mon cheval, voleuse ? Reviens ici tout de suite !

– Pardon, s'écria Issalis, je suis désolée.

Le jeune homme tenta de courir pour la rattraper, mais le lourd cheval qui le suivait ne semblait pas disposé à en faire autant, et marchait obstinément avec lenteur, exaspérant d'autant plus le jeune homme, arc-bouté sur la longe.

– Avance, idiot, ou tu goûteras du bâton ! cria-t-il.

Il ne put pourtant pas le faire accélérer tandis que le cheval doré que montait Issalis partit spontanément d'un trot ample, s'éloignant rapidement de son ancien maître, en direction du sud.

Ballottée dans les premières foulées, Issalis se fit assez vite aux mouvements de sa monture, d'autant que la selle sur laquelle elle était assise, avec ses hauts bâts à l'avant et à l'arrière du siège, encadrait étroitement sa taille, la préservant des chutes, malgré son inexpérience.

L'ours avait quitté la ville depuis près de trois heures quand l'équipage sortit enfin de la bourgade par le sud, sur les traces de Lalaï. À l'horizon, le soleil sombrait déjà derrière les collines et Issalis songea avec angoisse que pour la première fois, sa sœur ne dormirait pas auprès d'elle cette nuit.

Tome 1 – Le Cercle de Couët Krann

# VI

Debout devant le trône, les mains sur les hanches et le buste raide se tenait Darakchan. Il considérait le cadavre du roi avec dégoût.

Le sorcier avait les yeux d'un jaune grisâtre, une couleur étrange qui suscitait tant de crainte chez les autres Hommes, rappelant trop le regard torve des gobelins. Sa tête était surmontée d'une très haute coiffe blanche et conique ajourée de signes étranges, comme l'étaient les lanternes que l'on fabriquait pour les enfants. L'imposant hennin était noué sous son menton et derrière sa nuque, et son poids forçait le sorcier à une démarche rigide et un port de tête altier.

Darakchan songeait à l'ironie qui faisait des plus grands souverains de pitoyables pantins à l'heure de leur trépas.

Ainsi en était-il de Darleon. Autrefois grand et fort, la chevelure noire et le regard acéré, le roi gisait ce matin, avachi comme un vieillard sur son trône d'albâtre sculpté sur lequel des créatures de toutes espèces étaient agenouillées, vénérant la puissance de leur seigneur. Un lourd dais de brocart blanc brodé d'une lune d'argent tombait élégamment de chaque côté de la dépouille prostrée. Le souverain avait perdu toute sa superbe d'antan, les yeux révulsés, le corps tordu par ses dernières convulsions. De la bave brune coulait à la commissure de ses lèvres violacées.

Darakchan plissa les yeux. Du poison. Le roi avait dû l'absorber lors de son dernier dîner. Sans doute le venin avait-il été versé dans sa coupe de vin.

Le sorcier eut un rictus mauvais. Son regard glissa une dernière fois sur le cadavre royal avant de se détourner. Il s'enroula dans sa robe pourpre, attribut du conseiller personnel du roi, avant de s'asseoir sur le second trône de la salle, un confortable siège en bois réservé à la reine, sans considération aucune pour le sacrilège qu'il commettait là.

Il jubilait en contemplant le dallage régulier et les colonnes de granit clair qui soutenaient une voûte arrondie décorée de fresques colorées – des scènes de chasse, des banquets, allégories à la puissance royale. Ici, le souverain était représenté rendant justice, assis sur son imposant trône. Plus loin, il se dressait seul face à une troupe de gobelins hideux et grimaçants qu'il mettait en déroute par son seul charisme.

Quelle ironie ! Grâce à lui, les gobelins seraient bientôt de retour. Après tout ce temps, Darakchan y était enfin parvenu : c'était désormais lui le seul maître de Blangerval.

Il songea à tout ce qu'il avait dû endurer pour y parvenir.

Tout avait commencé sept ans auparavant, alors qu'il n'était encore qu'un adolescent, un apprenti sorcier miséreux, mais débordant d'ambition, et bien résolu à forcer le destin. Pour autant, les sorts simples et les préparations d'apothicaire qu'il maîtrisait pour l'heure n'y suffiraient pas. Pour accroître ses pouvoirs plus rapidement, il était nécessaire qu'il acquière un objet puissant, doté d'une magie supérieure. Ils étaient rares et pour la plupart, propriété des Elfes. Toutefois il avait appris l'existence de la roue harmonique dont se servaient les prêtresses de la déesse Brocca au temple de Nokor. Cet instrument mystérieux leur servait à entrer en transe pour proférer leurs divinations. Il possédait aussi d'autres pouvoirs méconnus qui lui seraient bien utiles pour servir ses projets.

Le jeune Darakchan était parvenu à voler la roue

harmonique aux prêtresses du temple.

Il s'était rendu seul sur les lieux, sans penser rencontrer la moindre résistance. Cependant, ses menaces n'avaient pas suffi à intimider les deux gardiennes de la roue, une vieille femme aux cheveux blancs et l'autre âgée d'environ vingt-cinq ans. Elles étaient trop dévouées à leur déesse pour le laisser emporter leur trésor.

Quand le silence était enfin retombé, Darakchan avait longuement contemplé les deux corps ensanglantés. Ces premiers meurtres avaient provoqué en lui des sentiments contrastés, alternant entre rage et euphorie.

La jeune avait le visage affreusement mutilé. Une large plaie s'étirait de son œil gauche jusqu'au coin de sa bouche.

Ces deux femmes avaient été assez stupides pour se mettre en travers de son chemin et tenter de l'empêcher de leur prendre la roue harmonique. L'adolescent n'avait eu aucun mal à repousser la vieille. Un coup de poing dans la gorge, son poignard enfoncé entre les côtes et elle s'était effondrée presque aussitôt. L'autre s'était montrée plus coriace. En voyant son aînée gisant à terre, elle avait hurlé – étrange mélange de terreur et de rage – et s'était ruée sur lui. Il avait eu beaucoup de mal à la repousser, car elle était plus grande et plus robuste que lui. Lorsqu'enfin il était parvenu à la faire reculer, il l'avait frappée, encore et encore avec son poignard, comme enivré, drogué par l'odeur doucereuse et cuivrée de son sang qui se répandait sur ses vêtements et sur le sol dallé.

Après, Darakchan n'avait pas éprouvé de remords. Il était simplement soulagé que les cris aient enfin cessé. Comme la mort était sereine !

Étrangement, cette violente expérience semblait

l'avoir apaisé. Il pensait même que cette épreuve l'avait grandi, qu'il en était ressorti plus fort.

La possession de la roue harmonique avait changé la vie du jeune sorcier. Fabriquée dans une essence de bois grise, la légende disait qu'elle provenait d'un très lointain trésor elfique, dérobé par les Hommes en des temps anciens. Elle avait la forme et la taille d'une simple roue de brouette et était fixée au mur du temple par son moyeu. Sur la surface plane de la roue, à l'extrémité de ses six rayons, se trouvaient six grelots, chacun fondu dans l'un des six métaux utilisés sur la Terre d'Escalon : le fer, l'étain, le cuivre, le bronze, l'argent et l'or.

Lorsque les prêtresses faisaient tourner la roue, celle-ci émettait un son mélodieux aux pouvoirs hypnotiques qui leur permettait d'entrer en transe afin qu'elles profèrent leurs oracles. Le pouvoir de la roue était encore bien plus grand sur les profanes, comme avait pu le constater, depuis, le jeune sorcier.

Chaque parole prononcée au son de cette roue devenait vérité pour celui qui l'entendait.

C'était grâce à cette propriété particulière que le jeune homme avait d'abord conquis la cour. Après quoi il était rapidement devenu le conseiller personnel du roi Darleon.

Pour plus de commodité, Darakchan avait fait monter l'objet magique sur un axe métallique, plus aisément transportable. Il l'avait également laqué de rouge, parce qu'il souhaitait se rappeler qu'il avait fait couler le sang pour l'obtenir.

Il s'était présenté à la cour parmi les nombreux musiciens qui y venaient en toutes occasions.

Le jeune homme avait joué de son étrange instrument pour les nobles seigneurs qui furent aussitôt conquis par le son magique des grelots. Alors, il fut introduit devant le roi et put l'envoûter à son tour. Toutefois, le meurtre des prêtresses n'avait pas été oublié de tous.

La plus jeune des deux femmes avait un époux qui avait recherché son meurtrier des jours durant. L'homme avait fini par retrouver sa trace en suivant la piste de la roue harmonique et il avait attendu le moment propice pour accomplir sa vengeance.

Un matin, alors que Darakchan marchait seul dans la forêt qui jouxtait la cité d'Arlix, fomentant secrètement les plans de ses conquêtes futures, il se retrouva soudainement face au mari de sa victime.

L'homme aux cheveux rouges était bien plus grand et plus fort que lui. Il écumait de rage et pleurait tout à la fois, disant qu'il allait le tuer. Le jeune sorcier avait alors été pris de panique. Poignarder deux femmes désarmées avait été facile alors que cet homme désespéré constituait une réelle menace, d'autant plus que la roue harmonique était restée dans ses quartiers au château.

Acculé, désarmé, il avait alors fait appel à ses dernières ressources, des anciennes connaissances magiques, enfouies depuis son enfance dans les tréfonds de sa mémoire, afin d'anéantir cet individu à tout jamais.

À la hâte, il avait prononcé quelques mots d'une voix gutturale et jeté prestement une poignée de terre sombre à la face de son ennemi. Le résultat n'avait pas été celui escompté. L'homme roux n'était pas mort, mais il ne lui poserait assurément plus jamais de problèmes.

Aujourd'hui, le roi Darleon était mort.

Darakchan avait été son favori, au détriment même de son propre fils, le prince, unique héritier du trône. Grâce à la roue harmonique, le sorcier avait peu à peu fait du souverain sa marionnette. Cependant le jeune prince Darien, lui, avait toujours refusé de se soumettre. Comme il ne pouvait souffrir la présence du sorcier qui était parvenu à instrumentaliser son père, il l'évitait par tous les moyens et fuyait sans cesse sa présence. Aussi, Darakchan n'avait-il jamais eu l'occasion de le soumettre au pouvoir de la roue.

Le prince était devenu une épine dans le pied du sorcier pour qui la mort du jeune homme devint urgente. L'extinction de la lignée royale légitimerait sa propre accession au trône.

Malheureusement, Darien avait disparu avant l'exécution des plans de Darakchan. On l'avait fait chercher en vain. Le jeune homme semblait s'être volatilisé.

Pourtant, à présent, peu lui importait cette disparition. Le prince n'avait presque aucun partisan, et surtout, il serait bientôt trop tard pour fomenter une révolte. Trop tard pour abattre le grand roi sorcier Darakchan.

Déjà, son influence à la cour lui avait permis de remodeler l'île de Blangerval à son gré. Il avait accompli l'exploit d'asservir tout un peuple, sans conflit ni révolte.

Pour cela, il avait fait promulguer au nom du roi plusieurs décrets réduisant peu à peu les libertés de la populace, sous prétexte de la protéger de ses propres vices. Darakchan avait restreint le rôle essentiel des femmes dans la société, les contraignant à demeurer en leurs foyers, à ne plus sortir seules, mais toujours accompagnées d'un homme, pour veiller à leur sécurité et au respect de leur honneur.

C'est ainsi qu'il avait convaincu les hommes sans trop de heurts. Après tout, il n'avait réduit aucun de leurs droits fondamentaux à eux, il leur avait, au contraire, offert plus de poids et d'emprise sur leur cellule familiale. Les hommes devenaient ainsi le sexe dominant. Même le plus faible des maris avait désormais l'autorité absolue dans son foyer.

Faute de prêtresses, le culte de la déesse Brocca était abrogé et, avec lui, toutes les fonctions qu'occupaient les femmes en son nom : oracles, guérisseuses et sages-femmes n'avaient plus le droit d'exercer leur art.

En limitant les rôles des femmes et la transmission de leurs savoirs, Darakchan savait poser des limites à l'éducation des enfants pour mieux les modeler à son gré et les tenir ainsi durablement sous son joug.

Les femmes étaient devenues un des instruments de sa réussite. Une génération pour réduire tout un peuple à un esclavage soumis et consentant. Dans une dizaine d'années, le peuple, par habitude, serait devenu servile et fidèle à son seigneur Darakchan.

Malgré tout, le jeune sorcier n'en était pas moins un homme. Il était sensible aux attraits de la gent féminine. Les filles qu'il trouvait à son goût finissaient invariablement dans sa couche, parfois grâce au pouvoir de la roue harmonique, d'autres fois contraintes par un chantage odieux. Une nuit contre la vie d'un enfant, d'un frère ou d'un mari.

Darakchan aimait par-dessus tout lire la soumission dans leurs yeux embués lorsqu'elles s'allongeaient docilement sur sa courtepointe d'hermine.

Rares étaient les hommes assez fous pour s'opposer aux brimades imposées à leurs filles ou leurs épouses. Ces renégats étaient exécutés sur le champ, alors même que les pendaisons n'avaient plus eu lieu en Terre d'Escalon depuis plus d'une décennie.

Avec la mort de Darleon, le sorcier devenait seul maître au palais.

La reine serait forcée de lui rester fidèle. Selon les nouvelles lois, une femme ne pouvait régner elle-même et en l'absence du prince héritier, elle aurait la responsabilité de désigner un homme pour monter sur le trône de la cité d'Arlix.

Darakchan ferma un instant ses yeux jaunâtres.

Tout allait selon ses plans. Il serait bientôt roi, dès que la période de deuil officielle serait écoulée. Alors il se ferait couronner en grande pompe.

Avant cela, il ne lui restait plus qu'à patienter jusqu'à la nuit des quatre lunes pour exécuter la petite cérémonie qu'il préparait secrètement depuis plusieurs mois et, alors, son pouvoir se trouverait décuplé au point qu'il deviendrait sans doute le sorcier le plus puissant de tous les temps. Le jeune homme se sentait enivré à cette perspective, heureux comme un enfant. Roi sorcier, craint et vénéré par tous, régnant sur les Hommes et les Gobelins.

Le frêle jeune homme se mit à rire tout haut, comme un dément, avant de se reprendre. Il se releva gaiement en réajustant sa robe et sortit pour avertir la reine et les généraux de la mort du roi.

Il ne fallut que quelques instants avant que la grande salle du trône ne soit envahie par plusieurs conseillers ventripotents et des généraux en armes, chuchotant autour de la dépouille de leur souverain.

Le silence retomba subitement lorsque la reine Kerdelaïde, le visage ravagé de larmes, fit son apparition. Elle tomba à genoux au pied du trône en poussant un cri déchirant et arracha une poignée de ses longs cheveux noirs. Darakchan songea que l'entrée de la reine, sa démonstration théâtrale de chagrin et d'horreur étaient parfaitement exécutées.

Les conseillers et généraux, tous soumis au jeune sorcier, restèrent très circonspects, graves, la tête légèrement baissée. On appela les serviteurs dans un murmure respectueux afin qu'ils préparent la dépouille. Une servante ferma les yeux du roi et essuya la bave qui souillait sa barbe brune. On oignit son corps d'huiles parfumées et d'onguents cireux qui retarderaient la putréfaction jusqu'au grand bûcher. Le dais du trône fut décroché pour recouvrir un lit d'apparat, dernière couche du souverain, où l'on allongea sa dépouille, les mains croisées sur la garde sculptée de sa fidèle épée.

Ainsi fut présenté une dernière fois le roi Darleon à son peuple, gisant sur le dais blanc parsemé de quartiers de lune, le front ceint d'un large anneau d'or où brillaient quatre lunes d'argent. Son visage avait été apprêté et maquillé de sorte qu'il paraissait maintenant paisible et rajeuni. Le souverain semblait endormi.

Les habitants de la cité d'Arlix et de toute l'île de Blangerval vinrent en masse pleurer sur la dépouille de Darleon.

Au matin du cinquième jour, comme l'exigeait la coutume, un grand bûcher fut dressé dans le parc du palais. Le ciel sombre et le temps lourd semblaient peser sur les cœurs déjà accablés.

Le corps du roi se consuma tout le jour, au son d'une longue mélopée chantée par un chœur d'hommes, rythmée par le martèlement sourd et lent de dizaines de tambours. Les femmes de la cour pleuraient et leurs sanglots lugubres montaient vers le ciel comme un chant funèbre.

La reine se tint debout devant le bûcher jusqu'à ce que s'éteignent les dernières braises, silhouette frêle et gracile qui faisait front devant la fureur des flammes. Son voile de deuil blanc volait au gré du vent, oscillant entre la brise fraîche et iodée venue de la mer et les bouffées de fumée noire, épaisse et malodorante du brasier.

Darakchan assistait à la cérémonie auprès des autres pairs du royaume, aux côtés du frère et de la sœur du roi. Il se démarquait du reste de l'assistance par ses atours somptueux, sa longue robe de soie blanche brodée d'argent et son haut couvre-chef immaculé de forme cylindrique. Le jeune sorcier paraissait le plus affligé de tous, les larmes coulant abondamment de ses yeux jaunâtres, le visage déformé par la douleur. Pourtant, en son for intérieur, Darakchan jubilait.

Le trône était vide. Son heure était enfin venue.

Le deuil du royaume durerait quatre mois, à l'issue desquels un nouveau roi serait couronné.

Quatre mois de doutes, où, malgré les interdictions, beaucoup prieraient encore la déesse Brocca pour que le successeur de Darleon soit un souverain juste et bon.

Peut-être même que certains auraient l'audace de prier pour le retour du prince Darien avant la fin du délai.

# VII

Le jour se levait sur la lande. Les éclats rougeoyants du tout jeune soleil faisaient scintiller les milliers de perles irisées accrochées aux brins de bruyère. Dans le petit matin, les toiles d'araignées miroitaient comme des rivières de diamants et les cheveux d'Issalis, éclairés par les premiers rayons, paraissaient incandescents.

La jeune femme était assise en tailleur au pied de son cheval, les traits tirés, les yeux rougis par les larmes. L'avant-veille, elle avait suivi durant plusieurs heures la trace du vieillard et de son ours sur la route sablonneuse qui serpentait vers le sud. Le vieil homme avait brusquement bifurqué vers l'est, hors du chemin, coupant à travers la lande. Sa piste était rapidement devenue illisible, même pour les sens plus aiguisés des trois gnomes.

Après des heures d'errance et de recherches stériles, Issalis avait désormais perdu tout espoir de retrouver Lalaï dans ce paysage infini.

Cela faisait maintenant deux jours qu'elle allait au hasard, dormant très peu, marchant de longues heures au côté de sa monture. Les trois frères avaient baptisé l'animal Estel, du nom d'une étoile dont les Hommes croyaient qu'elle portait chance à tous ceux qui avaient foi en son pouvoir.

Ces superstitions des Hommes faisaient sourire les Gnomes. Eux savaient que le ciel nocturne variait au cours des saisons et que l'intensité de la lumière des étoiles était influencée par les nuages et la pâleur des quatre lunes, qui variait tout au long de leur cycle.

Issalis continuait de fouiller vainement le sol des

yeux à la recherche d'un improbable indice du passage du vieil homme et de son ours ou de la présence de sa petite sœur à leurs côtés.

Le dernier pipefarce aux herbes n'était plus qu'un lointain souvenir pour son estomac et elle subsistait maintenant grâce à la science de ses trois compagnons, de plantes et de racines glanées tout au long de sa marche.

Les gnomes parlaient peu, déroutés eux aussi par les derniers évènements. Ils avaient vu tous leurs espoirs de succès s'envoler en trois journées seulement.

Malgré tout, ils avaient décidé de rester auprès d'Issalis pour la soutenir de leur mieux dans son infortune. Si la chance continuait à leur tourner le dos, ils se verraient contraints de contacter les Elfes et d'avouer devant eux leur présomptueuse tentative qui constituait aussi leur cuisant échec.

Après une nuit brève, le petit équipage reprit sa marche morose dans les lueurs de l'aube, suivant au hasard une des nombreuses pistes, sans doute tracées par les renards et les autres animaux qui parcouraient la lande. La sente étroite les mena en pente douce, jusque sur les bords caillouteux d'un petit ruisseau. Estel progressait très lentement, remontant le cours d'eau tumultueux, posant précautionneusement ses sabots entre les amoncellements de pierres instables et les cailloux glissants. Issalis remarqua que le lit du ruisseau s'élargissait peu à peu.

Le soleil atteignait son faîte lorsqu'ils débouchèrent dans une gorge circulaire aux parois abruptes où déferlait une cascade d'eau cristalline depuis une large faille située plus haut dans le rocher. Le torrent se déversait en grondant dans un trou profond, formant un petit lac sombre duquel l'eau s'échappait par le ruisseau que venait de longer la jeune femme.

– Eh bien, dit Faroux, nous n'irons pas plus loin. C'est un cul-de-sac.

– Accordons-nous une pause au bord de l'eau, proposa Blarel en avisant l'air épuisé d'Issalis.

La jeune femme mena son cheval jusqu'à un endroit où le chaos rocheux qui bordait l'eau laissait place à une petite plage de gravier, à mi-chemin entre l'entrée de la gorge et la cascade.

L'onde venait s'échouer à leurs pieds en vaguelettes dont le doux clapotis était couvert par le tumulte de la chute d'eau.

Issalis s'assit un moment sur le sol et contempla les alentours.

Ils se trouvaient au centre d'un vallon rocailleux. Il n'y avait ici aucune herbe, aucune plante assez résistante pour pousser sur ces roches sombres et hostiles, juste un unique tronc calciné à quelques pas derrière eux qui se dressait de manière incongrue dans ce chaos minéral. Autour des restes malingres de ce qui avait dû être un bel arbre, la roche était encore noircie par un violent incendie. La foudre sans aucun doute, songea Issalis.

Estel s'abreuvait à l'onde fraîche. L'animal s'était révélé être une excellente monture. Il avait le pied sûr et était d'une nature calme. Dans les heures sombres que traversait Issalis, ce cheval à la crinière aussi brillante que l'étoile dont il portait le nom lui apportait un peu de réconfort par sa douce compagnie et par le souvenir fugace de son ancien maître, le blond et impertinent Bergon, croisé en un jour qui lui semblait étrangement lointain, quand le bonheur lui souriait encore.

L'animal releva soudainement la tête, les oreilles pointées vers la cascade, comme figé, les naseaux frémissants. D'un mouvement brusque, il se mit à reculer et se serait certainement cabré si Issalis ne l'avait pas retenu fermement par les rênes tout en tentant de l'apaiser par la voix.

Les gnomes, qui n'étaient pas descendus de son encolure, étaient secoués en tous sens, ballottés les uns contre les autres. Faroux pestait dans une langue que ne pouvait comprendre la jeune femme.

Issalis, tournant le dos à la cascade, tentait de calmer sa monture, quand un rugissement puissant lui fit faire volte-face. Elle lâcha alors Estel qui s'enfuit au galop, remontant le cours du ruisseau en emportant avec lui les trois gnomes vociférants.

Les yeux écarquillés, la jeune femme distingua une créature qui sortait de la cavité de la cascade en rampant sur la paroi de pierre grise.

D'un vert sombre, la bête était un peu plus grande qu'un cheval, sans compter la longueur de sa queue. Sa peau, rendue luisante par l'eau qui ruisselait sur son corps, était recouverte d'écailles, à l'exception de douze ergots osseux et protubérants qui soulignaient son arête dorsale.

Le dragon avait atteint le sol et, dépliant légèrement ses deux ailes, il cracha une gerbe de flammes ardentes. Désormais seule, tétanisée au bord de la berge, Issalis croisa le regard jaune de la créature, détaillant malgré elle les naseaux rouges et fumants, la gueule béante aux dents acérées, l'odeur de soufre qui émanait d'elle. Elle n'avait aucune issue. Fuir ne lui aurait servi à rien, elle aurait été trop lente, gênée par ses jupes et les rochers pointus de la berge.

Résignée, Issalis fut convaincue qu'elle allait mourir. Sans cesser de regarder la bête avancer inexorablement vers elle, elle repensa à sa sœur qu'elle ne pourrait plus sauver. Le dragon était proche maintenant, sa proie déjà à sa portée. Il ouvrit grand la gueule.

Dans un ultime réflexe de survie, Issalis se jeta sur la droite et parvint à éviter le brasier. Ses genoux et ses paumes furent sévèrement écorchés par les cailloux sur lesquels elle venait de chuter.

À terre, elle réalisa qu'elle n'aurait pas le temps de se relever avant la prochaine attaque. Le dragon se cabra en poussant un puissant rugissement. La jeune femme, abasourdie, ressentit dans ses mains la vibration du sol quand la créature retomba lourdement sur ses pattes. Pétrifiée, elle l'entendit avancer vers elle.

Il y eut un sifflement bref, puis un autre rugissement, différent, plus aigu que les précédents.

Issalis releva la tête. Le dragon reculait. Il avait une flèche plantée au travers d'un de ses ergots, au niveau du garrot.

Plusieurs hommes débouchèrent alors dans la gorge, arrivant par le chemin qui suivait le ruisseau.

Issalis, hébétée, regarda les cinq guerriers se ruer sur la bête en hurlant. Deux d'entre eux l'attaquèrent à l'épée. Ils portaient des camails de peau, recouverts de plaques de cuivre orangées, et des heaumes du même métal, rutilant dans le soleil. Deux autres harcelaient le dragon à distance avec leur fronde. Ceux-là ne portaient qu'un gambison de cuir épais et matelassé qui les couvrait jusqu'à la taille, surmonté d'un capuchon souple rabattu sur leur tête comme unique et dérisoire protection. Le dernier homme, enfin, qui dépassait par sa taille et sa stature tous les autres, beuglait en faisant tournoyer au-dessus de sa tête une énorme masse de fer qui aurait suffi à assommer un bœuf. Outre son plastron de cuir bouilli qui moulait les muscles saillants de son torse, il portait un casque de fer surmonté de deux cornes pointues, accentuant l'impression de force bestiale qui émanait de lui.

Un instant, le dragon recula sous leurs assauts et

sembla hésiter. Puis il revint à la charge et cracha une nouvelle gerbe de flammes en direction des deux hommes au capuchon de cuir qui roulèrent sur le sol pour éviter le brasier. Puis la bête se retourna brusquement, renversant et piétinant un chevalier au passage, pour se précipiter vers le géant.

Il ne l'atteignit pas.

Un elfe aux longs cheveux d'un blond cendré, qu'Issalis n'avait pas remarqué auparavant, venait de sauter avec légèreté sur son dos. Il grimpa lestement jusqu'à la flèche fichée dans son garrot, la saisit à deux mains pour assurer sa prise, et s'assit à califourchon, le chevauchant comme il l'aurait fait d'une monture ordinaire.

La créature parut tout d'abord devenir folle, se cabrant et se secouant en tous sens pour désarçonner son cavalier indésirable. Alors, l'elfe se mit à parler une langue étrange et musicale qui rappelait la mélodie d'un ruisseau de montagne. Le dragon s'apaisa peu à peu et ses rugissements devinrent des grondements sourds avant de se muer en une sorte de ronronnement lent. Lorsqu'il se fut totalement apaisé, l'elfe descendit de son dos en se laissant glisser le long de son épaule écailleuse. La créature baissa alors la tête, s'abandonnant à ses caresses.

Les hommes à terre se relevèrent lentement, sans geste brusque, et l'un d'eux vint aider Issalis en la soutenant par le bras. Ils se retirèrent en silence par là où ils étaient venus, remontant le cours du ruisseau. Le petit groupe quitta le bord de l'eau pour suivre un sentier qui grimpait sur leur gauche. Ils marchèrent jusqu'à un plateau herbeux où broutaient des chevaux. Deux hommes épaulaient Issalis, la portant presque tant ses jambes tremblaient sous son poids.

Enfin à l'abri, ils se laissèrent tomber sur l'herbe grasse en poussant des soupirs sonores. La jeune femme fut allongée sur le dos. Elle contempla le ciel si bleu, où couraient quelques nuages insouciants, étonnée d'être toujours en vie.

Un des hommes au capuchon de cuir émit un sifflement où se mêlaient enthousiasme et soulagement. Un rire clair lui répondit. Un rire qui fit tressaillir Issalis. Elle se redressa sur un coude et observa le chevalier qui ôtait le heaume de cuivre qui lui couvrait partiellement le visage.

– Alors ma belle, heureuse de me revoir ?

Bergon lui souriait, avec son insupportable petit air impertinent. Il tenait son bras replié, la main sanglante. Issalis se sentit rougir malgré elle.

Les autres hommes se redressèrent à leur tour. Sous leurs capuchons de cuir, elle reconnut deux des musiciens de la fête : le flûtiste borgne et le joueur de viole à archet avec ses cheveux noirs et frisés. Assis un peu plus loin, le géant lui sembla moins terrible sans son casque à cornes. Le dernier homme était un jeune chevalier aux cheveux bruns qui se tenait adossé à un vieil arbre, son casque de cuivre gisant à ses pieds.

Issalis reconnut également quelques-uns des chevaux qui accompagnaient Bergon le jour de la fête des moissons : deux juments, un mulet, le gros cheval de trait gris, et bien sûr l'Éloquent, qui broutait un peu plus loin. À ceux-là s'ajoutait un dernier animal. Un cheval gris comme un ciel d'orage qui portait un harnachement noir couvert de plaques de métal de la même couleur sombre qui protégeait son chanfrein et son poitrail. Un cheval de soldat, de ceux qui avaient attaqué et chargé la foule à la fête.

La jeune femme regarda avec méfiance les hommes qui l'entouraient. Aucun n'avait pourtant l'air d'appartenir à l'escadron de mercenaires.

Tout lui sembla soudain plus clair. Les chevaux si

disparates que Bergon tirait derrière lui ce jour-là. D'abord trois, puis cinq montures. Le jeune homme était un voleur.

Elle réalisa qu'elle avait été secourue par une bande de hors-la-loi.

Bergon l'observait en souriant. Il s'attendait à ce que la jeune femme lui exprime sa reconnaissance avec émotion, qu'elle se confonde en compliments sur son courage. Issalis, pourtant, ne s'adressa pas directement à lui, mais à la cantonade.

– Je vous suis très reconnaissante de m'avoir sauvé la vie aujourd'hui. Je vous prie d'autant plus de me pardonner de vous avoir volé un cheval le jour de la fête des moissons.

Le sourire de Bergon se figea. Il eut soudainement l'air gêné et hocha la tête comme pour lui signifier que l'incident était clos. Un gros rire derrière lui le fit blêmir. Le géant s'était rapproché, visiblement pour mieux profiter de la conversation.

– C'est elle qui t'a volé ce cheval ? Je croyais que tu avais été pris à partie par deux hommes armés !

Les autres compagnons s'étaient également mis à ricaner, malgré les bribes d'explications confuses que tentait de donner Bergon et ses efforts pour faire taire ses camarades.

Contre l'arbre, le jeune homme à la broigne plaquée de cuivre ne riait pas. Ce fut à peine s'il grimaça lorsqu'un de ses camarades vint lui donner une bourrade pour mieux lui faire partager l'hilarité générale.

– Vous, vous êtes un sacré petit bout de femme ! dit le borgne à Issalis en lui tendant une gourde. Je vous ai observée au bal. À vrai dire, on ne voyait que vous. Toutes les autres filles dansaient en couvant des yeux leur cavalier. Sûr qu'elles rêvaient toutes de ramener à la maison un gentil mari qui leur ferait deux ou trois mioches. Alors que vous, non ! Ils avaient l'air de tous vous ennuyer ferme. Je parie qu'ils ne vous parlaient que de leurs cultures et de leurs bêtes !

– Et après ça, vous avez réussi à voler son cheval ? dit l'autre musicien en désignant Bergon du menton.

Il se mit à rire, dévoilant un espace entre ses deux incisives.

– Vraiment étonnante comme damoiselle !

Les deux musiciens se ressemblaient beaucoup, le visage anguleux et le nez busqué. Toutefois le borgne était plus âgé, ses cheveux déjà parsemés de fils d'argent.

– Digne d'intégrer notre bande de brigands ! poursuivit l'homme frisé à l'étrange sourire. Je suis Tréglamus, et voici mon frère Valayer.

– Son vieux frère, ajouta le borgne en souriant. Pour les autres, voici Kuz.

Le géant la salua d'un signe de tête.

– Vous connaissez déjà Bergon, je crois.

Il y eut à nouveau quelques rires narquois.

– Son cousin Alram est là-bas, au pied de l'arbre. L'elfe se nomme Téjédor. Il ne va pas tarder à revenir. Et vous, quel est votre nom ?

– Je me nomme Issalis, répondit la jeune femme.

– Et qu'est donc devenu votre cheval ? demanda Bergon sur un ton faussement mielleux.

– Il s'est enfui quand le dragon est sorti de son antre, répondit-elle piteusement.

Elle se reprit et le toisa d'un air insolent.

– Ma faute est grande, mais n'aurais-je pas juste volé un voleur ?

Le géant Kuz, Valayer et Tréglamus se remirent à rire. Bergon paraissait agacé.

– Figure-toi que nous étions à pied et qu'il fallait bien que le plus malin de la troupe se dévoue pour trouver des montures convenables à ces seigneuries.

– Convenables ? s'insurgea Tréglamus. Ma jument est tellement maigre que j'ai peur de la voir s'écrouler à chaque pas, et le « seigneur » Kuz monte un cheval de trait, plus habitué aux labours qu'à la guerre.

– Oui, mais il est grand et fort. C'est le seul qui était capable de supporter cette charge.

Kuz allait répliquer quand Téjédor apparut par le sentier qui venait du ruisseau.

L'elfe marchait d'un pas si léger que ses compagnons ne s'aperçurent de sa présence que lorsqu'il fut tout près.

– Les Hommes passent leur temps à se quereller pour les sujets les plus futiles. Voilà pourquoi votre peuple est perpétuellement en guerre ! Même la compagnie d'une dame n'élève pas vos esprits, asséna l'elfe d'une voix moqueuse avant de se diriger vers Alram, toujours adossé à son arbre.

– Te revoilà, mon ami, murmura le jeune homme d'une voix blanche. Je t'attendais.

– Pourquoi n'as-tu pas demandé leur aide ? répondit doucement Téjédor en s'agenouillant près de lui.

Les autres se retournèrent interloqués en dévisageant leur camarade. Ses cheveux bruns, tressés sur le haut de sa tête retombaient librement sur ses épaules, encadrant son visage fin, devenu livide. Alram ferma à demi ses yeux bleus et sa bouche, habituellement si prompte au sourire, ne s'ouvrit que pour murmurer encore :

– Je t'attendais, ils ne peuvent rien pour moi.

Tous s'approchèrent de leur ami. L'elfe se tourna vers eux et leur dit d'un ton courroucé :

– Il a été piétiné par le dragon. Aucun de vous ne s'est préoccupé de son état depuis que vous êtes revenus ?

Il ne reçut pas de réponse, les hommes regardant

leurs mains d'un air contrit, sincèrement désolés de leur faute. Il examina le jeune homme, délaçant précautionneusement sa broigne de cuir plaquée de cuivre, puis souleva sa chemise de toile écrue.

– Il a plusieurs côtes brisées. Je peux hâter sa guérison avec un onguent, cependant il nous faudra rester ici quelques jours.

Les quatre hommes à genoux près de l'elfe sentirent le poids accusateur de ses yeux d'un gris bleuté et baissèrent la tête. Téjédor se tourna vers Issalis :

– Venez avec moi chercher les plantes nécessaires à la fabrication de mon onguent pendant que les hommes installeront le campement pour la nuit.

La jeune femme le suivit docilement dans le sentier qui les ramenait vers le ruisseau. Téjédor était le premier elfe qu'elle rencontrait. Le peuple des Elfes avait bonne réputation, et sa présence dans ce groupe de bandits la rassurait. Il avait un visage long à la peau transparente et des membres souples et graciles. Quel âge pouvait-il avoir ? Il paraissait tout à la fois très jeune et très ancien. Il émanait de son être un mélange de sagesse millénaire et de sérénité propre au beau peuple. Issalis comptait l'aider de son mieux. Elle se sentait par ailleurs responsable de l'état d'Alram. Le jeune homme avait failli perdre la vie en se portant à son secours. Elle devait l'aider en retour.

Ils arrivèrent près du petit lac que surplombait l'antre du dragon. Issalis sentit les poils de ses bras se hérisser au souvenir de la créature.

– Que cherchons-nous ? Il ne pousse aucune plante ici.

– Nous ne venons pas chercher une plante dans ce lieu désolé, répondit l'elfe. Le meilleur remède existant pour soigner les plaies et les fractures est le sang de dragon. C'est ce que je suis venu chercher dans cet endroit, ajouta-t-il en décrochant de sa ceinture une petite outre de cuir.

Issalis blêmit :

– Je ne serai jamais de taille, vous auriez dû emmener l'un de vos compagnons !

– Le dragon ne représente plus de danger, la rassura-t-il. J'ai besoin de vous pour un tout autre service. Voudriez-vous me fournir suffisamment de toile propre pour bander la poitrine d'Alram, tandis que je vais prélever un peu de sang à la créature ?

Elle ouvrit la bouche pour l'interroger, mais il s'éloignait déjà en fredonnant une douce ballade à laquelle répondit un ronronnement sourd provenant de la caverne sous la cascade.

Restée seule, Issalis s'assit au bord de l'eau et entreprit de délasser sa cotte bleue avant de déchirer la chemise de toile écrue qu'elle portait en dessous et qui lui tombait jusqu'aux chevilles.

Après plusieurs jours d'errance, la toile était souillée, tout comme la jeune femme qui se sentit soudainement sale et lasse, elle qui ne cessait de répéter à Lalaï combien il était important de prendre soin de soi, que les gens avaient, malgré eux, une meilleure estime pour les personnes propres et dignes que pour celles qui négligeaient leur apparence.

Elle jeta un regard autour d'elle pour vérifier qu'elle était bien seule, puis entra dans l'eau froide, s'enfonçant jusqu'aux épaules avant d'ôter également sa chemise. La jeune femme se lava, puis frotta ses vêtements. Elle termina son bain en mouillant ses longs cheveux et frictionna sa tête avec une poignée de sable.

Lorsqu'elle eut fini, elle enfila sa chemise trempée puis sortit de l'eau pour étendre sa cotte bleue au soleil. La jeune femme entreprit alors de déchirer le bas de l'épaisse toile écrue qui couvrait ses jambes.

L'elfe revenait déjà. Issalis fut terriblement gênée à l'idée qu'il la vit en simple tunique, dans un vêtement si raccourci qu'il laissait entrevoir la peau laiteuse de ses genoux. Pourtant Téjédor sembla ne pas s'en apercevoir et il lui dit d'un ton joyeux en avisant la bande de toile claire qui séchait sur un rocher :

– Je vous remercie, cela sera parfait !

Puis l'elfe s'assit près de la jeune femme. Son beau visage avait retrouvé toute sa gravité habituelle.

– J'aimerais maintenant que vous m'éclairiez. Que faisiez-vous seule, si loin des villages et des bourgades les plus proches, alors qu'il devient si dangereux pour une femme d'être vue sans compagnie ?

La jeune femme sentit les larmes lui monter aux yeux. Elle allait tout lui raconter : la disparition de sa petite sœur et ses recherches infructueuses. Se libérer enfin de ce poids qui l'oppressait, le supplier de lui venir en aide. Il était un elfe, il saurait quoi faire. Cependant il ne la regardait déjà plus. Ses yeux étaient perdus loin derrière elle, en amont du ruisseau.

– Qu'y a-t-il ? souffla-t-elle.

– Un cheval approche. Il est harnaché, mais je ne vois aucun cavalier.

Téjédor se tut un instant avant d'ajouter :

– Un bel animal, doré comme les blés avec une crinière pâle comme la lune.

– Estel ! s'exclama Issalis en tentant d'apercevoir son cheval à l'horizon.

Toutefois l'elfe possédait une vue dépassant de très loin celle des Hommes et elle ne put rien voir de là où elle se trouvait.

La jeune femme et Téjédor se portèrent à la rencontre de l'animal. Il fallut plusieurs minutes avant qu'Issalis ne puisse enfin le distinguer.

Elle l'appela alors et, relevant vivement la tête au son de sa voix, Estel les rejoignit au petit trot, malgré le sol rocailleux qui bordait le ruisseau. Lorsqu'il fut tout près, Issalis put distinguer les trois gnomes qui se tenaient inconfortablement assis au sommet de sa tête, agrippés à la bride pour ne pas risquer la chute.

– Issalis, nous vous avions crue perdue ! s'exclama Faroux avec soulagement.

– Que vous est-il arrivé ? la questionna Lacerte en avisant sa tenue, une simple chemise, dont le bas était visiblement déchiré.

Blarel avait pris une mine agressive en regardant l'elfe qui se tenait aux côtés de la jeune femme.

– Si je dois venger votre honneur, vous n'avez qu'une seule parole à dire !

Téjédor émit un doux rire, cristallin comme l'eau qui courait à leurs pieds.

– Ainsi donc, votre errance n'était pas solitaire, et voici revenir vers vous vos étranges compagnons.

– *Bougre de tabanos de chaval* ! jura Blarel.

Estel eut un sursaut, comme s'il avait saisi l'insulte. Faroux expliqua :

– Il a eu tellement peur du dragon qu'il nous a emportés au loin sans que nous puissions l'arrêter. Comment avez-vous pu vous en sortir ?

– J'ai cru que le dragon allait me dévorer, et alors plusieurs hommes se sont portés à mon secours. Téjédor, dit-elle en désignant l'elfe qui souriait toujours à ses côtés, a sauté sur son dos, il lui a parlé, et maintenant, il n'y a plus rien à craindre.

Les gnomes toisèrent l'elfe d'un air soupçonneux.

– Ah oui ! Les Elfes parlent aux dragons ?

– Les Elfes possèdent bien des pouvoirs secrets, maître Gnome, répondit Téjédor. Malgré cela, ils ne sauraient surpasser les Gnomes dans leur connaissance de tout ce qui vit et a vécu en Terre d'Escalon.

Lacerte retrouva peu à peu le sourire aux flatteries de l'elfe.

Téjédor reprit :

– Je ne possède pas la connaissance des Gnomes, pourtant je croyais que ces derniers évitaient la compagnie des Hommes ?

– C'est généralement vrai, s'empressa de répondre Faroux. Pour nous, les Hommes sont des enfants ! Cependant nous étions à la recherche de cette jeune femme en particulier et de sa sœur à cause de la prophétie de…

Il ne termina pas sa phrase, le souffle coupé par le violent coup de coude que venait de lui asséner Lacerte dans les côtes.

Téjédor considéra curieusement les gnomes, puis Issalis, son regard bleu gris passant de l'un à l'autre.

– Votre sœur a disparu, c'est ce que vous vouliez me dire tout à l'heure, n'est-ce pas ?

La jeune femme acquiesça en se mordant les lèvres pour ne pas se remettre à pleurer.

L'elfe tourna le dos.

– Il est temps de rentrer au campement, les hommes vont s'inquiéter.

Ils retournèrent au bord du ruisseau où Issalis enfila sa cotte encore humide. Puis ils repartirent ensemble vers la prairie où les attendaient leurs nouveaux compagnons.

Et tandis qu'Estel suivait docilement Issalis dans le sentier, les gnomes échangèrent des regards inquiets.

Tome 1 – Le Cercle de Couët Krann

# VIII

La foudre s'abattit avec grand fracas sur la masure de pierre sèche dont le toit de chaume s'enflamma presque instantanément. À l'intérieur, deux femmes se mirent à crier, mais personne ne les entendit, car la petite maison bâtie à flanc de colline se trouvait à l'écart du hameau, niché plus bas, au creux du vallon.

Cela dura plusieurs minutes ; le feu dévorait le toit et les femmes s'époumonaient toujours à l'intérieur. L'une d'elles sortit enfin, serrant contre elle une couverture d'où provenaient de faibles vagissements. Elle fit quelques pas, juste assez pour se mettre hors de danger, et s'écroula en pleurs dans l'herbe à l'instant même où le toit s'effondrait entre les murs. Dans le brasier, les cris avaient cessé.

Les yeux hagards, la survivante ouvrit un peu le tissu pour contempler l'enfant encore souillé du sang de sa mère. Il était pâle, presque gris et il se mit à pousser de petits cris aigus. Prenant sur elle pour cesser de trembler, elle étala la couverture à même le sol pour terminer les soins qu'elle n'avait pu achever. Elle devait faire vite avant que les nuages couleur de plomb ne se crèvent et que la pluie ne s'abatte sur elle et le nouveau-né. Le tonnerre grondait sourdement, couvrant par instants les cris de l'enfant.

Les mains ridées de la vieille femme nouèrent habilement le cordon et essuyèrent délicatement la peau encore fripée du bébé avec un pan de tissu. Elle examina le garçon. Il était vigoureux et vagissait toujours avec force. Elle constata avec surprise qu'il avait déjà deux dents, deux canines qui affleuraient sur sa mâchoire inférieure. L'enfant ouvrit alors les yeux, provoquant chez elle un mouvement de recul. Ils étaient d'un gris très pâle, tirant sur le jaune, avec une minuscule pupille noire au centre : un regard de gobelin.

Quelques grosses gouttes commencèrent à tomber autour d'eux. La doula recouvrit prestement le bébé et se tourna vers le brasier, des larmes plein les yeux, traçant avec la main un signe compliqué, une bénédiction pour celle qui avait péri dans les flammes en mettant son enfant au monde, puis elle se mit en route vers le hameau.

– Encore un cauchemar ? demanda le vieil homme, tandis que Lalaï s'éveillait en gémissant.

Le pas régulier de l'ours sur lequel elle était installée continuait à la bercer doucement et elle avait du mal à émerger du sommeil. Elle regarda quelques instants autour d'elle, les yeux hagards, puis concentra son attention sur l'homme qui marchait devant elle. Il lui tournait le dos et ses cheveux mi-longs d'un blanc sale dépassaient d'une cale noire nouée sous son menton. Il portait une cotte grise élimée, trouée en plusieurs endroits et lorsqu'il se tourna pour lui sourire, la petite fille put constater qu'il lui manquait quelques dents. Il était sans doute encore plus vieux que ce qu'elle avait cru. Son ours, en revanche, semblait dans la force de l'âge, le pelage épais et doux. Son harnais de cuir rouge parfaitement entretenu contrastait avec l'état de délabrement de son propriétaire.

Elle répondit faiblement :

– Un horrible cauchemar !

Lalaï était effrayée, pourtant elle avait suivi cet homme de son plein gré. C'était comme une intuition qu'elle n'aurait pas su expliquer à Issalis. Elle avait déjà vu ce vieil homme auparavant, dans ses rêves.

– C'est normal, lui dit-il d'un ton apaisant. Tu feras de plus en plus de rêves et il te faudra apprendre à les apprivoiser et à comprendre leur signification.

– J'aimerais savoir où est ma sœur, dit-elle comme si elle ne l'avait pas entendu.

Le vieil homme se rembrunit.

– Je t'ai déjà dit que j'aurais voulu qu'elle vienne avec nous, mais je n'ai pas réussi à la retrouver, et le temps presse. Je te promets que nous retournerons la chercher une fois que tout sera terminé.

La petite fille retint ses larmes. Elle savait qu'il n'aimerait pas qu'elle se mette à pleurnicher.

– Nous allons bientôt arriver, lui dit-il plus doucement. Je vais pouvoir commencer ton enseignement pour que tu saches utiliser tout ton potentiel.

– Et vous, comment savez-vous toutes ces choses ? demanda-t-elle encore.

– Je suis Raffanel, le dresseur d'ours ! répondit simplement le vieillard dans un énigmatique sourire édenté.

Ils entreprirent l'ascension d'une colline escarpée. L'ours était habile, évitant les rochers, le pied sûr, alors que le vieil homme trébuchait très souvent. Des cailloux roulaient sous ses pas, ce qui rendait sa progression lente et difficile. Lalaï, juchée sur le dos de la bête, serrait fort les jambes autour de son corps puissant et agrippait sa fourrure pour ne pas tomber.

Lorsqu'ils arrivèrent à mi-hauteur, la pente devint moins raide. Ils empruntèrent un étroit sentier bordé de ronces qui semblait faire le tour de la colline pour mener doucement jusqu'à son sommet. Ils marchèrent encore un peu en silence puis le vieil homme délaissa le chemin et se faufila à travers les broussailles. Ils se trouvèrent bientôt devant une cavité creusée dans la roche, invisible depuis le sentier, car masquée par des arbrisseaux et un taillis touffu de hautes orties et de ronces mêlées. L'entrée de la caverne était obturée par un rideau de peaux tannées.

– Bienvenue chez moi, dit Raffanel, en invitant Lalaï à entrer.

La petite fille se laissa glisser aux pieds de l'ours et suivit le vieil homme à l'intérieur.

Elle découvrit une salle circulaire dont les parois étaient recouvertes de dessins et de signes étranges, certains à demi effacés, ce qui laissait présager que ce lieu avait dû être occupé déjà bien avant la naissance de Raffanel. Au fond se dressait un lit composé de plusieurs troncs liés ensemble. Sur ce sommier de bois s'étalait une épaisse couche de fougères séchées recouverte d'une seconde couche de peaux de loup et de daim. Cette imposante litière occupait à elle seule près de la moitié de l'espace. Le foyer se trouvait près de l'entrée, autant pour permettre l'évacuation des fumées que pour garantir les occupants d'éventuels prédateurs. Sur la droite, la paroi était masquée par de nombreuses étagères de bois couvertes de pots, de coffrets et de tout un fouillis d'objets divers. Il régnait dans la petite grotte une forte odeur de cire et de suif provenant des nombreuses bougies et lampes à graisse nécessaires à l'éclairage des lieux.

Lalaï alla s'asseoir sur le lit de peaux et observa Raffanel sans rien dire tandis qu'il ôtait avec douceur le harnais de cuir rouge de son ours. Il entreprit ensuite d'allumer le feu.

– Raconte-moi un peu ce cauchemar pendant que je prépare à manger.

Lalaï narra l'incendie et la femme qui sauvait cet étrange bébé, avec tous les détails qui lui revenaient à l'esprit. Raffanel resta un moment silencieux, réfléchissant à la meilleure réponse à apporter à l'enfant.

L'ours vint se coucher aux pieds de la petite fille et posa son énorme tête sur ses frêles genoux. Elle fourra ses petits doigts dans son épais pelage et se mit à le gratter derrière les oreilles. L'animal ferma les yeux, s'abandonnant au plaisir que lui procuraient les caresses de l'enfant.

– Ce que tu as vu a réellement eu lieu. C'est une vision du passé. Cette femme était une doula, les guérisseuses qui assistent les autres femmes pendant l'enfantement. Le bébé que tu as vu a grandi et est devenu le sorcier Darakchan. Sais-tu qui il est ?

La petite fille fit non de la tête.

– C'est l'homme qui seconde le roi, pour ne pas dire celui qui dirige réellement le royaume. C'est aujourd'hui un personnage très puissant. Cette femme l'a sauvé à sa naissance. Il était venu au monde sans avoir de père et il venait de perdre aussi sa mère. Alors la doula l'a recueilli et élevé, car personne d'autre ne voulait de cet étrange bébé. Les villageois l'appelaient le Maudit, ils le craignaient et disaient qu'il portait malheur. La vieille femme lui a enseigné sa science, celle des doulas, la magie primaire, le pouvoir des plantes et des animaux. Et lui, il n'en avait jamais assez. Il se moquait de savoir comment on guérissait la fièvre ou la façon de protéger sa maison des mauvais esprits. Il ne songeait qu'à posséder des pouvoirs toujours plus impressionnants pour qu'enfin on l'admire et qu'on le craigne. Il voulait prendre sa revanche sur le désastre du début de sa vie.

Raffanel racontait cela d'une voix triste et lente, le regard perdu dans le feu crépitant…

– La vieille doula est morte quand il avait douze ans. Après, il a survécu comme il a pu, en volant pour manger. Mais il n'a jamais perdu son arrogance et son ambition démesurée. Il était déjà violent et cruel, et la misère a rendu son âme plus noire encore. Il s'est mis à explorer seul d'autres formes de magie, plus complexes, celles qui peuvent servir des intérêts particuliers et devenir très dangereuses lorsqu'elles sont utilisées par des personnes mal intentionnées. La magie a armé son bras vengeur.

Il fit une nouvelle pause avant d'ajouter :

– C'est une histoire banale. Tous les hommes cruels ont été des enfants malheureux. Darakchan a grandi dans la solitude. Il déteste les gens autant que les gens le détestent.

– Alors il aurait mieux valu que cette femme le laisse mourir avec sa mère ? demanda Lalaï d'une petite voix.

Raffanel dénoua le lacet sous son menton et ôta pensivement sa cale. Ses cheveux restèrent ébouriffés au sommet de son crâne, lui donnant l'air d'un oisillon tombé du nid.

– Je ne suis pas assez grand pour juger de l'existence des êtres. Les dieux seuls ont le droit de décider qui doit vivre ou mourir. S'il a survécu, c'est qu'il le fallait, même si les enjeux dépassent notre perception si étriquée. Son destin est lié au tien, comme au mien, bien qu'il ne nous ait apporté jusqu'ici que du malheur.

Lalaï attendit patiemment que Raffanel ait lissé les mèches rebelles de sa tête du plat de la main avant qu'il ne poursuive.

– Cette femme que tu as vue, cette vieille doula, c'était ma mère. Mes deux frères et moi, nous ne vivions déjà plus chez elle lorsqu'elle a recueilli cet enfant. Elle l'a nommé Darakchan, le fils du feu. J'ai bien tenté de la prévenir. J'ai toujours trouvé le garçon étrange, taciturne, orgueilleux. Cependant, elle se faisait âgée et l'aimait plus qu'elle n'aurait voulu me l'avouer. Elle ne vieillissait plus dans la solitude, alors elle lui pardonnait même son indifférence cruelle à son égard. Cet amour indéfectible l'a contrainte à passer ses vieux jours à l'écart de la communauté, car les villageois reprochaient à Darakchan tous les malheurs qui les touchaient : les maladies du bétail, les récoltes anéanties par la grêle… Pour eux, il était le Maudit, et ma mère était responsable de sa survie.

– Mais quel est le rapport avec moi ? demanda la petite fille.

Le vieil homme la regarda un instant comme s'il cherchait ses mots. Sa voix se fit plus grave lorsqu'il reprit la parole.

– Il est responsable de la disparition de tes parents.

Lalaï ne savait que peu de choses à propos de la mort de ses parents. Issalis l'avait jusque-là préservée en restant évasive sur les circonstances du drame. Aussi, lorsque Raffanel eut appris à la petite fille que Darakchan était l'assassin de sa mère, lorsqu'il lui eut dit avec une infinie tristesse dans la voix, que son père, parti pour venger son épouse, n'avait jamais reparu, l'enfant avait reculé jusqu'au fond de la couche, et était demeurée là, prostrée, le regard perdu dans le vide, son dos moite collé contre la paroi de pierre. Elle était restée ainsi plus d'une heure et Raffanel avait respecté son silence et sa douleur. On n'entendait plus dans la grotte que le craquement des bûches dévorées par les flammes.

Lalaï avait l'impression qu'on lui avait versé de l'alcool sur une plaie encore béante. Elle était si jeune à la disparition de sa mère qu'elle ne parvenait pas à se rappeler son visage. Il ne lui restait que des images floues, ses longs cheveux blonds et son sourire. Pourtant, elle entendait encore sa voix lui chuchoter chaque soir « Fais de beaux rêves ma princesse ».

De beaux rêves… Quelle ironie ! Elle qui tenait justement de sa mère la faculté de voir en rêve les images atroces de la réalité. À cet instant précis, son don lui apparaissait comme une malédiction.

Sans tous ces rêves, elle n'aurait jamais suivi ce vieillard, et serait en ce moment même auprès de sa sœur, Issalis, dans leur paisible hameau, occupée à courir avec les autres enfants.

Sans ces rêves, elle n'aurait pas assisté à la naissance dramatique de Darakchan ni à aucun de ses actes cruels et insensés, des horreurs dont aucune fillette n'aurait dû être témoin. Depuis quelques mois, ses rêves, si réalistes, avaient fait voler en éclats son innocence enfantine.

Elle avait dû subir plusieurs fois l'intrusion du sorcier dans ses nuits. C'était un monstre effrayant, dégoûtant. Un ogre pervers qui faisait endurer mille sévices à ses proies. Et il était l'assassin de ses parents.

Elle se laissa tomber sur la couche moelleuse à l'odeur mêlée de végétaux séchés et de musc animal, laissant son esprit fatigué vagabonder au gré des lueurs de la flambée qui dansaient sur la voûte de pierre. Les fourrures étaient douces et confortables.

Lalaï se mit à somnoler, terrassée par le flot de ses émotions et les deux journées de marche qui leur avaient permis d'atteindre la caverne de Raffanel. Un ronronnement régulier la berçait, la faisant basculer lentement dans le sommeil. Intriguée, elle lutta contre l'endormissement et rouvrit les yeux, cherchant l'origine de ce son à la fois grave et léger comme un chuchotement, une vibration à l'étrange pouvoir relaxant.

Ce qu'elle prit d'abord pour un petit chat était roulé en boule tout contre ses pieds. Laissant échapper une exclamation de surprise, elle étendit la main pour caresser l'animal, mais celui-ci fut plus rapide. Il se leva d'un bond et toisa l'enfant de son regard vert opalescent. Il était en tout point semblable à un chat ordinaire, le pelage gris souris avec une large bande blanche s'étirant du ventre au menton, et un irrésistible bout du nez rose. Cependant il avait en plus deux petites cornes pointues au sommet de son crâne.

– C'est un théocorne, un chat cornu, dit Raffanel en désignant l'animal. Ces créatures sont les plus peureuses que tu peux imaginer, au point que la plupart ne sortent qu'à la nuit tombée quand elles n'ont plus rien à craindre de leur ombre. Comme tu as pu le constater, leur ronronnement a un pouvoir soporifique unique ! Celui-là est jeune. Je le garde pour endormir les personnes que je dois opérer ou amputer.

Au regard horrifié de Lalaï, il se pressa d'ajouter :

– Tu sais, je suis guérisseur, comme ma mère l'a été avant moi, et il m'arrive de devoir faire ce genre de choses, mais c'est pour sauver ces personnes !

Il y eut un court silence avant que la petite fille ne questionne sur le nom de l'animal tout en tripatouillant le menton de celui-ci, qui s'était justement rapproché d'elle.

Raffanel toussota, un peu gêné.

– Eh bien, hum… Je ne lui ai jamais vraiment donné de nom. Je l'appelle le théocorne.

– Ah, répondit sobrement Lalaï. Et votre ours, il a un nom ?

– Heu, oui. Il s'appelle Ours, bougonna le vieil homme.

Lalaï se retourna vers la paroi pour que Raffanel ne la voie pas sourire.

– Le théocorne est à toi, si tu le veux. Il veillera sur ton sommeil et avec lui à tes côtés, tes rêves ne t'effrayeront plus.

Lalaï fut touchée par la générosité du vieil homme. Hormis son ours, Raffanel possédait apparemment peu de choses. Elle murmura un timide merci et regarda les yeux verts pailletés d'or du théocorne. La créature vint se blottir contre la fillette en ronronnant. Son pelage était chaud et doux.

– Ours n'a jamais essayé de le manger ? demanda-t-elle encore.

Raffanel eut un sourire triste.

– Non, Ours partage mes repas. Cela ne lui suffit pas toujours, alors il part la nuit en quête de nourriture. Il pêche à la rivière ou cherche du miel. Il n'est pas rare qu'il me rapporte un beau saumon au petit matin. C'est un bon compagnon, et tu n'as aucune raison de le craindre, dit Raffanel en caressant doucement l'épaisse fourrure de l'animal.

Ours posa sa lourde tête sur ses pattes croisées et poussa un soupir plein de bonhomie, comme pour mieux confirmer les dire de son maître.

– Maintenant, nous allons pouvoir déguster ce fabuleux brouet aux herbes de la colline, annonça gaiement Raffanel.

S'asseyant près du feu, il invita Lalaï à le rejoindre. Lorsqu'elle se fut installée à ses côtés, il lui enjoignit gravement :

– Penses-tu que tu serais assez courageuse pour me raconter en détail tous les rêves que tu as faits à propos de Darakchan ?

La petite fille hésita un instant, sentant la peur et la colère la submerger à nouveau. Pourtant elle ravala les larmes qui lui montaient aux yeux et hocha la tête en signe d'assentiment.

# IX

Téjédor et Issalis prirent le chemin du retour en marchant lentement. L'elfe tenait Estel par la bride et cheminait en devisant avec Faroux, Lacerte et Blarel, assis entre les oreilles de l'animal afin de rester à la hauteur de leur interlocuteur.

Le soir commençait à tomber lorsqu'ils atteignirent la plaine où pâturaient les chevaux. Les hommes se retournèrent brusquement en entendant les pas d'Estel, certains posèrent même la main sur la garde de leur épée, avant de reconnaître Issalis et Téjédor. Bergon courut à leur rencontre.

– Vous avez retrouvé mon cheval !

Il eut un mouvement de recul en apercevant les trois gnomes juchés sur la tête de l'animal.

– Qu'est-ce cela ? Des korrigans ? Ou des arragousets ?

Faroux sentit la colère lui monter au nez.

– C'est cela. Et pourquoi pas des farfadets ! Ou pire, de ridicules lutins. Nous sommes des Gnomes ! Tous les autres ne sont que créations des Hommes. Des légendes pour expliquer tout ce que votre stupidité vous empêche de comprendre !

Bergon resta coi un moment avant d'attraper Estel par la bride et de se tourner vers Téjédor et Issalis, ignorant ostensiblement les trois petits bonshommes barbus.

– Il est tard, nous commencions à être inquiets. Kuz et moi allions partir à votre recherche.

Téjédor répondit de sa voix calme :

– Nous avons mis du temps à réunir tout ce qui est nécessaire aux soins de notre ami. Comment va-t-il ?

– La fièvre l'a pris, pourtant il ne se plaint pas.

Téjédor parut soucieux.

– Il est fort, cependant le temps presse. Allons !

Ils trouvèrent Alram toujours adossé au pied de l'arbre. Son visage était pâle, toutefois il arbora un faible sourire en tentant de contrôler les tremblements qui le secouaient lorsqu'il les vit approcher. Bergon l'aida à se redresser avec douceur tandis que Téjédor préparait son onguent. Il pila une poignée de fleurs jaunes à l'odeur forte et ajouta du miel doré.

– Arnica et miel, dit Faroux d'un air approbateur. Excellent pour hâter la guérison. Personnellement, j'y aurais ajouté quelques essences antiseptiques et cicatrisantes. De la menthe pourrait faire l'affaire.

– Mon dernier ingrédient est le sang de dragon, répliqua posément l'elfe.

Faroux émit un petit bruit qui pouvait être un cri de surprise, puis dit sèchement, avant de tourner les talons :

– Parfait.

Quand Bergon commença à ouvrir la chemise d'Alram, Issalis voulut s'éloigner, mais Téjédor la retint.

– Non, restez. Je vais avoir besoin de vous ici.

Alram grimaça lorsqu'il dut plier le bras pour ôter sa manche. Sous ses larges épaules, tout un côté de son torse avait pris une teinte bleue et noire.

– Tu as eu de la chance qu'aucune côte ne perfore ton poumon, lui dit Téjédor en déposant délicatement l'onguent du bout des doigts sur la peau violacée.

Alram ferma les yeux et fronça les sourcils, le visage tendu. Le plus dur restait à venir.

Issalis déroula la bande de tissu écru. Elle en tint fermement l'extrémité tandis que l'elfe la serrait autour du torse du chevalier pour limiter ses mouvements.

Le contact de ses mains avec la peau nue d'Alram troublait Issalis plus qu'elle ne l'aurait voulu. Elle laissa involontairement courir son regard sur ses bras à la peau dorée qui se contractaient chaque fois que Téjédor tirait un peu plus sur la bande, sur ses mains aux ongles courts et carrés, sur son dos large. Elle s'attarda sur les douze tresses qui partaient de son front, disciplinant ses cheveux sur le haut de son crâne, avant d'aller se perdre dans le flot ondulant de sa chevelure brune.

Bergon la tira brusquement de sa rêverie :

– C'est autre chose que les paysans du bal, hein ?

Issalis, outrée de son insolence, eut honte d'avoir été surprise ainsi, en train d'observer un homme, d'une façon qui n'avait rien de convenable.

Elle se sentit rougir malgré elle tandis qu'elle cherchait une réponse cinglante, cependant Téjédor coupa court à la conversation. Il venait de terminer le bandage et demanda à la jeune femme d'aider Alram à se revêtir. Alors qu'elle s'exécutait, les yeux baissés pour ne pas croiser le regard du jeune homme, il lui dit dans un murmure, afin que nul autre qu'elle ne l'entende :

– Je vous promets de vous offrir une nouvelle chemise dès que j'en aurai l'occasion pour remplacer celle que vous venez de sacrifier.

Valayer et son frère Tréglamus, qui étaient partis en chasse à la faveur du crépuscule, revinrent avec un jeune daim qu'ils avaient jeté au travers de la selle du cheval gris. Le feu crépitait gaiement et les hommes eurent tôt fait de préparer l'animal avant de le mettre aussitôt à rôtir.

On aida Alram à venir s'installer près de la flambée, le dos appuyé contre une selle renversée. Téjédor s'assit auprès de lui et invita Issalis à les rejoindre. La viande finissait de cuire et dégageait un fumet prometteur.

Valayer, Tréglamus et Kuz ne remarquèrent la présence des gnomes que lorsque Issalis leur proposa un morceau de viande qu'ils refusèrent poliment. Les hommes furent très curieux de connaître la nature de leurs hôtes. Seul Valayer, plus âgé, pensait avoir déjà entendu parler des Gnomes, encore que ses souvenirs ne fussent pas des plus précis.

– Êtes-vous de la famille des Nains des mines ou comme les Korrils ? Gardez-vous un immense trésor caché quelque part ? demanda naïvement le géant Kuz.

Il n'en fallait pas plus pour vexer de nouveau Faroux.

– Nous sommes des Gnomes. Pas des lutins, ni des nains, ni des farfadets, marmousets, arragousets ou je ne sais quelles autres créatures toutes droites sorties de l'imagination des Hommes ! Nous ne gardons pas de trésor. D'ailleurs, nous ne possédons pas d'or ni de diamants. Sachez que les Gnomes vivent simplement et méprisent la richesse, si ce n'est la richesse de l'esprit, dont vous êtes apparemment, jeune homme, assez mal pourvu.

Kuz, dont un seul des énormes pieds aurait pu écraser les trois gnomes d'un seul coup, se redressa en fronçant ses sourcils hirsutes, prêt à répliquer, cependant Téjédor l'arrêta d'un geste apaisant.

– Excusez mes compagnons, maître Gnome. Kuz ne souhaitait pas vous offenser. Votre peuple s'est dissimulé si longtemps de la vue des Hommes que ceux-ci ont, pour la plupart, oublié votre existence. Le plus âgé d'entre eux n'a pas atteint sa quarantième année, ajouta-t-il en désignant ses compagnons.

Faroux se radoucit quelque peu et passa tout le temps du repas à renseigner la compagnie sur les traditions et la culture des Gnomes, s'arrêtant de temps à autre pour vider d'un trait son minuscule gobelet que Valayer remplissait régulièrement d'hydromel.

– Voyez-vous, pérora-t-il à la fin du repas, les Gnomes sont bien les gardiens d'un trésor, mais il s'agit d'un trésor spirituel. Nous sommes les détenteurs du savoir de la Terre d'Escalon et de son Histoire. Aucune de ses créatures n'a de secrets pour nous.

De l'autre côté du feu, Téjédor, assis entre Alram et Issalis, écoutait le récit que celle-ci leur faisait de la fête des moissons et de l'enlèvement de sa sœur. Le visage si impassible de l'elfe changea lorsqu'elle évoqua le vieux montreur d'ours avec lequel était partie Lalaï. Il tenta de rassurer la jeune femme.

– Ainsi donc, votre sœur se trouve en compagnie de Raffanel. Ne soyez donc point inquiète. Cet homme sera un allié de choix dans notre lutte contre Darakchan. Il est aussi conscient que nous de l'urgence de renverser ce tyran. Ce combat concerne toutes les créatures libres de la Terre d'Escalon, reprit-il en regardant Blarel et Lacerte qui suivaient la conversation confortablement installés sur les fonds de jupe d'Issalis. Nous n'aurons une chance de l'emporter qu'avec l'aide de tous les autres ennemis du sorcier.

Lacerte ouvrit la bouche, interloqué. Ni lui, ni ses frères, ni même Issalis n'avaient jamais évoqué devant l'elfe le but qu'ils poursuivaient, la quête qui les avait poussés sur les routes à la recherche des deux filles rousses.

– Nous sommes nous-même de fervents opposants à Darakchan, précisa Alram, qui avait perçu la gêne du gnome. Nous sommes originaires de l'île de Blangerval, que nous avons été forcés de fuir pour ne pas disparaître comme tous ceux qui ont tenté de s'opposer au sorcier. Téjédor était l'ambassadeur du peuple des Elfes au palais du roi Darleon. Darakchan a tenté de le faire assassiner en raison de son influence sur les opinions du souverain.

– C'est alors qu'Alram m'a sauvé. Ensemble et avec quelques amis sûrs, fit l'elfe en désignant la compagnie d'un geste, nous avons pris la mer en pleine nuit pour nous réfugier en Terre d'Escalon, loin de l'île du sorcier.

De l'autre côté du feu, Faroux, debout sur une botte de Kuz, parlait plus fort, souvent interrompu par les hommes qui riaient en se tenant le ventre. Le géant buvait de l'hydromel à même l'outre et essuyait son menton d'un revers de manche.

– Que veut ce vieil homme à ma sœur, et pourquoi a-t-elle accepté de le suivre ? demanda Issalis.

– J'ai connu Raffanel il y a longtemps, commença l'elfe, alors qu'il était encore jeune homme. Lui et sa mère pratiquaient la magie primaire.

Les gnomes hochèrent la tête d'un air entendu, mais Issalis ne comprenait pas ce terme.

– La magie primaire utilise les ressources de la Nature et les forces brutes qui la constituent, l'éclaira Blarel. C'est une forme de magie très puissante, cependant elle a l'inconvénient d'être plus longue à mettre en œuvre. Elle requiert beaucoup de patience, et ses effets ne sont pas toujours immédiats. Certains sorciers la méprisent et lui préfèrent une magie plus productive et complexe. Cérémonies occultes, sacrifices, alchimie… La magie primaire était également celle que pratiquait la mère de Lalaï en tant que prêtresse de la déesse Brocca.

– Voici donc le lien entre le vieil homme et votre sœur, murmura l'elfe en plissant imperceptiblement les yeux. Peu après que Raffanel ait fondé son propre foyer, sa mère, déjà très âgée, a recueilli un jeune orphelin qu'elle a initié aux rites de la magie primaire. C'était Darakchan. En grandissant, le garçon a très vite dévié vers une magie moins originelle, aux effets plus spectaculaires, et son avidité l'a conduit à commettre des crimes irréparables dans le seul but d'accroître sa puissance. C'est Darakchan qui a volé la roue harmonique du temple de la déesse Brocca…

– Et qui a assassiné la mère de Lalaï et mon père, termina Issalis d'une voix blanche.

Téjédor acquiesça.

De l'autre côté des flammes, le silence semblait être retombé. Kuz et Faroux, assommés par l'alcool, ronflaient bruyamment, le gnome assoupi dans les plis de l'immense cotte du géant. Valayer, Tréglamus et Bergon étaient penchés sur eux. Ils chuchotaient et pouffaient de rire en s'affairant autour des deux dormeurs.

Issalis les observa un moment avec curiosité, puis reprit le fil de la conversation.

– Lalaï fait des rêves étranges depuis quelque temps. Elle y voit un jeune homme qui lui fait très peur. Elle dit qu'il a les yeux jaunes.

– Darakchan, murmura Téjédor.

– Lalaï a rêvé plusieurs fois de lui. Je la soupçonne de ne m'avoir parlé que des rêves les plus symboliques. Je suis certaine qu'elle ne m'a pas raconté tous les détails des cauchemars qui la font parfois hurler la nuit. Elle s'est contentée de décrire ses rêves récurrents. Souvent, elle l'a vu rire aux éclats au son d'une musique entêtante. Il se tenait debout sur une couronne d'argent. Une autre fois, il haranguait la foule qui l'acclamait, alors que la musique couvrait toujours le son de sa voix. Il y a quelques jours, elle l'a revu en songe, seul au centre d'un cercle de pierres dressées, et autour de lui galopait une licorne noire.

À ces mots Téjédor leva la main pour arrêter la

jeune femme.

– Votre sœur rêve du passé, du présent et de l'avenir. Ce qu'elle a vu dans ce dernier rêve ne s'est pas encore produit. Il nous révèle enfin le sombre projet que nourrit Darakchan. Son ambition la plus chère est de devenir immortel et il semble qu'il a trouvé le moyen d'y parvenir.

Lacerte et Blarel échangèrent un regard entendu et décidèrent de partager la prophétie de Rana avec leurs nouveaux compagnons. Ils leur énoncèrent le texte énigmatique et Téjédor garda longuement le silence pour mieux s'en imprégner.

– Qu'est-ce que projette de faire le sorcier exactement ? demanda Alram.

L'elfe leur parla alors du puissant pouvoir des licornes noires. Des créatures si rares qu'il n'en existait qu'un seul troupeau d'une quinzaine d'individus sur toute la Terre d'Escalon. Les licornes blanches donnaient parfois naissance à des poulains de couleur noire. Ces jeunes créatures étaient alors rejetées, chassées de leur troupeau. Elles erraient solitairement jusqu'au moment où elles parvenaient à rejoindre leurs semblables.

– Les licornes noires sont une énigme ! Elles ne peuvent pas se reproduire, reprit Lacerte. En revanche, elles ne vieillissent pas et ne connaissent jamais la déchéance physique liée à l'âge. La tradition des Gnomes dit pourtant qu'elles sont mortelles et celui qui s'oint le corps de leur sang devient insensible au temps qui passe. Toutefois, tuer une licorne est un crime si vil qu'il est inimaginable en Terre d'Escalon.

Un lourd silence accueillit cette dernière déclaration. Tous avaient à présent conscience de l'abjection dont était capable le sorcier. Meurtres, vols… Nul ne doutait plus qu'il put commettre les pires atrocités pour assouvir son immense ambition.

Ainsi, Darakchan pourrait devenir plus puissant encore en ajoutant au pouvoir de la roue harmonique celui de l'éternelle jeunesse. Cela lui donnerait le temps d'accomplir bien des conquêtes. Les rois des Hommes tomberaient les uns après les autres pour laisser place au chaos que connaissait déjà l'île de Blangerval et à présent les régions côtières de Caladre.

Ils mesuraient maintenant l'étendue de la menace que constituait Darakchan pour la Terre d'Escalon en son entier. En premier lieu, un danger pour la liberté de tous les Hommes, mais aussi pour celle de tous les autres peuples. Le sorcier ne résisterait pas longtemps à la tentation de soumettre aussi les royaumes des Elfes, même si cela nécessitait une guerre longue de plusieurs décennies ; l'éternelle jeunesse lui en laisserait tout le loisir.

Blarel les tira de leur cauchemar éveillé :

– Il nous reste une chance, si infime soit-elle. Au moins avons-nous l'avantage de connaître ses projets. Nous savons maintenant où tout cela va se jouer. Il n'existe qu'un seul cercle de pierres dressées sur la Terre d'Escalon. Ce lieu se nomme Couët Krann.

– Et les licornes noires le fréquentent, reprit Lacerte avec excitation. Elles viennent y brouter une fois l'an, pendant la nuit des quatre lunes.

– La prochaine aura lieu dans six jours, déclara Téjédor.

– Nous devons nous y rendre, affirma Lacerte avec conviction. Avec ou sans l'enfant, c'est sans aucun doute notre dernière chance de briser Darakchan, avant qu'il ne devienne trop puissant pour être vaincu !

– Non, la prophétie des Gnomes est très claire, objecta Blarel. C'est Lalaï qui le vaincra. Sans elle, il n'y a déjà plus aucun espoir de victoire.

– Cependant, Lacerte a raison, intervint Alram.

Nous n'aurons pas d'autre chance. Et Darakchan a tant d'orgueil qu'il ne soupçonnera pas une seconde que des Hommes aient l'audace d'essayer de l'arrêter. Je suis d'avis de le surprendre au cercle de pierres et de faire tout ce qui sera en notre pouvoir pour le tuer avant qu'il ne devienne immortel. Nous ne pouvons pas abandonner, pas après tout ce chemin parcouru.

– Raffanel est un homme sage, et si l'enfant l'a suivi, il la convaincra très certainement de lui parler de ses rêves, reprit l'elfe en regardant Issalis. Il ne fait aucun doute qu'il fera alors le nécessaire pour mener Lalaï au-devant de son destin. Avec de la chance, nous retrouverons votre sœur à Couët Krann lors de la nuit des quatre lunes. Il reste peut-être un infime espoir pour la Terre d'Escalon.

Téjédor se releva et appela les autres hommes.

– Compagnons !

Valayer, Tréglamus et Bergon se relevèrent vivement, masquant derrière eux la masse informe de Kuz et Faroux qui ronflaient à même le sol. Les trois hommes avaient la mine contrite d'enfants surpris la main dans un panier de pommes. Bergon toussa plusieurs fois pour cacher le rire qui lui montait aux lèvres, cependant ni Issalis ni Alram ne réussirent à déterminer ce qu'ils manigançaient.

– Compagnons, reprit l'elfe, nous prendrons la route dans deux jours pour aller au combat. Nous surprendrons le sorcier au cercle de pierres levées de Couët Krann durant la nuit des quatre lunes. Avec de la chance, il y sera moins entouré qu'au palais de Darleon et plus vulnérable. Nous sommes le dernier rempart des peuples de la Terre d'Escalon, et nul ne nous viendra en aide si nous échouons. Il est probable qu'aucun de nous ne survive et que notre sacrifice soit vain, car, même seul, notre ennemi est plus puissant que nous. Notre seule bravoure ne saurait suffire.

Il fit une courte pause avant de poursuivre d'un ton plus grave encore :

– Vous êtes libres de choisir votre destin. Vous pouvez nous suivre, ou rester et tenter d'organiser la résistance des Hommes après notre défaite.

Bergon parut profondément offensé par ces dernières paroles.

– Jamais ! Nous venons tous ! Rappelez-vous, sur l'île de Blangerval, nous avons combattu côte à côte puis nous avons fui ensemble. Nous irons ensemble à Couët Krann, et si nous ne parvenons pas à battre ce maudit jeteur de sorts, au moins nous lui donnerons du fil à retordre !

Les deux autres acquiescèrent. Valayer montra le bandeau noir qui lui couvrait l'œil :

– Nous ne sommes pas des pleutres, et nous avons déjà prouvé notre valeur ! Je resterai fidèle à la couronne, quoi qu'il arrive. Sus à l'usurpateur !

Les autres reprirent en chœur :

– Sus à l'usurpateur !

Le cri de guerre avait décuplé leur volonté et ils se regardèrent avec fierté et confiance, conscients d'être soudés à la vie, à la mort.

Silencieux à présent, ils se sentaient en communion les uns avec les autres, le sourire aux lèvres malgré les dangers qu'ils venaient de décider d'affronter ensemble, une fois encore.

– Sus à l'ennemi ! cria Blarel, rompant le silence.

Surpris par la véhémence du gnome, les hommes partirent dans un grand éclat de rire.

Au petit matin, la rosée recouvrait hommes et matériel, étouffant les dernières braises de la belle flambée de la veille. Issalis frissonna en s'éveillant dans l'humidité de l'aube. Les hommes lui avaient offert une lourde fourrure d'ours, lui évitant ainsi une nouvelle nuit à trembler de froid à la belle étoile comme les jours qui avaient précédé leur rencontre.

Alram toussa à quelques coudées d'elle. Lui aussi s'éveillait et il se redressa en grimaçant. La jeune femme lui adressa un sourire qu'il lui rendit en la saluant de la main.

Les autres hommes dormaient encore, Kuz ronflant régulièrement. Téjédor apparut près des cendres sans que personne ne l'entendît venir, les bras chargés de petit bois. Il s'agenouilla avec grâce et entreprit de ranimer le feu.

Les autres s'éveillèrent à leur tour et se relevèrent en baillant, se saluant d'un geste ou d'un sourire sans qu'une parole soit échangée. Seul le géant continuait de dormir, rythmant la vie du camp par ses ronflements réguliers. Les autres se levèrent en s'ébrouant avant de se livrer chacun à la tâche qui lui était dévolue, l'un faisant le tour des chevaux, l'autre rassemblant quelques provisions pour le déjeuner. En plus de la chasse, Valayer assumait également la fonction de barbier auprès de ses compagnons. À l'aide d'une lame de poignard affûtée, il rasa avec précaution les visages d'Alram et Tréglamus avant de se soucier de son propre menton, se fiant au reflet que lui renvoyait un des casques polis.

Plus tard, Téjédor vint examiner la blessure d'Alram. L'onguent de sang de dragon était très efficace et le jeune homme se portait déjà mieux.

– Tu seras bientôt sur pied. Nous pourrons nous mettre en route pour Couët Krann demain, annonça l'elfe.

Un grognement caverneux indiqua à la compagnie que Kuz s'éveillait. Il se redressa en bougonnant, les membres gourds et la tête lourde, faisant brutalement rouler sur le sol Faroux qui dormait encore sur son ventre. Les compagnons se tournèrent pour observer les deux retardataires et partirent aussitôt d'un grand éclat de rire. Kuz, surpris, en fut irrité, persuadé que ses amis se moquaient de son réveil difficile après l'ivresse de la veille. Il eut envie de leur faire passer le goût de la dérision, les empêcher de se gausser de sa mine piteuse. Il les regardait tour à tour avec de grands yeux noirs et furibonds qui lui donnaient un air de dément enragé.

C'était bien le visage du géant qui faisait tant rire les compagnons, parce qu'il était barbouillé de façon grotesque. La veille, tandis que Kuz s'était lourdement assoupi, ivre de fatigue et d'alcool, Bergon, Tréglamus et Valayer en avaient profité pour le grimer au charbon noir, lui dessinant des cils immenses, une bouche féminine et souriante en forme de cœur et des pommettes outrancières dignes des vieilles *solas* qui suivaient les armées en marche. Au réveil, sa face bourrue arborait encore ce maquillage ridicule, lui donnant l'air d'une vieille coquette trop fardée.

Le gnome n'avait pas été épargné. Sa barbe fournie et sa minuscule face rubiconde n'avaient pas permis aux trois larrons le même travestissement. Les gredins avaient simplement noirci au charbon le tour de ses yeux, donnant l'illusion étrange de deux grandes orbites vides au-dessus de sa barbe hirsute. Ce matin, Faroux s'était levé le bonnet de travers, et les idées brumeuses, et l'hilarité inexplicable de ses frères ne fit rien pour arranger son humeur exécrable.

Kuz et Faroux gardaient de leur beuverie de la veille la bouche pâteuse et un léger mal de crâne. Piqués au vif par les ricanements incessants de leurs compagnons, ils se renfrognèrent et partirent s'isoler chacun de leur côté sans un regard l'un pour l'autre, de sorte qu'ils ne comprirent jamais la farce dont ils avaient été victimes. Tous deux passèrent une grande partie du jour à se demander ce qui pouvait provoquer une telle hilarité chez chacun de leurs interlocuteurs. Venant de garnements tels que Bergon, Valayer et Tréglamus, passe encore, mais même Alram et Issalis souriaient devant leurs mines boudeuses.

Il se passa plusieurs heures avant que le maquillage au charbon ne finisse par virer, ne laissant plus que des traînées noirâtres sur leurs faces.

Durant la matinée, Issalis eut tout le loisir d'observer ses nouveaux compagnons. De ce qu'elle avait appris la veille, elle savait que l'elfe Téjédor avait fui le palais royal et elle soupçonnait, grâce à leurs casques de cuivre rutilants, qu'Alram et Bergon fussent également des chevaliers de haute lignée. En revanche, elle était moins sûre de l'origine des trois autres. Kuz devait être soldat, comme le laissait présager son équipement de guerre, tandis que Tréglamus et Valayer ne portaient que de simples broignes de cuir. S'ils étaient des serviteurs, leurs échanges cordiaux avec leurs frères d'armes n'en laissaient rien présager.

Par-dessus tout, elle était rassurée de l'attitude de ces hommes à son égard. D'autres gredins auraient profité de leur supériorité pour brutaliser une femme seule. Pourtant ces exilés s'adressaient à elle avec courtoisie et cordialité. Seul Bergon lui lançait souvent des œillades enflammées ou de petites remarques flatteuses, toutefois Issalis n'aurait su dire s'il le faisait parce qu'il éprouvait une réelle attirance pour elle ou par simple goût de la provocation.

Pourtant, malgré la bonne humeur qui régnait sur le camp, la jeune femme gardait le cœur lourd. Au fond de son être, ses pensées restaient tournées vers Lalaï, si petite et si vulnérable. Lalaï, seule avec un vieillard inconnu et son ours terrifiant.

Issalis était malade de ne pouvoir courir au secours

de sa sœur, de ne pouvoir la serrer contre son cœur et l'emporter au loin. Par quelle injustice le destin d'une innocente fillette devait-il inéluctablement passer par un affrontement à mort avec un puissant sorcier ? C'était tellement révoltant, Lalaï n'était encore qu'une enfant.

Le monde était devenu fou, pris dans le tourbillon de l'histoire des Hommes. Les simples gens subissaient des évènements qui bouleversaient leur vie, sans avoir le pouvoir de leur résister. Tout avait changé ; leur existence si paisible et simple n'était plus qu'un souvenir. Que lui réservait l'avenir ? Les femmes avaient désormais perdu tout statut, et n'étaient plus que des choses appartenant à leur famille ou à leur mari qui, eux-mêmes, devaient se plier aux volontés d'un fou pour espérer survivre encore un peu dans l'esclavage.

Quel avenir pour les filles si elles ne pouvaient plus disposer d'elles-mêmes ?

Quel avenir pour les Hommes si leur culture, leurs connaissances et leurs coutumes ne leur étaient plus transmises en héritage ?

Assise à l'écart sur l'herbe douce, Issalis rêvait qu'elle ramenait sa sœur dans leur petite maison, qu'elle coiffait sa chevelure rousse en lui chantant sa comptine favorite.

Elle releva la tête. Alram venait de poser sa main sur son bras. Il essuya délicatement une larme qui roulait sur la joue de la jeune femme.

– De tels yeux ne sont pas faits pour pleurer, murmura-t-il.

Elle sourit faiblement.

– Je ne suis pas aussi forte que je souhaiterais l'être.

– Vous vous êtes lancée seule sur les traces de votre sœur, au mépris de l'interdiction des soldats, au mépris même de votre propre vie. Et vous avez volé un cheval !

Elle lui sourit.

– Il n'y a pas de quoi être très fière de cela. Moi qui répète sans cesse à Lalaï que même la misère ne justifie pas le brigandage.

– La misère, non. Tandis que l'altruisme, si. Vous ne l'avez pas pris par convoitise, mais pour porter secours à votre sœur. À titre personnel, je trouve cela admirable !

– C'est un beau compliment de la part d'un hors-la-loi. Si j'étais admirable, je ne resterais pas ici, anéantie par l'indécision. Je reprendrais dès à présent ce cheval et je repartirais à la recherche de Lalaï.

– Vous ne sauriez pas où la chercher, et Téjédor vous a dit que votre sœur était en sécurité auprès de Raffanel. L'elfe a toute ma confiance. Patientez encore un peu, jusqu'à ce que je puisse reprendre la route sans trop souffrir. Mes compagnons et moi, nous vous accompagnerons. Jusque-là, vous avez traversé des landes inhabitées, et avez eu la chance de ne faire aucune mauvaise rencontre ; hormis le dragon, bien sûr. Cependant vous ne pouvez plus vous aventurer seule. Nous serons au cercle de pierres pour la nuit des quatre lunes et Téjédor pense que nous y retrouverons très certainement la petite. Vous pourrez alors repartir toutes les deux. Un de mes compagnons vous escortera jusque chez vous…

Alram lui parlait doucement, d'une voix grave. Il sentait le cuir et son regard d'un bleu métallique la troublait plus qu'elle ne l'aurait voulu. Il était beau, bien sûr, pourtant cela n'avait pour l'instant jamais suffi à faire chavirer le cœur d'Issalis.

C'était autre chose. Ce jeune homme était altier et peu bavard. Il n'usait pas de la condescendance qu'avaient parfois les autres hommes à son égard.

Comme si elle était une enfant ou que la simple promesse d'un grenier bien rempli et d'un foyer confortable eut pu suffire à combler ses attentes. Issalis désirait plus.

Elle n'enviait pas les robes des bourgeoises ni les servantes des châtelaines. Elle aspirait à un bonheur qu'aucun de tous ceux qui lui avaient fait la cour jusque-là ne lui avait jamais promis.

Orpheline depuis longtemps, Issalis chérissait plus que tout sa liberté. Elle voulait un compagnon de route, pas un mari autoritaire ou égoïste. Elle ne supportait pas l'idée d'avoir moins de valeur qu'un homme, uniquement parce qu'elle était une femme.

Alram paraissait la considérer justement avec ce regard. Issalis se sentait à l'aise à ses côtés. Il n'avait fait aucune promesse. Il ne témoignait pas d'un empressement pesant. Il lui disait simplement qu'il resterait avec elle et qu'il l'aiderait à retrouver sa sœur. Il avait choisi d'aller au-devant de son destin, jusqu'au cercle de pierres, sans espoir de retour, pour s'élever avec ses compagnons contre Darakchan. La dernière charge du guerrier.

Issalis souhaitait plus que tout retrouver Lalaï, toutefois elle savait aussi qu'il n'y aurait pas de place pour elles dans le monde d'après, où les filles seraient privées de leur libre arbitre, à jamais esclaves des hommes, eux-mêmes asservis par un fou.

Lalaï n'était encore qu'une enfant et pourtant, elle avait trouvé le courage de courir vers sa destinée en suivant de son plein gré le dresseur d'ours. Sa petite sœur avait mieux compris qu'elle les enjeux de leur temps. Elle, qui était l'aînée, venait de passer plusieurs jours à poursuivre des chimères, à tenter de rassembler les morceaux de ce qui avait été leur vie. Pourtant rien ne serait jamais plus comme avant, même si elle parvenait à retrouver Lalaï. À bien y penser, la fillette avait tenté plusieurs fois de l'en avertir, de la préparer à ces bouleversements.

Issalis prit soudainement conscience que leurs chemins s'étaient irrémédiablement séparés. Elle réalisa qu'elle devait trouver en elle la force de suivre sa propre voie.

Elle regarda Alram qui lui parlait toujours sur le même ton, grave et doux, et sut qu'elle devait accompagner ces hommes jusqu'au bout dans leur tentative désespérée. Détourner l'un d'eux de ses compagnons pour retourner à une vie qui n'existait plus serait terriblement égoïste. Ces hommes désiraient se rendre ensemble à Couët Krann, suivre l'Elfe Téjédor jusqu'à la fin. Ils ne seraient pas trop de six pour combattre le sorcier.

Si les gnomes disaient vrai, Lalaï était la clé et tout se jouerait au cercle de pierres.

Alram était peut-être un jeune homme idéal, du genre de celui dont elle aurait pu rêver pour mari, cependant maintenant, tout était différent. La mort les attendait au bout du chemin.

– … si nous avions été en d'autres temps, murmurait-il.

Elle réalisa qu'elle ne l'écoutait plus depuis de longues minutes, perdue dans ses propres pensées. Elle n'osa pas le faire répéter, aussi se contenta-t-elle de hocher la tête sobrement. Le jeune homme parut décontenancé, presque déçu, mais il se reprit vite et se releva, la main sur les côtes.

– Nous partirons demain, annonça-t-il, et je vous aiderai de mon mieux à rejoindre votre sœur.

Sa voix était un peu plus forte et un peu moins douce qu'elle ne l'avait été quelques instants auparavant.

# X

– Avez-vous terminé ? aboya Darakchan à un serviteur.

L'homme acquiesça. Il était trapu et avait des sourcils si épais qu'ils se rejoignaient au sommet de son nez, ne formant qu'une unique bande noire et hirsute.

– Oui, Seigneur, nous sommes prêts, répondit-il en fléchissant un genou en une sorte de révérence.

– Alors, hâtons-nous, dit brutalement le sorcier en se tournant vers les six gobelins qui se tenaient derrière lui.

Les guerriers à la peau bistre étaient plus grands que Darakchan, et beaucoup plus massifs. Des cuirasses sombres couvraient leurs poitrines musculeuses et velues. Ils allaient pieds et tête nus, et des lambeaux de peaux d'animaux variés recouvraient leurs larges épaules. Les fourrures n'avaient pas été tannées avec soin comme celles qu'apprêtaient les Hommes en les enduisant de lotions asséchantes et d'onguents parfumés. Celles-là avaient été arrachées grossièrement aux corps des animaux encore chauds et peut-être séchées quelque temps à l'air libre, pourtant elles puaient la charogne. L'odeur nauséabonde ne semblait nullement gêner les gobelins qui sentaient eux-mêmes très fort, un mélange écœurant de sueur et de crasse.

La face de ces brutes paraissait avoir été taillée à la hache, les pommettes saillantes et le nez pointu. Pourtant, leur regard aimantait et terrifiait à la fois, acéré comme celui des prédateurs, les yeux d'un gris très pâle, tirant sur le jaune. Le même que celui de

Darakchan.

Le sorcier avait bravé mille dangers pour faire revenir de leur long exil sur la lune noire un petit nombre de guerriers gobelins.

Quelques nuits auparavant, il s'était glissé seul hors du palais et avait couru à travers la campagne endormie jusqu'au bord de la mer. Il s'était arrêté plusieurs fois, haletant, pour écouter et scruter les ombres environnantes. Personne ne devait le surprendre en ces lieux.

Darakchan n'avait pas choisi de se rendre maître du royaume de Blangerval par hasard. Le roi Darleon détenait le secret de l'exil des gobelins puisque c'était lui qui les avait fait bannir sur la lune noire grâce aux pouvoirs du sorcier Peyrus. Cependant la roue harmonique savait délier les langues et il n'avait pas été trop ardu de convaincre le roi de partager son savoir.

La plage était éclairée par deux lunes jaunes qui faisaient miroiter l'écume.

Le jeune sorcier n'avait pas prévu la houle, mais la grosse mer n'avait pas suffi à l'arrêter. Après avoir ôté ses souliers, il était entré dans l'eau froide en psalmodiant une formule en langue ancienne que peu d'hommes connaissaient encore.

Une vague l'avait brusquement renversé et Darakchan avait déployé toute l'énergie dont il était capable pour se remettre debout avant qu'une autre ne l'emporte au large à tout jamais. Il avait avancé avec difficulté dans la mer glacée jusqu'à atteindre un rocher noir couronné d'écume émergeant des eaux tumultueuses. Il s'y était désespérément accroché, répétant la formule de plus en plus fort.

Par moment, les vagues le submergeaient entièrement, le faisant s'étouffer et cracher l'eau salée qui lui inondait la bouche et le nez.

Il ignorait ce qui était censé se produire. Si Darleon lui avait révélé le lieu du portail et livré la formule qui en constituait la clé, le roi ne connaissait rien du fonctionnement du passage entre la Terre d'Escalon et sa lune noire, car il ne s'était jamais rendu lui-même sur le site.

En entendant les confessions de Darleon, Darakchan avait été déçu. Il s'était attendu à une porte d'or scellée par un puissant sortilège ou une clé magique sculptée dans un matériau précieux. Il n'en était rien. Pour ouvrir le passage, il fallait nager jusqu'au rocher pointu et y réciter la formule encore et encore. Un rocher quelconque, au large d'une plage ordinaire.

Cette nuit-là, accroché au récif comme un coquillage, il avait récité le texte magique une douzaine de fois, jusqu'à le hurler dans le vent, malmené par le ressac, ses doigts crispés sur la pierre glissante.

Enfin, un grondement sourd l'avait fait taire, un sentiment de panique inexplicable lui étreignant l'estomac. Les eaux sombres s'étaient mises à tournoyer autour du rocher, créant des remous écumants. Malgré sa résistance, Darakchan s'était senti happé par la force du courant. Ses ongles avaient griffé en vain la pierre visqueuse dans un dernier réflexe de survie, avant qu'il ne soit entraîné dans le cercle d'eau rugissante. Cependant le tourbillon ne l'avait pas entraîné vers le fond. Il s'était au contraire élevé, emporté au centre d'une colonne de vent et d'eau mêlés, dans un vacarme assourdissant, soulevé comme une vulgaire poupée de chiffon, loin au-dessus des vagues, dans le ciel étoilé.

Très haut, à l'aplomb du rocher, s'ouvrait un trou béant, un vide noir et effrayant où fut précipité Darakchan.

Le portail.

Surpris d'être toujours en vie, le jeune homme s'était éveillé plusieurs minutes plus tard, allongé sur une dalle de pierre blanche, gravée de milliers de symboles effilés en forme de cônes. Il reconnut l'écriture cunéiforme de la langue ancienne, mais il n'aurait su la déchiffrer. Aucun Homme de la Terre d'Escalon n'en était plus capable à ce jour.

Autour de lui, il n'y avait que du sable grossier et de la roche noire. Rien ne bougeait dans la clarté relative émise par les autres lunes.

Au loin, plusieurs constructions avaient attiré son regard.

En se rapprochant précautionneusement, il avait constaté qu'il s'agissait de tentes de peaux pourrissantes tendues sur des piquets, entourées de petits murs en pierre sèche mal bâtis. Il discernait, dans la pénombre de ces abris précaires, des dizaines de créatures qui dormaient assoupies à même le sol. Aucune ne montait la garde, car les Gobelins n'avaient ici d'autres ennemis qu'eux-mêmes.

Avant d'éveiller ces guerriers, réputés pour leur brutalité, Darakchan avait préparé un petit sortilège pour s'entourer d'une aura rouge et vaporeuse qui lui conférerait, il l'espérait, une apparence spectrale des plus impressionnantes.

– Holà, monstres ! avait-il crié.

Il faisait de grands efforts pour supporter la nausée qui le submergeait. L'odeur putride qui se dégageait du campement lui était intolérable.

Les créatures s'étaient relevées d'un bond, émettant des grognements et des cris de menace, toutefois le halo rouge qui entourait le jeune sorcier avait joué son rôle et les gobelins s'étaient tenus à une distance raisonnable.

Darakchan leur avait enjoint le silence. Pourtant, ils

ne lui avaient pas obéi. Alors, pour faire cesser les cris de la meute, il avait foudroyé l'un d'entre eux par une brève incantation qu'il avait apprise peu de temps auparavant. Le gobelin n'était pas mort, tout au plus évanoui, mais cela avait suffi à capter l'attention de ses congénères. Darakchan les avait alors harangués, leur exposant son plan pour les tirer de leur trop long exil. Il allait rouvrir le portail, et dix d'entre eux l'accompagneraient sur l'île de Blangerval. Plus tard, il jurait de revenir chercher tous les autres.

Peu de gobelins connaissaient le langage des Hommes, cependant les plus âgés, qui avaient longtemps combattu en Terre d'Escalon, semblaient avoir assuré la traduction au reste du groupe. Darakchan écoutait leurs aboiements gutturaux ponctués de cris rauques qui se muèrent bientôt en rugissements pleins d'enthousiasme. Ils avaient accepté le marché. Cela dit, rien n'était simple avec les guerriers gobelins.

Après l'euphorie et l'espoir de quitter enfin cette lune maudite, ces rustres s'étaient battus pour décider lesquels auraient la chance de suivre le sorcier, et deux ou trois d'entre eux étaient restés étendus sur le sol, le crâne défoncé par une pierre.

Quand enfin les dix guerriers les plus farouches s'étaient dégagés de la meute, ils l'avaient suivi vers la dalle blanche et le sorcier avait récité la formule du retour pour chacun d'eux avant de la dire pour lui-même.

Le trou noir s'était alors rouvert, les précipitant tous dans les eaux furieuses de la mer après une chute vertigineuse. Darakchan avait cru ne jamais parvenir jusqu'au rivage.

Un des gobelins, paniqué, s'était agrippé à l'une de ses jambes, les entraînant tous deux par le fond. Le jeune homme suffoquait et se débattait avec une énergie dont il se serait cru incapable. Pour éviter la noyade, il avait sorti la courte dague qu'il gardait cachée dans l'une de ses manches, et l'avait plantée dans le bras du gobelin. Le guerrier avait lâché prise en hurlant. Dans les eaux noires et bouillonnantes, Darakchan l'avait entendu crier et se débattre quelques instants en émettant des gargouillis infâmes, pourtant il ne s'était pas retourné, luttant lui-même pour sa propre survie. Épuisé, il s'était enfin traîné sur le sable et avait contemplé le ciel étoilé et ses deux lunes en quartiers lumineux. Sept gobelins seulement avaient fini par le rejoindre. Deux d'entre eux avaient tiré un de leur congénère inanimé jusqu'à la plage.

Peine perdue, il était déjà mort, et le petit groupe avait abandonné son corps, à demi immergé dans les vagues.

Plus que six.

Peu avant l'aube et le réveil des premiers domestiques, Darakchan avait introduit les gobelins dans les écuries du château par un accès souterrain conçu pour sortir de l'enceinte des remparts en cas de siège et surprendre l'ennemi par l'arrière. Le tunnel n'était pas gardé en ces temps de paix.

Les six guerriers étaient restés tapis plusieurs jours dans le foin de la grange, juste au-dessus des chevaux, séparés d'eux par un simple plancher. Leur forte odeur rendait les bêtes nerveuses et les palefreniers peinaient à les calmer, sans parvenir à comprendre leur excitation inhabituelle.

Une fois le roi mort et le pouvoir officiellement exercé par Darakchan, celui-ci avait pu faire sortir ses hôtes de leur cachette et les mettre à la tête de la petite armée du palais, malgré l'effroi irrépressible qu'ils provoquaient chez les Hommes.

Sans le pouvoir de la roue harmonique, le sorcier aurait été renversé et massacré avec ses maudits gobelins. Cependant la musique avait apaisé les cris et chacun s'était soumis à l'ascension du nouveau régent et de ses effroyables sbires.

Les gobelins avaient toutefois posé des problèmes imprévus. Leur caractère belliqueux était difficilement contrôlable. L'un d'entre eux avait égorgé deux soldats et un autre coupé les mains d'une domestique qui avait tardé à le servir. Ensuite, tout s'était déroulé selon les plans du sorcier.

Le jour du départ vers le continent était enfin arrivé. Le gréement du roi, amarré dans le port de Blangerval, était prêt pour une traversée de deux jours. Les gobelins n'embarquèrent qu'à regret, car l'eau n'était pas leur élément et leur dernière expérience avec la mer leur avait laissé un souvenir cuisant.

Darakchan avait pourtant exigé leur présence à bord. S'il n'avait plus d'ennemis sur l'île de Blangerval, il n'en serait certainement pas de même dans la partie continentale du royaume, sur la côte de Caladre.

Les gobelins constituaient la meilleure garde rapprochée qui puisse exister et, en plus, il aurait été imprudent de les laisser seuls au palais alors qu'ils n'étaient soumis à aucune autre autorité que la sienne.

La reine, fidèle à la cause du sorcier depuis le début, assurerait la régence en son absence.

Le continent n'était pas encore sous le joug de son autorité. Malgré les soldats et les mercenaires qui depuis vingt jours sillonnaient les villes et les villages de la Terre d'Escalon pour faire appliquer ses nouvelles lois, il n'était pas exclu qu'il existât des résistants. Ses troupes brutalisaient les populations pour les soumettre, cependant elles ne possédaient pas le pouvoir de la roue harmonique, et la mainmise de Darakchan sur le continent ne tenait pour l'instant qu'à un fil.

Sans compter sur le problème posé par le prince Darien.

Il était toujours en vie. Et même s'il était allé se terrer dans l'anonymat de quelque hameau pour lui échapper, Darakchan se devait d'envisager la possibilité qu'il n'eût fui que pour mieux préparer son retour.

Les Gobelins et la roue harmonique seraient ses meilleurs atouts pour asseoir son pouvoir sur les Hommes et traverser sans risque des territoires qui lui étaient encore hostiles.

Suivant ses plans, il se rendrait au cercle de Couët Krann et, pendant la nuit des quatre lunes, il y égorgerait une de ces fameuses licornes noires. S'enduire entièrement le corps du sang d'une de ces créatures le rendrait invulnérable à la maladie et au temps qui passe.

Appuyé au bastingage du navire, il écoutait le vent faire claquer sa cape de soie rouge. Il réajusta sa haute coiffe assortie, qu'une bourrasque trop forte avait tirée vers l'arrière, songeant à l'avenir radieux et à l'avènement de son règne.

Immortel. Le maître de la Terre d'Escalon à tout jamais.

# XI

Le soleil déclinait lentement à l'horizon. Les hommes avaient déjà rallumé le feu qui crépitait gaiement dans l'air du soir. Les flammes claires venaient lécher la chair de deux faisans embrochés que Tréglamus tournait régulièrement, emplissant l'air d'une délicieuse odeur de volaille rôtie. Sous la braise, une pierre plate recouvrait une vingtaine de gros tubercules violets que les gnomes avaient trouvé lors d'une de leurs longues promenades, assurant aux hommes qu'ils apprécieraient à coup sûr leur délicate saveur.

Si la viande avait jusque-là constitué la base de l'alimentation du groupe d'hommes, cela avait changé depuis l'arrivée d'Issalis, et surtout de ses trois étranges compagnons. Les Gnomes ne consommaient jamais le moindre morceau de chair.

Valayer avait pourtant tenté de leur offrir un poisson frais tout juste sorti du ruisseau, cependant ils avaient refusé poliment. Plus tard, Kuz, très fier de lui, avait ouvert une de ses larges poches pour leur proposer de belles grenouilles vertes qu'il avait soigneusement embrochées vives sur une branche souple de noisetier. Le géant fut consterné par le mauvais accueil que lui réservèrent les trois frères. Lacerte le taxa même de monstre de barbarie. Kuz en fut si vexé qu'il fit griller ses proies en silence et les mangea tout seul, tournant le dos au reste du campement.

Blarel, Lacerte et Faroux avaient alors pris la décision de partager avec ces ignorants quelques-uns de leurs secrets ancestraux, comme ils l'avaient fait avec Issalis quelques jours auparavant.

Nulle autre créature en Terre d'Escalon ne possédait une telle connaissance de la flore sauvage.

Tréglamus, Bergon et les autres furent ainsi renseignés sur les champignons des champs, les sédums au goût poivré et sur certaines baies qui devaient être cuites avant d'être consommées, sous peine de problèmes intestinaux bien désagréables. Telle racine avait un délicieux goût de miel, telle autre était très amère, mais devenait tout à fait douce lorsqu'elle était cuite avec une herbe que Faroux avait appelée ail des ours.

Les tubercules violets aussi constituaient une manne que les Hommes avaient trop longtemps ignorée. De la taille d'un gros œuf, ils avaient une forme légèrement oblongue et se développaient à environ un pied de profondeur. En surface, on repérait la plante à ses feuilles dentelées d'un vert sombre. Elle produisait au printemps de minuscules fleurs blanches bordées de violet. Des fleurs que Tréglamus se souvenait avoir souvent vues fleurir au bord des chemins, sans se douter que leurs racines auraient eu leur place sur les tables des banquets royaux.

Ils passaient leur dernière soirée sur ce campement. Avec un bandage serré, Alram serait en mesure de remonter à cheval dès le lendemain et ils reprendraient alors leur route, en direction du cercle de Couët Krann.

Leur fin à tous, songea Tréglamus.

Lorsqu'ils étaient encore sur l'île de Blangerval, il avait pu voir Darakchan à l'œuvre : comment il ensorcelait les foules et faisait commettre aux plus dévoués des capitaines du roi les pires atrocités.

Tréglamus connaissait sa propre valeur. Il était un guerrier redoutable. Pourtant lui et ses compagnons étaient bien seuls face à tous les fidèles du pouvoir royal. Il savait aussi Darakchan d'une nature méfiante. Malgré ce qu'avait dit Alram pour les rassurer, le sorcier ne viendrait sûrement pas seul au cercle de pierres. Le palais disposait d'une troupe d'environ cinq cents hommes. Une partie de l'armée de Blangerval l'escorterait sans aucun doute.

Tréglamus frissonna. Eux étaient cinq, accompagnés d'un elfe, d'une femme et de trois gnomes. Bien sûr, ils espéraient les renforts d'un vieillard, d'une fillette et d'un ours. Il eut un sourire désabusé, le regard perdu dans les flammes. Sa chevelure frisée et l'espace entre ses dents lui donnaient un air enfantin. Pourtant, le jeune homme avait perdu ses illusions depuis longtemps. Au moins mourrait-il avec honneur, pour une juste cause.

De l'autre côté du feu, Bergon s'assit auprès d'Issalis en souriant.

– Il n'y a plus de pipefarces à voler dans ma besace depuis plusieurs jours, dit-elle d'un ton taquin.

Le jeune homme prit un air contrit et fit mine de se relever, cependant il ne tint pas son air boudeur longtemps et éclata de rire.

– Il faut plus d'une petite pique pour me vexer et plus que le vol d'un cheval pour me décourager, susurra-t-il en lui prenant le bras.

Elle rougit et retira sa main.

– Je ne suis pas le genre de fille que vous recherchez. Je ne veux pas d'un aventurier, toujours par monts et par vaux. Et encore moins d'un coureur qui enjôle d'un sourire tout ce qui porte une robe.

– Alors là, tu m'offenses ! Je suis un homme délicat, moi. Pas un de ces sauvages qui ont des passions à chaque carrefour. Je n'aime que les plus belles. Tu devrais être flattée, ajouta-t-il en riant.

Issalis sourit malgré elle. Bergon était un adorable goujat.

– Si c'est un triste sire que tu cherches, continua-t-il, un qui t'aimera pour toute la vie, les bons et les mauvais jours, alors passe ton chemin. Tu devrais voir ça avec mon cousin Alram, c'est tout à fait lui ce genre de mièvreries.

Issalis jeta malgré elle un œil au jeune homme brun qui s'entretenait alors à voix basse avec Téjédor. Il l'observait lui aussi tout en parlant, mais baissa vivement les yeux lorsque leurs regards se croisèrent. Bergon ne fut pas dupe et perçut très bien ce bref échange.

– Oh, oh ! Il semble que l'affaire soit déjà conclue, railla-t-il.

– Quoi ? J'ignore ce que tu imagines. Il n'y a rien entre ton cousin et moi.

Elle s'aperçut qu'elle l'avait tutoyé pour la première fois. Ce garçon était à la fois si familier et si irritant qu'elle se sentait incapable de lui marquer plus de respect.

– Calme-toi, ma belle, lui dit-il tout à coup très sérieux. Alram est tout à fait ce qu'il faut à une femme comme toi. La vie est courte, surtout la nôtre avec ce que nous projetons de faire ! Alors si j'ai un seul conseil à te donner, c'est d'aller te jeter dans ses bras et de vous aimer jusqu'au matin, car cette nuit sera votre dernière occasion.

Issalis allait répondre, alors que Blarel, sorti de nulle part, vint s'interposer :

– C'est tout à fait scandaleux, jeune homme !

Le gnome était rouge et ses yeux brillaient de colère.

– Comment osez-vous parler de la sorte à une jeune femme telle qu'Issalis, alors même que son esprit n'est tourné que vers la destinée de sa jeune sœur !

Bergon resta coi un instant, trop étonné pour répondre, cependant il se reprit rapidement :

– Mais enfin, de quoi se mêle ce farfadet ? Qui vous a permis d'écouter les conversations des grandes personnes ?

Les yeux de Blarel s'écarquillèrent et sa bouche s'arrondit sans qu'aucun son ne puisse en sortir. Pour autant le gnome ne comptait pas laisser ce jeune brigand s'en sortir de la sorte. Il serra les dents et pivota vers Issalis, tournant sciemment le dos à Bergon.

– N'écoutez pas ce vaurien. Les choses de l'amour prennent du temps et les grandes histoires ne commencent jamais dans un fourré près d'un feu de camp. Cependant, nous devons accorder à cette canaille qu'il n'a pas tout à fait tort lorsqu'il dit qu'Alram est un bien meilleur parti que lui.

Issalis sourit malgré elle, écoutant Blarel et Bergon se quereller jusqu'à ce que Téjédor intervienne pour les calmer. Alram paraissait avoir suivi la dispute de loin. Elle crut lire plus que de la curiosité sur son visage, peut-être de l'embarras ou de l'inquiétude.

Qu'il puisse l'imaginer cédant aux avances de Bergon la fit sourire. Elle regretta de ne pas avoir été plus attentive lorsqu'il lui avait parlé la veille. Il s'était ouvert à elle et elle ne l'avait pas écouté. Il avait semblé en être peiné. Elle n'avait pas eu de nouvelle occasion de s'entretenir en privé avec lui depuis. Pourtant elle avait l'intention de lui parler avant leur départ. S'ils devaient tous périr à Couët Krann, elle ne voulait emporter aucun regret.

Elle observa le ciel étoilé.

Le destin était cruel. Son monde avait brusquement basculé. Elle qui auparavant ne côtoyait guère que sa sœur avait vu entrer dans sa vie toute une galerie de personnages improbables. Tous les évènements récents, terribles et incroyables, lui donnaient l'impression d'être entremêlés, liant irrémédiablement leurs protagonistes les uns aux autres, comme un domino entraînerait dans sa chute des centaines d'autres. Et le dénouement serait pour bientôt.

Ce soir-là, les compagnons dînèrent en parlant fort et en riant, comme à leur habitude. Kuz et Faroux burent moins d'hydromel que la veille, toutefois le géant assura à la compagnie qu'ils se rationnaient uniquement pour économiser le précieux nectar dont il ne leur restait qu'une seule outre.

Les tubercules violets s'avérèrent particulièrement délicieux, et ce repas fut assurément le meilleur qu'ils avaient pris depuis le début de leur errance. Après avoir mangé à satiété, ils s'attardèrent longtemps autour du feu. Valayer et Tréglamus avaient sorti leurs instruments, la flûte et la vièle, et ils jouaient un air à demi recouvert par les voix de Kuz et Bergon.

Les gnomes découvraient la musique des Hommes pour la première fois et ils rirent et tapèrent des mains en cadence. Blarel se mit à danser en sautillant, provoquant l'hilarité générale.

Plus tard, lorsque la nuit se fit plus sombre, malgré les trois lunes opalescentes qui animaient le ciel, Téjédor chanta une longue ballade elfique. Sa voix douce et mélancolique faisait vibrer l'atmosphère et l'émotion serrait le cœur des hommes. Tous se turent pour l'écouter.

– Il parle des derniers jours des Elfes de l'ouest, chuchota Alram à l'oreille d'Issalis.

– Vous comprenez l'elfique ? lui demanda-t-elle, étonnée.

– Téjédor m'en a enseigné les rudiments. Je peux comprendre ce qu'il chante. Toutefois je ne saurais pas encore m'exprimer convenablement.

– Vous êtes amis depuis très longtemps ?

– Cela fait plusieurs années. Il est arrivé sur l'île de Blangerval alors que j'étais encore un enfant. J'ai fui la tyrannie de Darakchan à ses côtés, comme tous ceux qui sont ici.

Quelqu'un lança une branche sur le feu, le faisant crépiter de plus belle. Les deux jeunes gens restèrent un moment silencieux, à écouter le chant de l'elfe.

– Je suis heureuse de vous avoir trouvé, murmura Issalis sans quitter les flammes du regard.

Alram l'observa à la dérobée. Le feu se reflétait dans ses yeux noisette et ses cheveux rouges semblaient incandescents.

– Il est heureux que vous ayez hurlé aussi fort face à ce dragon. J'aurais voulu être celui qui vous a sauvé au lieu de finir piétiné.

Issalis rit doucement.

– Je n'attendais pas un chevalier servant.

– Et qu'attendiez-vous donc, Issalis ?

Sa voix s'était faite plus grave et il la regardait dans les yeux. Elle sentit son cœur fondre sous ce regard bleu frangé de longs cils sombres, aux sourcils arqués qui accentuaient d'autant plus l'impression de finesse et d'intelligence qui émanait du jeune homme.

– Quelqu'un qui m'accepte telle que je suis. Je veux être libre d'avoir mes opinions et de pouvoir les défendre. Les hommes devraient savoir que converser avec une femme n'a rien de déshonorant. Trop de mes amies sont devenues l'ombre d'elles-mêmes après leur mariage, et ces nouvelles lois du roi…

Son visage se rembrunit tandis qu'elle contemplait ses mains.

– Les femmes seront désormais considérées comme des objets. Plus d'existence propre, elles appartiendront à leur père, et ensuite, à leur mari. Chacun pourra faire son marché en fonction de ses moyens et de ses envies. Nous n'aurons plus notre mot à dire. C'est un cauchemar !

Elle regarda à nouveau Alram et sourit faiblement,

comme pour s'excuser de cette digression.

– Comprenez-moi, j'ai perdu mon père très jeune. J'ai grandi seule et élevé ma sœur ensuite. Personne ne nous a jamais dicté notre conduite. Je dispose de ma vie et du peu que je possède. Lalaï et moi ne sommes pas faites pour vivre sous le joug de qui que ce soit.

Alram souriait légèrement en l'écoutant parler. La fente de ses lèvres s'agrandit, découvrant une rangée de dents blanches, laissant la jeune femme plus étonnée que réellement froissée.

– Issalis, vous ne cessez de m'impressionner. J'ai à cœur de vous prouver pendant le temps qu'il nous reste que j'aurais pu combler vos espérances.

Elle ouvrit la bouche, cependant il ne la laissa pas parler.

– J'aurais aimé avoir plus de temps. Pardonnez ma brusquerie, mais l'épilogue est pour bientôt. Pourtant, sachez qu'en d'autres lieux, je vous aurais fait une cour au moins aussi assidue que celle dont vous éprouve mon cousin Bergon et que j'aurais sincèrement espéré que vous acceptiez de vous laisser séduire.

Issalis sentit le rose lui monter aux joues. Pour autant les circonstances ne lui faisaient pas oublier que ces hommes avaient fui le palais, un lieu où vivait la famille royale et son entourage proche.

– Il me semblait pourtant qu'en d'autres temps, un homme d'un rang assez élevé pour porter camail et casque de cuivre ne se serait guère soucié d'une simple fille comme moi.

Alram s'assombrit, cherchant ses mots, visiblement gêné.

– Il est vrai qu'à Blangerval, on m'aurait sans doute poussé vers une union plus raisonnable. Cependant l'exil change bien des choses, et je ne suis plus aujourd'hui qu'un déserteur, hors-la-loi vis-à-vis de son roi. Comme vous, je déteste l'idée d'être forcé à m'unir avec une personne que je n'aurais pas choisie. La trahison envers mon souverain Darleon me rend aussi libre de mon destin que peut souhaiter l'être une orpheline telle que vous !

Elle sourit à cette allusion et posa sa main sur celle du jeune homme. Elle était douce et chaude. Alram parut troublé par ce contact. Elle chuchota :

– Nous nous ressemblons donc plus qu'on ne pourrait le croire. Nul doute que si vous aviez eu le temps de me faire la cour, je me serais laissée séduire.

Alram, flatté et libéré de la peur d'être rejeté, lui entoura les épaules avec son bras et la ramena contre lui. Elle posa la tête contre son épaule et ils restèrent là, à contempler la flambée, oubliant pour un moment le campement, l'exil et Darakchan.

Ils étaient comme deux enfants perdus qui regardent la nuit tomber, irrémédiablement. Pris dans le tourbillon de leur temps, ils avaient conscience que ce qui les avait réunis allait bientôt les séparer et ils se raccrochaient à l'assurance d'avoir touché du doigt le sentiment de plénitude que procure un amour véritable.

Darakchan était à la fois leur chance et leur malheur. Le déclencheur de leur rencontre, ainsi que celui de leur séparation.

Le sorcier précipiterait leur fin. Ils ne le vaincraient pas. Il était trop puissant ; son armée trop nombreuse pour cette poignée d'hommes valeureux. Tout au plus pouvaient-ils espérer l'empêcher de toucher l'immortalité pour qu'un jour peut-être, d'autres peuples de la Terre d'Escalon aient une chance de renverser ce tyran.

Alram mourrait sûrement les armes à la main. Issalis survivrait peut-être, car les femmes jeunes étaient un butin précieux pour les soldats. Sa vie serait alors pire que la mort.

Les deux jeunes gens s'endormirent pourtant sereins. Issalis avait désormais accepté sa destinée, tout comme Alram et Lalaï l'avaient fait longtemps avant elle.

La mort ne lui faisait plus peur.

La mort faisait partie de la vie.

# XII

Lalaï ouvrit les yeux. Le vieil homme la secouait, sa main rugueuse posée sur son épaule.

– Il faut partir petite. Lève-toi.

Encore engourdie de sommeil, l'enfant se redressa à demi, délogeant le théocorne qui était lové contre son ventre. La créature s'étira longuement avant de s'asseoir et de procéder à une toilette minutieuse, lissant son pelage à petits coups de langue, les yeux mi-clos.

– Allons, dépêche-toi ou nous serons en retard, s'exclama Raffanel.

Sa voix n'était pas tout à fait la même que la veille. Lalaï n'aurait su dire si elle y percevait de l'angoisse ou de l'agacement. Sans doute un peu des deux.

L'enfant se leva et se vêtit rapidement avant de le rejoindre. Il avait préparé de quoi les rassasier, un déjeuner plus copieux que ceux auxquels il l'avait habituée jusqu'ici. En plus de l'habituelle galette de farine grise, dure et insipide, il avait ajouté une compote de pommes et des petits œufs durs aux reflets bleutés.

La fillette mangea de bon appétit tandis que le vieillard lui rappelait d'une voix monocorde ce qui allait se passer.

Il le lui avait déjà expliqué, était revenu maintes fois sur chaque détail. Il lui avait répété qu'elle était la seule à pouvoir arrêter le sorcier, que c'était là son destin. Il allait la mener à lui. Raffanel lui avait promis qu'il ne la quitterait pas, qu'il resterait auprès d'elle jusqu'au bout avec son ours, que tous deux sauraient la protéger.

Darakchan terrifiait Lalaï et, malgré tout, le plan du vieil homme lui semblait réalisable. Elle avait confiance en lui. Tous les rêves dans lesquels elle avait vu le cercle de pierres et les licornes noires ne pouvaient pas être le fruit du hasard. Elle avait hérité ce don de vision onirique de sa mère, qui n'était plus à ses côtés parce que Darakchan l'avait assassinée, tout comme il avait assassiné son père. Elle n'était qu'une enfant, pourtant un désir de vengeance avait submergé son cœur juvénile depuis que Raffanel lui avait révélé la vérité sur la disparition de ses parents.

Sa sœur, Issalis, lui avait toujours répété qu'il leur appartenait de prendre leur destin en main, qu'elles étaient orphelines et que personne n'avait le droit de choisir pour elles. Aujourd'hui, Lalaï avait fait son choix. Elle allait venger la mort de ses parents et renverser le sorcier.

Dans son esprit d'enfant, l'échec était inenvisageable malgré les aléas, le plan risqué et les ennemis nombreux. Si Raffanel comptait essentiellement sur l'effet de surprise, la fillette y allait presque en confiance, convaincue que les évènements s'enchaîneraient d'eux-mêmes en sa faveur.

Elle était Lalaï et ceci était son destin. Tout se passerait selon ses songes, au cercle de pierres, la nuit où les licornes noires viendraient y brouter.

… Dans deux jours.

# XIII

L'herbe grasse ondulait sous la brise iodée venue du large. Le pâle soleil du matin rayonnait dans un ciel sans nuages. Les paysans des hameaux alentours ne tarderaient plus à venir faire paître leurs moutons de ce côté. Ce n'était sans doute plus qu'une question de jours avant que la grande prairie qui surplombait les falaises grises ne soit envahie de dizaines de petits troupeaux gardés par des enfants et leurs chiens noirs et frisés. Ce matin, tout était encore calme. On entendait le grondement des vagues qui venaient se briser contre la falaise en bas et le vent qui faisait siffler le tapis des graminées.

Non loin du précipice se dressait le cercle de pierres de Couët Krann.

Douze imposants mégalithes de granit de la hauteur de deux hommes debout, séparés les uns des autres par une même distance, formant ainsi un cercle parfait. Chaque bloc était gravé de deux symboles, l'un sur la face visible depuis l'intérieur du cercle et l'autre sur la face externe.

Du côté de la prairie, les gravures représentaient quelques-uns des animaux de la Terre d'Escalon : un cheval, un lièvre, un rapace, un loup, qui pouvait également passer pour un chien ou un renard tant la pierre avait subi l'usure du temps, une salamandre, un ours, un coq, une araignée dans sa toile, un cerf majestueux et un sanglier. Face à la mer figuraient une huître entrouverte sur une perle sphérique et un poisson.

À l'intérieur du cercle, les symboles étaient plus érodés, comme si depuis la nuit des temps des milliers de mains étaient venues les caresser, estompant peu à peu les contours des personnages qui y étaient représentés. On pouvait encore, malgré tout, distinguer quelques créatures : un Elfe, reconnaissable à sa taille svelte et à sa silhouette gracile comparativement à celle de l'Homme gravée sur la pierre voisine, représenté plus corpulent et en train de semer la terre d'une volée de graines. Sur un autre monolithe, on imaginait ce qui avait dû être un Gnome, qu'on ne devinait plus qu'au long cône qui surplombait une forme courte et rondelette. Plus loin, il y avait un dragon crachant une gerbe de flammes, une licorne dont la corne fine était à peine visible, un gobelin trapu, un bras pendant jusqu'à ses genoux et l'autre brandissant une arme. Les autres gravures étaient trop dégradées pour pouvoir dire avec exactitude ce qu'elles avaient représenté. Deux d'entre elles avaient même été griffées et lacérées comme si l'on avait voulu faire tomber dans l'oubli les monstruosités qui s'y trouvaient sculptées.

Le cercle de Couët Krann s'élevait là depuis des siècles et l'histoire de la Terre d'Escalon y était inscrite.

Le brouhaha de l'armée en marche imposa le silence aux grillons qui faisaient paisiblement crisser leurs élytres dans le matin grandissant. En tête de la cohorte venaient deux gobelins à la démarche pesante, la face peinte en rouge. Une petite centaine d'hommes marchait à leur suite en rang, armes au fourreau et écus sur l'épaule, traversant la prairie en conquérants. Derrière eux, de lourds chevaux alezans tiraient les fourgons qui contenaient les vivres et le matériel. Darakchan fermait la marche, nonchalamment allongé sur une litière à bras portée par les quatre autres gobelins qu'il avait ramenés avec lui de la lune noire.

Un dais de velours le protégeait du soleil déjà

chaud pour l'heure matinale. Cependant il avait tiré le rideau à l'approche du cercle de pierres pour mieux apprécier la majesté du site. Il fit déposer sa litière dans l'herbe drue et ordonna qu'on dresse le campement suffisamment loin des mégalithes pour ne pas effrayer les licornes noires qui devaient venir y brouter la nuit suivante, tout en gardant une perspective suffisante pour apercevoir quiconque s'approcherait du cercle sacré.

L'installation fut achevée dans l'après-midi. Les hommes s'assirent par petits groupes devant les tentes de toile grise. Les gobelins assuraient le commandement de la troupe et leurs faces, encore plus enlaidies par la peinture de guerre, terrorisaient même les plus braves soldats du roi. Personne ne les avait tenus au courant de ce qu'ils venaient faire si loin de leur île, et ils parlaient à voix basse, attendant des ordres qui ne venaient pas, en jetant des regards inquiets vers la plus grande tente dans laquelle s'était retiré le sorcier. Le mécontentement grandissait, surtout chez les plus anciens d'entre eux.

Il leur avait été interdit d'allumer des feux, aussi durent-ils se contenter de viande séchée et de pommes.

La tension des soldats était palpable.

Insulaires, attachés à la protection de leur roi, ils n'étaient que très rarement venus en Terre d'Escalon. Certains avaient jadis accompagné Darleon sur le continent, lorsqu'il était venu présenter au peuple son fils Darien, le futur accédant au trône, alors âgé de douze ans. Ils avaient été si fiers et heureux alors de constituer la garde du jeune prince, déjà tellement digne de l'estime de ses sujets par sa prestance et son intelligence. Toutefois, en ce jour, ignorants tout de leur but et à découvert sur la plaine, les soldats se sentaient si vulnérables qu'ils gardaient leur arme à portée de main, alors même qu'ils n'étaient pas en pays ennemi. Ce n'était plus le bon roi Darleon qui se tenait à leur tête, mais un jeune sorcier ambitieux et ses sbires monstrueux. Il avait fallu tout le pouvoir de la roue harmonique et la terreur inspirée par les gobelins pour amener ces hommes si loin du palais royal auquel ils étaient attachés.

Darakchan avait ramené ces créatures monstrueuses de leur exil, il avait inventé des lois qui faisaient d'un royaume autrefois si paisible une tyrannie. Il n'inspirait à ses hommes que de la méfiance et du mépris et, pourtant, son pouvoir était si grand qu'ils lui seraient fidèles jusqu'à la mort, car le servir était leur devoir.

L'attente dura tant que dura le jour. Darakchan ne reparut qu'à l'arrivée du crépuscule.

Il s'était changé et avait troqué sa tenue de voyage contre une somptueuse robe noire brodée d'or. Son maigre visage était surmonté d'une haute coiffe conique au tissu soyeux, d'un gris jaune assorti à ses yeux, sur l'avant de laquelle avait été peinte une licorne noire.

Le jour était venu. Il était nu sous sa robe et espérait que le sang des créatures magiques maculerait sa peau avant le lever du soleil.

# XIV

Le vieil homme, l'ours et l'enfant marchaient dans la lande, faisant face au vent chargé d'iode qui venait de la mer, encore lointaine. L'après-midi touchait à sa fin et ils étaient éreintés, n'ayant pris que peu de repos de peur d'arriver trop tard au cercle de pierres. Le théocorne les avait suivis de loin sans jamais se rapprocher, même lorsque Lalaï l'avait appelé. Il flairait leur piste à quelque distance, se dissimulant dans les fourrés ou disparaissant derrière les arbres au moindre bruit. Mainte fois, Lalaï crut qu'ils l'avaient perdu, mais à son grand soulagement, elle avait toujours fini par apercevoir son petit nez rose dépassant curieusement de quelque taillis.

– Il nous rejoindra quand nous ferons une halte, avait tenté de la rassurer Raffanel.

Malgré tout, l'enfant se retournait sans cesse pour surveiller la créature qu'elle avait prise en affection.

Bientôt, Ours s'arrêta et émit un petit grognement en humant l'air. Le vieillard s'accroupit et fit signe à la petite de l'imiter.

– Nous ne pouvons avancer plus longtemps à découvert où nous serons repérés par ceux qui se trouvent déjà autour du cercle de pierres.

Lalaï blêmit.

– Il est déjà là ? murmura-t-elle, le cœur au bord des lèvres. Il nous attend ?

– Non, répondit Raffanel, souhaitant que sa nervosité ne transpire pas au travers de sa voix. Darakchan ne peut pas se douter de notre venue, car si toi tu le connais, lui ignore jusqu'à ton existence. Quant à moi, il m'a sans doute oublié depuis longtemps. Cependant il est sur ses gardes, car il sait qu'il est impopulaire en Terre d'Escalon, et pour l'heure, il est encore vulnérable. Il a dû voyager avec une solide escorte et notre approche sera immédiatement repérée.

– Comment allons-nous pouvoir l'atteindre dans ce cas ?

– Je m'occupe de nous rendre invisibles, répondit-il avec un sourire énigmatique. Ma magie est sans doute simpliste en comparaison de la sienne, mais c'est peut-être justement cela qui le perdra.

Il fit signe à l'enfant de se taire et s'assit à même le sol. L'ours avait déjà fermé les yeux, le museau posé sur ses pattes avant. Lalaï s'assit en tailleur et observa Raffanel.

Immobile, les yeux clos et le visage serein, il maugréait à voix basse une litanie sans fin dont la fillette ne sut reconnaître la langue.

Ses cheveux blancs voletaient dans la brise et les derniers rayons de soleil les inondaient de lumière, formant une auréole évanescente. Lalaï baissa les yeux. Profitant de leur halte, le théocorne s'était coulé silencieusement jusqu'à eux et venait de se lover entre ses genoux.

Ils restèrent longtemps ainsi.

La nuit tombait et l'air changeait peu à peu de nature. Un épais brouillard venu de la mer se répandait sur la plaine, menaçant de les engloutir. La température avait brusquement chuté. Le phénomène était tout à fait inhabituel pour la saison. Seul l'automne savait épandre la brume et envelopper la terre d'une couche opaque et immaculée. La fillette, inquiète, se retourna pour avertir Raffanel que le brouillard allait bientôt les avaler eux aussi, mais le vieil homme était déjà debout.

– Nous pouvons y aller maintenant, dit-il en

souriant.

– C'est vous qui avez fait ça ?

– Oui. Invoquer la brume fait partie de mes talents. Cela nous permettra d'approcher sans être vus. Monte sur l'ours pour ne pas te perdre. Et laisse le théocorne, ajouta-t-il. Il n'aura aucun mal à nous retrouver, ne t'en fais pas.

À regret, la fillette déposa délicatement la petite créature sur l'herbe et grimpa sur le dos du plantigrade qui se mit lentement en route, comme pour ne pas déséquilibrer sa jeune cavalière par des mouvements trop brusques.

– Plus un bruit à partir d'ici. Nous ne sommes certainement pas seuls.

Malgré le brouillard épais, Raffanel n'hésitait pas sur la direction à suivre.

Il avait expliqué à Lalaï que Couët Krann exerçait une attraction magnétique sur les créatures sensibles à la magie. Les licornes noires venaient y brouter pour cette raison, toutefois d'autres êtres s'y retrouvaient parfois. Les Elfes de la Terre d'Escalon cheminaient plusieurs jours pour venir y célébrer certains de leurs rites sacrés. Chez les Hommes, seuls les rares individus doués de magie étaient sensibles à l'attraction du cercle de pierres. Tel était le cas de Raffanel et de Darakchan sur qui les monolithes exerçaient leur étrange magnétisme. Lalaï se rendit progressivement compte qu'elle aussi aurait pu dire sans hésiter où se situaient exactement les pierres dressées. Sans qu'elle en ait réellement conscience, elle ressentait la force des lieux, comme un poids inhabituel dans son estomac.

La nuit était totalement tombée à présent, pourtant la clarté restait vive dans le ciel, loin au-dessus du brouillard. Deux lunes rondes et dorées avaient lentement émergé au-dessus de la mer. Elles semblaient si proches l'une de l'autre que, vues depuis la plaine, on aurait pu croire qu'elles se frôlaient. À l'ouest, une troisième lune, d'une blancheur argentée, entamait sa montée. Elle était la plus grande de toutes, choisie comme emblème par la famille royale de Blangerval.

Au sud enfin, on discernait à peine la lune noire, terre d'exil des gobelins. Plus petite que toutes les autres, elle n'émettait qu'un faible rayonnement gris. Un œil non attentif aurait aisément pu la confondre avec un nuage, malgré sa forme parfaitement sphérique.

Malgré leur clarté grandissante, la douce lumière des lunes ne parvenait pas à pénétrer la brume épaisse qui recouvrait maintenant toute la grande prairie comme un dais duveteux.

Raffanel et son ours cheminaient silencieusement dans la ouate opaque.

L'animal releva brusquement la tête et se mit à humer l'air bruyamment.

Le brouillard étouffait les sons aussi efficacement que le faisait la neige en hiver. Dans le silence cotonneux qui les entourait, ils perçurent pourtant nettement le cliquetis métallique de la cuirasse d'un soldat en marche. L'ennemi était très proche.

Raffanel se mit alors à trottiner en direction des monolithes, aussi vite que pouvaient le porter ses jambes trop maigres, l'ours sur ses talons.

Un cri rauque leur apprit qu'ils avaient été repérés.

Cessant brusquement de fuir, l'ours fit volte-face et se mit debout en poussant un rugissement terrible, désarçonnant Lalaï qui roula dans la bruyère. Raffanel vit alors émerger de la brume leurs assaillants.

Deux gobelins hideux se dirigeaient droit sur eux.

Le vieil homme sentit son sang se glacer. Darakchan avait osé les rappeler !

Fébrilement, il chercha à tâtons la main de la fillette et l'entraîna derrière lui, courant à perdre haleine vers le cercle de pierres, abandonnant l'ours aux prises avec ses ennemis.

L'homme et l'enfant atteignirent enfin un gigantesque bloc de granit et se coulèrent derrière lui. À la grande surprise de Lalaï, le brouillard s'arrêtait au seuil des pierres et ne pénétrait pas à l'intérieur du cercle.

Ils avaient dû mettre du temps à parvenir jusque-là, car les quatre lunes étaient à présent assez hautes dans le ciel, diffusant leur vive clarté dans l'espace circulaire de Couët Krann.

Il n'y avait ici aucun endroit où se dissimuler, aucun abri, mis à part l'ombre étroite des monolithes. La lumière d'argent baignait le sol couvert d'une herbe odorante, plus douce encore que dans le reste de la prairie.

Les grands blocs de granit les dominaient de toute leur hauteur, s'enracinant profondément dans le sol de la Terre d'Escalon.

Raffanel se tourna vers Lalaï. Son visage était blafard sous cette lumière pâle et on lisait de la terreur dans son regard.

– Il arrive, murmura-t-il, semblant se parler à lui-même. Je ne peux pas te laisser l'affronter seule. Il va te tuer.

Lalaï sentit la panique monter en elle comme une vague irrépressible et sa belle assurance fondit comme neige au soleil. Dans la vie réelle, les petites filles n'affrontaient pas les sorciers. Comment avaient-ils pu être assez fous pour croire qu'ils allaient le vaincre ce soir ? Un vieillard et une enfant.

– Cache-toi et ne fais aucun bruit.

Elle se tournait déjà pour lui obéir, mais il la retint un instant en lui saisissant la main.

– Promets-moi de ne ressortir que quand tout sera fini, souffla-t-il encore.

Enfin, il la lâcha et lui fit signe de reculer.

Il avait l'air terrifié, autant qu'elle l'était. Elle fit un petit signe d'assentiment et alla se couler dans l'ombre étroite du monolithe le plus proche, le dos calé contre la pierre rugueuse et froide, en prenant garde à ce que ses pieds ne débordent pas dans la clarté lunaire.

– Raffanel !

La voix acide fit se retourner le vieil homme.

Darakchan venait d'émerger du brouillard et avançait face à lui dans son habit brodé d'or, avec sa haute coiffe assortie. Il tenait contre lui la précieuse roue harmonique.

– Cela faisait longtemps. Le temps n'a pas été clément avec toi. Tu as vieilli ! dit le sorcier avec un sourire cynique.

Le vieil homme redressa les épaules et regarda son ennemi en face. Il avait chassé toute peur de son visage et paraissait étonnamment détendu et sûr de lui.

– Darakchan ! fit-il comme s'il avait peiné à le reconnaître.

Puis, avisant les atours du sorcier, il ajouta d'un ton narquois :

– Très jolie coiffe.

Ils se toisèrent un instant et Darakchan se mit à rire. Le rire glacial et cruel que Lalaï avait si souvent entendu dans ses rêves. La petite fille sentit son sang se figer dans ses veines. Tapie dans l'ombre, elle osait à peine respirer.

– Tu es venu pour essayer de m'empêcher d'accomplir mon destin ?

Il s'agissait plus d'une remarque que d'une simple question.

– Tu es un assassin et un usurpateur, répondit calmement Raffanel. Tu ne mérites pas de régner. Il n'y a qu'à voir ton accoutrement pour deviner que ta priorité n'est pas exactement le bonheur de ton prochain.

Il ne ressemblait plus au vieil homme affolé qui avait caché Lalaï un instant plus tôt. Il se tenait droit face à son adversaire, le défiant du regard.

Darakchan sourit.

– Je ne mourrai assurément pas de ta main. Je le sais, et tu le sais également.

Au-delà du cercle de pierres, dans la brume, les bruits de la lutte entre l'ours et les gobelins avaient cessé. Il y eut un court silence avant que l'animal pousse un nouveau grondement. Puis il parut s'éloigner.

– L'ours aussi est venu pour moi ? demanda Darakchan. Je croyais qu'il était mort après tout ce temps.

– Bien des gens sont venus ici ce soir pour te tuer. Tu n'as que peu de chances de t'en sortir.

Un instant, le sorcier sembla ébranlé, cependant il se reprit rapidement.

– Tu es seul, tu mens. Et quand bien même ! Si vous êtes plusieurs, je vous tuerai un par un. J'ai grandi et je suis devenu très puissant. Plus puissant que vous tous. Je ne commettrai pas l'erreur d'épargner quiconque, comme j'ai pu le faire jadis avec cet animal.

Il avait dédaigneusement appuyé sur le mot animal, en désignant dans le brouillard le lieu d'où leur étaient parvenus les grondements de l'ours…

Raffanel profita de cette seconde d'inattention pour sortir de sa manche une fiole de verre qu'il jeta avec rage en direction du sorcier. Toutefois Darakchan anticipa son geste et esquiva vivement sur la droite avant que la fiole n'éclate à l'endroit même où il s'était tenu une seconde plus tôt. Le bas de sa robe fut constellé de petits trous fumants et au sol se dessinait un cercle d'herbe calcinée qui dégageait une odeur âcre de foin brûlé.

– Tu as essayé de me tuer avec l'une de tes vulgaires potions ? siffla Darakchan, les yeux rétrécis par la haine.

Il n'avait pas lâché la roue harmonique et la serrait si fort que ses phalanges en avaient blanchi. Il desserra son étreinte et la fit tourner deux fois.

– Obéis-moi, susurra-t-il.

Au son des grelots enchantés, Raffanel se figea, les yeux écarquillés. Darakchan vint alors se glisser derrière lui et le poussa jusqu'au monolithe sur lequel était représenté le semeur. Le vieil homme se laissa faire comme une marionnette, le regard vide de toute émotion.

– Tu as cru que tu étais un magicien, mais tu n'es qu'un vieillard sénile.

Le sorcier attrapa une poignée des cheveux de Raffanel et frappa le front du vieil homme avec violence contre le granit, encore et encore. Son crâne produisait un son sourd contre la pierre. Quand Darakchan le lâcha enfin, Raffanel s'effondra face contre terre. L'homme gravé sur le monolithe avait les pieds rougis et semblait semer une terre sanglante.

La magie du vieil homme cessa et, à l'autre bout de la prairie, loin du cercle de pierres, le brouillard commença à se retirer lentement vers la mer.

Lalaï avait les mains plaquées sur sa bouche pour étouffer un cri qu'elle n'aurait, de toute façon, pas eu la force de pousser tant son souffle était court. Elle sentait une sueur glacée lui dégouliner dans le dos tandis qu'elle regardait Darakchan donner un dernier coup de pied furieux dans les côtes de Raffanel pour être bien certain qu'il ne se relèverait pas.

Les lunes avaient encore progressé dans leur

ascension, atteignant presque leur zénith, et les monolithes de granit projetaient une ombre de plus en plus courte. Lalaï ne pouvait plus se permettre aucun mouvement sans risquer d'être découverte. Encore quelques minutes et la douce lumière la révélerait au sorcier qui n'aurait plus qu'à lui réserver le même sort qu'à Raffanel.

Pour l'heure, Darakchan ne regardait pas dans sa direction. Il était tourné vers le nord et écoutait les sons diffus qui lui parvenaient à travers le brouillard épais. Lorsque le sorcier s'abaissa lentement pour ramasser la roue, Lalaï remarqua le poignard doré qui pendait à sa ceinture. Elle déglutit, paniquée comme jamais elle l'avait été auparavant.

Elle tendit l'oreille pour déterminer ce qui avait attiré l'attention de Darakchan.

Une cavalcade encore lointaine, qui se rapprochait cependant à grande vitesse. Lalaï sentit l'espoir renaître en elle. Peut-être quelqu'un allait-il venir, des hommes, des soldats, qui allaient terrasser ce monstre et venger la mort de Raffanel ; la ramener dans son village, auprès de sa sœur qui l'y attendait sûrement depuis la fête de Bourg Dun.

Il n'y eut aucun chevalier.

Dix licornes d'un noir de jais émergèrent bientôt du brouillard en frôlant d'un pas léger l'herbe douce du cercle de Couët Krann. Leurs crinières d'ébène volaient derrière elles comme les ailes de grands oiseaux. Elles firent face à Darakchan, les naseaux fumants, serrées les unes contre les autres, leurs longues cornes torsadées tendues à l'horizontale devant elles comme dix épées affûtées, menaçant celui qui avait osé s'introduire sur leur territoire sacré. Leurs sabots recouverts de longs poils soyeux martelaient le sol avec nervosité, comme les roulements oppressants des tambours sur les champs de bataille.

Au ralenti, Darakchan leva la roue harmonique et la fit tourner, produisant des tintements répétitifs et apaisants tout en psalmodiant une longue mélopée en langue ancienne. Les licornes se détendirent peu à peu, relevant la tête pour observer leur visiteur avec curiosité. Le sorcier joua encore un moment, jusqu'à ce que les créatures, cessant de piaffer et de renâcler, se désintéressassent de lui pour se mettre à brouter. Il interrompit alors la mélodie et posa la roue sur le sol avec précaution, puis il porta la main à son poignard avec une lenteur extrême.

Lalaï l'observait avec horreur. Elle savait ce qui allait se passer. Elle ne pouvait pas le laisser commettre un tel sacrilège ; elle ne supportait pas l'idée qu'il s'attaque à ces animaux fantastiques. Qu'importe la promesse faite à Raffanel, elle devait l'arrêter. Issalis, si elle avait été à sa place, aurait certainement tenté quelque chose. Elle songea qu'elle n'aurait eu, de toute façon, aucune chance de s'en sortir. La lumière des lunes nimbait déjà le bout de ses pieds et Darakchan la découvrirait dès qu'il se retournerait.

Elle inspira profondément et sortit de l'ombre en hurlant comme une aliénée, battant des bras comme l'aurait fait une poule fuyant le renard. Les licornes, aussi vives que des biches, prirent la fuite en bondissant, dans une gerbe de soyeux crins noirs.

Lalaï se trouva seule avec Darakchan au centre du cercle de pierres.

Le sorcier fit volte-face, tenant toujours son poignard à la main, les traits crispés par la rage. Il franchit vivement les trois pas qui le séparaient d'elle pour venir la saisir par le bras.

– Qui es-tu, toi ? aboya-t-il. Qu'est-ce que tu fais là ?

La pointe de son couteau piquait la joue de Lalaï, trop terrorisée pour répondre. Il enfonça un peu plus la lame. La douleur fit monter un sanglot dans la gorge de l'enfant et elle ferma les yeux, incapable de la moindre réaction. Elle espérait simplement qu'il en finirait vite.

Un son étrange la fit soudainement rouvrir les yeux. Une sorte d'aboiement aigu, suivi d'un feulement sourd. Darakchan eut un hoquet de surprise et relâcha son étreinte. Lalaï s'affaissa sans force à ses pieds. Il ne discernait pas la créature qui se dissimulait derrière un des blocs de granit, tandis que son ombre gigantesque s'avançait jusqu'à eux. Il s'agissait d'un fauve puissant au corps aussi large que long. Sa grosse tête triangulaire était surmontée de deux cornes immenses. L'ombre de la créature se ramassa sur elle-même, aplatie sur le sol, sa queue fouettant nerveusement l'air, prête à bondir sur eux.

Darakchan recula, et il trébucha sur Lalaï qui restait prostrée, ses jambes refusant de supporter son poids. Le sorcier chuta lourdement sur le dos, lâchant sur le coup le poignard d'or qui vint se planter dans la terre, juste devant l'enfant. Elle observa l'objet un instant, hébétée, puis se saisit soudainement du manche ouvragé, remplie à présent d'une rage incroyable.

Peu lui importait la créature qui s'apprêtait à les déchiqueter. Le sorcier, l'assassin de ses parents, était là, à sa portée, vulnérable. Darakchan peinait à se relever, ses jambes empêtrées dans les larges plis de sa robe, sa haute coiffe ridicule enfoncée sur ses yeux.

La petite fille sauta sur lui en hurlant et le frappa avec son arme de toutes ses maigres forces. Elle frappait sans s'arrêter, tandis qu'il tentait de protéger son visage avec ses bras. Ses mains saignaient abondamment. Cependant Lalaï n'était qu'une enfant, et les entailles étaient trop superficielles pour terrasser un homme. Darakchan réussit à la faire basculer sur le sol et se mit à quatre pattes pour fuir, mais elle était à nouveau sur lui, animée par une rage démente, le frappant dans le dos. Le sorcier rampait, se traînait pour échapper à cette furie, atteindre le brouillard avant que la bête n'attaque ou que l'enfant ne parvienne à le blesser trop sérieusement.

Derrière eux, un feulement plus strident les prévint que le fauve s'approchait. Lalaï se pétrifia, suspendant son geste, et Darakchan en profita pour la repousser brutalement dans l'herbe et disparaître dans la brume.

La fillette se redressa pour faire face au monstre qui arrivait sur elle et, à sa grande surprise, se trouva nez à nez avec le théocorne.

Il vint se planter devant elle en poussant des cris rauques. C'était donc là un des autres pouvoirs des théocornes que d'être capables de modifier leur ombre à volonté. Pouvoir qui ne leur était que très rarement utile, car ils étaient généralement des créatures plutôt nocturnes.

Le petit chat fouettait l'air de sa queue, le dos rond et les poils hérissés.

Elle l'écarta rudement de son chemin et se releva, prête à se lancer à la poursuite du sorcier, encore aveuglée par la colère, mais il ne cessait de se remettre en travers de sa route en grondant.

La fillette était contrariée, harcelée par le théocorne. Peu à peu, sa peur et sa rage retombèrent et l'enfant recouvra sa lucidité.

Elle était couverte d'un sang qui n'était pas le sien et sentait toujours la brûlure de l'entaille qui lui barrait la joue. Elle lâcha le couteau et se mit à pleurer, assise dans l'herbe moelleuse. Le théocorne retrouva alors lui aussi son calme et son ombre reprit des proportions normales de petit chat affublé de deux minuscules cornes au sommet de la tête. Il vint se lover sur les genoux de Lalaï et se mit à ronronner pour l'apaiser.

La petite fille releva la tête au bout de longues minutes et essuya ses larmes d'un revers de la main.

À l'extérieur du cercle, le brouillard semblait moins épais vers l'ouest. Lalaï percevait maintenant clairement des bruits de combat, des cris et le son métallique des épées qui s'entrechoquaient. Pourtant entre les pierres, tout restait calme, comme un havre lumineux environné de ténèbres.

Darakchan s'était enfui, tout comme les licornes. Il ne restait plus que la coiffe du sorcier, aplatie durant la lutte, et la roue harmonique, abandonnée là, sur le sol.

Le corps de Raffanel gisait face contre terre au pied de la pierre au semeur. Ses cheveux blancs étaient maculés d'un sang poisseux qui les collait aux brins d'herbe.

Lalaï n'avait jamais remarqué auparavant à quel point le vieil homme était maigre. Ses longs bras décharnés étaient dépliés autour de son corps dans une position grotesque, et ses doigts étaient si longs que ses mains avaient l'allure de grandes araignées aux pattes frémissantes.

La fillette écarquilla les yeux. Elle était certaine de l'avoir vu bouger.

Oui, Raffanel dépliait lentement ses doigts. Elle se précipita auprès de lui et posa délicatement sa petite main sur son dos. Le vieillard émit un gémissement rauque et souleva légèrement la tête. Son visage était si tuméfié qu'il était méconnaissable. Une de ses arcades sourcilières était enfoncée au-dessus de son nez énorme, devenu violet, trahissant une mauvaise fracture, sa lèvre inférieure était fendue et un sang épais s'en écoulait encore. Malgré tout il était en vie.

Il tenta un faible sourire pour rassurer l'enfant bouleversée. Lalaï l'aida à s'asseoir. Il bougeait lentement, réprimant des gémissements de douleur, redoutant de choir à chaque mouvement.

Au loin, la bataille s'était tue.

Raffanel ne parla pas, son souffle était trop court.

Il se contenta de désigner la roue harmonique d'un geste maladroit et la petite fille alla la ramasser sans jamais le quitter des yeux, craignant trop qu'il ne perde connaissance et la laisse à nouveau seule.

Comment était-il possible qu'il soit toujours en vie après les coups qu'il avait reçus ? Il semblait si faible que Lalaï craignait qu'il ne survive pas plus de quelques minutes. Et pourtant, son regard intense était dardé sur elle comme pour lui redonner courage.

Le théocorne s'était coulé jusqu'au vieil homme et blotti contre son corps meurtri. Raffanel posa ses mains sur son pelage doux et la créature se mit à ronronner très fort, tandis que le vieil homme fermait les yeux pour se concentrer sur les vibrations bienfaisantes. Ses traits se relâchèrent et, peu à peu, son rythme cardiaque ralentit et sa respiration devint plus profonde. La douleur de ses plaies se fit lentement moins aiguë.

Lalaï observa les changements qui s'opéraient devant elle. Les blessures étaient toujours là, terrifiantes et laides, pourtant une nouvelle détermination émanait de Raffanel lorsqu'il rouvrit les yeux. Il dut mobiliser toutes les forces qui lui restaient pour se remettre lentement debout, appuyé sur les épaules frêles de l'enfant.

Il fallait partir, fuir cet endroit avant que Darakchan ne revienne.

En un sens, leur expédition était un succès.

Ils avaient réussi à contrarier les projets du sorcier, il ne deviendrait pas immortel ce soir, et la nuit des quatre lunes n'avait lieu qu'une seule fois par an. Un délai qui pourrait être mis à profit pour organiser une véritable défense, tenter un soulèvement populaire.

Qu'auraient pu faire de plus un vieillard et une enfant, seuls contre Darakchan ? Il était déjà extraordinaire qu'ils aient survécu tous les deux.

Le brouillard s'était presque dissipé à présent, abandonnant çà et là quelques nappes éparses accrochées à la lande.

Ils quittèrent lentement Couët Krann, le vieillard soutenu par la fillette, en jetant un dernier regard inquiet sur les monolithes entre lesquels avait disparu le sorcier.

Tome 1 – Le Cercle de Couët Krann

# XV

Le trajet vers Couët Krann avait été éprouvant, durant quatre jours à marche forcée. On se mettait en route à l'aube et l'on ne s'arrêtait qu'à la nuit tombée. La fatigue était telle que chacun mangeait à présent en silence puis allait se coucher rapidement, une selle ou un sac en guise d'oreiller.

Les hommes montaient la garde à tour de rôle, entretenant le feu, guettant les bruits de la nuit : les chevaux entravés qui s'ébrouaient, les crissements stridents des grillons, le murmure de la lande sous le vent.

Issalis se blottissait contre Alram et sa chaleur suffisait à la réconforter quelque peu. Il embrassait son front et caressait ses cheveux avant qu'ils ne basculent tous deux dans un sommeil agité.

Il avait fallu couvrir la distance à bonne allure pour être certains d'arriver avant la tombée de la nuit des quatre lunes. Les bêtes étaient harassées, les hommes avaient le corps moulu, le visage grave. La résolution enjouée du premier jour avait peu à peu laissé place au fatalisme et l'humeur générale était devenue maussade.

Téjédor voyageait en avant, servant d'éclaireur à la petite troupe.

Plusieurs fois, il était revenu vers eux au galop pour dévier leur route, évitant les hameaux isolés, ou les marchands ambulants qui continuaient leur commerce, ignorant tout du drame qui se tramait et qui, pourtant, pèserait à tout jamais sur leurs vies.

Enfin, le jour du dénouement était arrivé.

La petite troupe était parvenue à proximité du

cercle de Couët Krann au crépuscule.

Ils arrivaient à présent à l'orée d'un bois qui les séparait encore du site magique. Ils touchaient au but.

Subitement, une épaisse brume venue de la mer se mit à monter vers eux à travers la futaie.

Le brouillard arrêta brusquement sa course non loin d'eux, en bordure des premiers arbres. La forêt et tout ce qui se trouvait derrière paraissaient comme engloutis dans une ouate épaisse et insondable.

Les sept cavaliers, indécis, arrêtèrent leurs montures à quelques foulées du mur vaporeux, hésitant à s'y engager. Les chevaux et la mule renâclaient et piaffaient nerveusement, gagnés par l'inquiétude des hommes. Hors de la brume, la nuit était si claire à la lueur grandissante des lunes !

Pénétrer dans la ouate opaque les condamnerait à progresser à l'aveuglette vers Couët Krann, au risque de tomber tout droit dans les rangs de leurs ennemis.

– Nous courons à notre perte si nous entrons là-dedans, gronda Valayer. C'est un maléfice de Darakchan.

– Il s'agit bien de magie, répondit calmement Téjédor. Pour autant Darakchan n'en est pas l'auteur. Il a abandonné depuis longtemps les sortilèges naturels pour une magie plus élaborée et expéditive. La brume est l'œuvre de Raffanel.

À l'évocation du vieil homme, Issalis scruta plus intensément la nappe blanche comme si elle espérait y apercevoir sa petite sœur. Lalaï était déjà là, tout près.

Les hommes s'interrogèrent du regard. Bergon émit un petit rire narquois et talonna son cheval. L'animal avança de quelques pas, mais refusa de franchir le mur blanc. Issalis voulut tenter sa chance à son tour, confiante dans les qualités de sa monture. Cependant, Estel, d'un naturel pourtant si calme, se cabra devant le brouillard cotonneux, manquant de désarçonner la jeune femme. Kuz donnait de grandes bourrades dans les côtes de son roncin avec ses immenses jambes, tandis que le lourd cheval piétinait en renâclant, refusant d'aller plus loin. Seul l'elfe aurait pu réussir à convaincre sa mule d'aller plus avant, mais il ne pouvait rester seul en selle alors que tous ses compagnons seraient forcés de mettre pied à terre.

Leurs chevaux ne les mèneraient pas plus loin. Ils ôtèrent à regret le harnachement, rendant aux animaux leur liberté. Issalis caressa quelques instants le doux chanfrein d'Estel avant de le regarder s'éloigner dans la grande prairie baignée de lumière lunaire. Ses congénères s'égayaient déjà dans les herbes hautes, se roulant et s'ébrouant avec délice.

Les hommes s'enfoncèrent alors à pied dans la brume. Le petit groupe progressait lentement et silencieusement.

Téjédor allait à l'avant, suivi de près par Kuz, qui portait à la ceinture une sacoche où étaient installés les trois gnomes.

Blarel, Lacerte et Faroux auraient pu choisir de rebrousser chemin. Ils avaient accompli leur quête en mettant Issalis et Lalaï sur la route de Darakchan. Leur mission s'arrêtait là. Les Gnomes n'étaient pas un peuple de guerriers, ils ne possédaient aucune magie capable de rivaliser avec celle du sorcier et leur petite taille les rendait inutiles et insignifiants au cœur de la bataille.

Pourtant, les trois frères avaient refusé de faire demi-tour et de s'en retourner à leur chère *oùme*. Ils se sentaient liés à ces hommes, liés au destin des deux sœurs. Ils les accompagneraient donc jusqu'au dénouement, aussi tragique fût-il.

Bergon, Tréglamus et Valayer venaient derrière Kuz, les armes au poing. Alram fermait la marche avec Issalis, qu'il tenait fermement par la main. Ils devaient avancer suffisamment proches les uns des autres pour ne pas risquer de se perdre dans le brouillard immaculé.

Ils progressaient depuis un moment vers l'est, guidés par l'elfe qui les menait droit au cercle de Couët Krann, lorsqu'ils perçurent sur leur droite des sons étouffés, d'abord indistincts. Ils suspendirent leur marche, l'oreille tendue, le cœur battant.

Un bruit de lutte.

Un animal, à en juger par ses grognements sauvages, se battait contre plusieurs adversaires qui poussaient des cris rauques.

Un dernier râle, et le silence revint.

Les hommes restèrent figés, à l'affût du moindre son.

À présent, quelque chose venait vers eux. Une bête aux pas pesants qui haletait bruyamment.

Sur la défensive, ils laissèrent la créature approcher, les mains crispées sur la garde de leurs épées.

Un ours émergea soudain du brouillard à quelques pas et marcha vers l'elfe qui se trouvait en tête du groupe. Bergon bondit pour embrocher la bête, cependant Téjédor, plus rapide, s'interposa.

– Non !

Il se tourna vers l'ours et approcha sa main fine jusqu'à la poser sur sa tête, ignorant les grognements et les babines retroussées de l'effroyable animal.

– Nous ne sommes pas vos ennemis, dit-il en langue elfique.

L'ours se dressa sur ses pattes arrière et poussa un puissant rugissement. Dans cette position, il était aussi grand que Kuz.

– Nous sommes des amis de Raffanel, dit encore Téjédor.

D'un geste lent, l'elfe saisit la main d'Issalis et l'attira près de lui. Alram tenait toujours l'autre main de la jeune femme et résista un instant avant de la lâcher pour laisser Téjédor la rapprocher de la bête.

L'ours retomba lourdement sur ses quatre pattes et vint renifler la main gracile de la jeune femme.

Malgré sa frayeur, Issalis avait confiance en Téjédor et elle ne bougea pas au contact de la truffe humide. Elle sentit le souffle chaud sur sa peau glacée. L'animal poussa un gémissement, puis il leur tourna le dos et reprit soudainement sa route vers le nord.

– Suivons-le, murmura l'elfe. Ce qui se déroule au cercle de Couët Krann n'est plus de notre ressort. Tout indique que l'escorte de Darakchan se trouve au nord.

– Comment pouvons-nous en être sûrs ? demanda Tréglamus.

– C'est là qu'il se rend, répondit Téjédor en désignant l'endroit où la bête venait de disparaître dans le brouillard.

– Allons nous jeter dans la mêlée derrière lui, s'écria Tréglamus en levant le poing. L'ours nous ouvrira la route !

– Vers une mort certaine ! répondit Valayer en souriant à son frère.

– Au moins mourrons-nous pour une noble cause, déclama solennellement Faroux.

– Le brouillard est notre allié. Nous savons où ils sont, alors qu'eux ne nous attendent pas. Divisons-nous et attaquons-les sur tous les flancs pour leur donner l'illusion qu'une grande armée a fondu sur eux, proposa Alram.

– Tuons-en le maximum, nous entrerons dans la légende, s'esclaffa Bergon.

Ils se turent un instant, se regardant les uns les autres.

Le moment des adieux était venu.

Kuz attrapa Téjédor par les épaules et lui donna une rude accolade, bientôt imité par tous les autres. Chacun souriait, les yeux brillants d'affection. Ils savouraient en cet instant la profonde amitié qui les avait unis dans l'exil. Ils échangèrent de longs regards d'encouragement pour mener ensemble le dernier assaut contre le sorcier. La dernière charge des hommes libres de la Terre d'Escalon.

Passées les effusions, chacun se mit à courir à l'aveugle dans la brume, suivant la direction qu'avait prise l'ours.

Alram tirait toujours Issalis derrière lui. Elle faisait de son mieux pour le suivre, tandis que ses mouvements étaient gênés par sa robe et elle avait le souffle court. Le jeune homme la sentit faiblir et il s'arrêta, laissant les autres partir en avant.

À cet instant, la considérant à ses côtés, essoufflée, le rouge à ses joues charmantes, prête à le suivre jusqu'à la fin, il réalisa qu'il la menait à trop vive allure vers son trépas. Elle n'avait pas d'arme et n'aurait de toute façon pas su s'en servir efficacement contre des soldats aguerris. Si elle l'accompagnait, il la verrait mourir sous ses yeux sans être capable de la protéger face à des ennemis trop nombreux.

– Ne venez pas, lui dit-il. Fuyez au loin, votre place n'est pas à la bataille.

– Je ne sais plus où est ma place. Je ne peux vous abandonner maintenant, vous laisser courir à votre mort et faire demi-tour malgré tout, pour finir ma triste vie sans vous et sans ma sœur.

– Vous n'êtes pas armée, et même si je vous laissais mon épée, vous n'auriez aucune chance face aux soldats du roi. À quoi bon ? Vivez et souvenez-vous de moi.

La joue d'Issalis au creux de sa main, il écrasa du pouce une larme qui perlait au coin de son œil.

– Je mourrai avec le regret de n'avoir pas vécu avec vous tout ce que nous aurions dû, poursuivit-il. Adieu.

Il se tourna et s'apprêtait à s'enfoncer dans la brume épaisse à la suite de ses compagnons, mais la jeune femme lui saisit la main.

– Ne me laissez pas comme ça.

Elle semblait avoir repris le dessus sur sa peur et son chagrin. Son visage se fit fier et courageux et elle esquissa un sourire.

– Je vous garderai dans mon cœur, lui dit-elle. S'il vous plaît, gardez-moi sur vos lèvres.

Elle se rapprocha de lui et respira le souffle d'Alram avant de poser ses lèvres sur les siennes, les bras noués autour de son cou. Il fut d'abord surpris, puis se détendit sous son étreinte et lui rendit son baiser, posant une main sur sa hanche. Pourtant, déjà, elle se dérobait et partait, lui lançant par-dessus son épaule :

– Je vais retrouver ma sœur et je compte bien survivre à cette nuit maudite. Vous aussi, préservez votre espoir, je vous en prie.

Alram la regarda s'éloigner en caressant ses lèvres du bout des doigts. Il avait pensé courir au-devant de la mort et périr en héros, les armes à la main, mais ce baiser venait de bouleverser son âme. Issalis y avait fait renaître un espoir qu'il avait cru éteint.

S'il survivait… Si, contre toute attente, la prophétie des Gnomes se réalisait et que l'enfant renversait le sorcier…

Le roi Darleon retrouverait alors son royaume et ses sujets reprendraient le cours de leur vie. Son exil prendrait fin et il retournerait à Blangerval avec Issalis. Il laissa aller son esprit, imaginant un avenir utopique et radieux aux côtés de la jeune femme. Tout n'était peut-être pas perdu.

Galvanisé par ce simple baiser, Alram eut envie

d'espérer.

Il se mit à courir à perdre haleine, l'épée hors du fourreau. Il entendait déjà les cris et les bruits de ferraille des hommes qui se battaient avec fureur.

Le brouillard se retirait peu à peu et s'étirait en nappes vaporeuses sur le champ de bataille. Immédiatement, l'odeur cuivrée du sang lui prit les narines. Alram passa près de l'ours qui se tenait sur le corps hideux d'un gobelin renversé sur le dos, lui assénant de grands coups de ses pattes griffues, lacérant son torse et sa face.

Un gobelin ! Comment Darakchan était-il parvenu à les ramener, et combien étaient-ils ? Il songea que ses compagnons et lui avaient peu de chance de l'emporter face à de tels guerriers, forts et presque insensibles à la douleur.

Il parvint jusqu'au lieu où combattaient ses amis.

Alram avisa Kuz aux prises avec plusieurs soldats qui le harcelaient de tous côtés. Le géant les repoussait à grands cris, d'un revers d'épée ou d'un coup de pied. Ses adversaires roulaient sur le sol avant de se relever pour revenir à lui, toujours plus nombreux. Plus loin, Téjédor se battait avec un autre gobelin. L'adversaire était fort pourtant l'elfe, plus vif, parvint à se glisser dans son dos. La lame d'un poignard glissa sur la gorge du monstre. Son sang noir jaillit de la plaie béante, tandis que ses yeux s'écarquillaient de surprise. Le gobelin fit un pas en avant, tomba à genou puis s'écroula face contre terre. Téjédor était déjà parti vers un nouvel adversaire.

Alram ne distinguait pas Tréglamus et Valayer, au centre d'une mêlée d'une vingtaine de soldats dépenaillés et désorganisés. Tout portait à croire qu'ils avaient été surpris dans leur sommeil. Certains étaient pieds nus, les cheveux emmêlés, d'autres n'avaient pas même pris le temps d'enfiler une chemise. Si la plupart portaient une arme, quelques-uns se battaient à main nue.

Alram reconnut de loin Bergon à sa cuirasse et son casque de cuivre. Le jeune homme était en difficulté face à deux gobelins. L'un d'eux brandissait une hache à lame courbe qu'il planta involontairement dans le tronc d'un arbre après une vive esquive du chevalier. Le monstre passa alors un moment à tenter de la retirer du bois, arc-bouté sur le manche. Alram profita de son inattention pour fondre sur lui et lui enfoncer sa lame dans l'abdomen. Le gobelin poussa un râle et releva la tête. Il n'y avait nulle trace de peur ou de douleur dans son regard, juste de l'étonnement mêlé à de la rage.

Malgré la lame toujours fichée dans son ventre, le monstre saisit le jeune homme à la gorge et referma ses doigts griffus. Alram suffoqua en sentant les ongles pénétrer dans sa chair. Il tenait toujours la garde de son arme et parvint à retirer la lame affûtée, agrandissant l'éventration. Une substance épaisse et malodorante macula les jambes du gobelin. Le jeune homme dégagea sa courte épée et, d'un moulinet de bras, l'abattit violemment sur le poignet de la créature. Il y eut une giclée de sang noir et l'étreinte sur son cou se desserra.

Alram toussa plusieurs fois avant de reprendre son souffle, mais déjà son adversaire était à nouveau sur lui, menant une ultime charge qui fit basculer le jeune homme en arrière. Ensemble, les deux ennemis tombèrent lourdement au sol et une douleur lancinante envahit le torse d'Alram. Ses côtes encore fragiles le firent souffrir à nouveau. Le gobelin pesait de tout son poids sur son corps, la tête posée sur son épaule. Il était mort.

Bergon était à quelques pas, toujours debout, aux prises avec le second guerrier monstrueux. Seule son agilité lui avait permis de survivre jusque-là sous les charges répétées de son adversaire. Il semblait danser, tournant autour du monstre, le harcelant de tous côtés. Il parait chaque coup du revers de sa lame ou avec l'écu fixé à son bras gauche, ses cheveux blonds virevoltant sur sa nuque, tandis que son avant-bras souffrait sous la force des coups de son ennemi. Déjà, le petit bouclier portait les marques nombreuses de la massue du gobelin.

Coincé sous le cadavre puant, Alram remarqua alors un troisième monstre qui venait dans leur direction. Il se frayait un passage au travers de la mêlée à grands coups du gourdin qu'il tenait dans la main gauche, tandis qu'il brandissait un cimeterre à lame dentelée dans la droite. La garde d'un poignard dépassait de son flanc, juste au-dessus de sa hanche. Ce poignard, Alram n'eut aucun mal à le reconnaître : c'était celui de Tréglamus. La créature n'avait même pas pris la peine de retirer l'arme. Elle paraissait ne ressentir aucune douleur, sa face résolue concentrée sur son nouvel ennemi.

Les Gobelins étaient des chiens de guerre. Au cœur de la bataille, peu leur importait de discerner leurs amis de leurs ennemis. Ils massacraient pareillement tous ceux qui se trouvaient sur leur route. Celui-là avait l'air décidé à affronter un adversaire à sa hauteur et se dirigeait droit sur Bergon.

Il était presque arrivé, assommant deux hommes de Darakchan au passage. Quelques pas encore et il se dressa face à Bergon, qui venait d'enfoncer son épée dans l'œil de son ennemi.

Le chevalier se tourna juste à temps pour voir le gourdin atteindre sa tête. Cette fois, il n'eut pas le temps d'esquiver. Le bois produisit un son mat quand il percuta le casque de cuivre. Le jeune homme s'effondra et son heaume roula sur le sol, libérant ses cheveux blonds qui s'étalèrent autour de son beau visage en une auréole dorée.

Repoussant à grand-peine la lourde charogne qui le maintenait toujours au sol, Alram était parvenu à se relever. Il poussa un hurlement et, malgré la douleur, sauta sur le dos du gobelin qui s'apprêtait à achever son cousin, s'agrippant avec ses jambes autour de sa taille en lui assénant une multitude de coups sur la tête avec la garde de son épée, poisseuse du sang et des entrailles de sa première victime. Il poussait du genou contre la garde du poignard enfoncé dans le flanc du monstre, élargissant la plaie. Le gobelin ruait comme un cheval sauvage et essayait de saisir Alram de ses interminables bras.

Son crâne saignait abondamment quand il réussit enfin à désarçonner le jeune homme, l'envoyant rouler tout contre le corps inanimé de Bergon.

La douleur était si vive qu'Alram crut ne pas pouvoir se relever. Haletant comme le gibier acculé à l'heure où sonne l'hallali, il sentait une sueur glacée coller ses cheveux sous son casque. Il était étendu, presque étourdi, les bras déployés au-dessus de sa tête. Il fallait bouger. Vite. Il sentit du bout de ses doigts le pommeau de l'épée de Bergon, et prit conscience de la présence de l'arme à portée de main.

Déjà le gobelin se penchait sur lui pour lui trancher la gorge de sa lame dentelée.

Dans un sursaut désespéré, le jeune homme banda subitement tous ses muscles, cambrant son dos au maximum malgré la douleur qui déchirait sa poitrine, et saisit la garde de l'épée de son cousin. Dans un cri terrible, son bras décrivit un arc de cercle, et l'arme s'abattit sur la nuque du gobelin, tranchant mortellement les chairs. La tête du monstre pencha ridiculement sur le côté et il s'écroula sur Alram, lui coupant une nouvelle fois le souffle.

Le corps du jeune homme n'était plus que souffrance. Sa cage thoracique le brûlait à chaque inspiration.

Il devait pourtant se relever. Il le devait à Issalis. Survivre pour elle.

Il parvint dans un suprême effort à faire rouler cet autre cadavre hideux sur le côté.

Malgré la souffrance, sa respiration se fit un peu plus aisée. Il resta étendu un moment contre le corps inerte de Bergon, luttant contre l'évanouissement, incapable de se remettre debout au milieu des trois charognes des gobelins.

Les cris de rage et de terreur, le choc des armes et les ordres hurlés au vent lui parvenaient comme assourdis. Au-dessus de lui, la lumière des lunes nimbait à nouveau le ciel.

À travers le fracas de la bataille, un rugissement terrible venu de l'ours le ramena soudainement à la réalité. Le hurlement se mua en une plainte stridente. Des hommes poussèrent des cris de frayeur.

Puis ce fut le silence.

Les combats avaient brusquement cessé.

Le brouillard était désormais clairsemé, déchiré en bandes blanches et éparses et les quatre lunes répandaient leur lumière blafarde sur le champ de bataille devenu silencieux.

Les soldats de Blangerval, hébétés, erraient, hagards, au milieu des cadavres et des blessés, se considérant les uns les autres avec stupeur.

Malgré l'illusion créée par la brume, il n'y avait eu ici que quatre gobelins et désormais leurs lourdes carcasses souillaient l'herbe verte de la plaine.

Kuz, haletant, se tenait debout, appuyé sur sa longue épée, au milieu d'une vingtaine de soldats étendus, éventrés ou assommés. Il ôta son casque à corne et passa une main sur sa nuque trempée de sueur.

Les gnomes, entassés dans sa sacoche, se serraient dans les bras les uns des autres en riant aux larmes. Ils avaient survécu ! Ils avaient hurlé de peur à chaque assaut et d'excitation à chaque fois que Kuz était parvenu à mettre à bas l'un de ses adversaires.

Ils ne mourraient pas aujourd'hui et, malgré leur nature pacifique, les trois frères jubilaient comme s'ils avaient eux-mêmes remporté la victoire.

À quelques mètres de distance, Téjédor, accroupi, soutenait un homme nu dont la chevelure rouge était illuminée par la lumière lunaire. Il l'aida à s'asseoir et l'observa en souriant.

– Le pouvoir de Darakchan a disparu, constata-t-il.

Il porta ses mains autour de sa bouche pour crier à la cantonade :

– Hommes de Blangerval, vous êtes libérés de la magie du sorcier.

Les soldats s'ébrouèrent, comme sortis d'un long sommeil.

L'elfe scruta le champ de bataille du regard à la recherche d'Alram. L'ayant repéré aux côtés de Bergon, il se porta vivement vers lui, visiblement soulagé de le voir conscient, lui tendant la main afin de l'aider à se remettre lentement debout. Puis il se pencha sur Bergon et posa ses mains sur sa poitrine.

– Il est simplement assommé, dit-il.

Téjédor sortit alors d'une poche de sa manche un sachet de fine étoffe bleue qui contenait quelques feuilles sèches dont il prit une pincée. Il frotta délicatement les herbes entre ses doigts sous les narines de Bergon. Celui-ci poussa un soupir rauque et éternua plusieurs fois avant d'ouvrir les yeux.

Alram se tenait penché au-dessus de lui, le regard empli d'inquiétude.

– Quelle tête tu fais, mon cousin ! Quelqu'un est

mort ? demanda-t-il.

L'elfe sourit malgré lui. Bergon se redressa et observa aux alentours les soldats qui erraient par dizaines, désœuvrés.

– Qu'est-ce qu'ils attendent ? Ils auraient eu dix fois l'occasion de nous massacrer, dit-il en se massant le crâne.

– Ils sont libérés du pouvoir de la roue harmonique, ajouta Téjédor. Il semble que la magie de Darakchan ait disparu. L'ours de Raffanel est redevenu l'homme qu'il était avant que le sorcier ne le métamorphose en bête.

Ils considérèrent l'homme aux cheveux rouges assis nu sur l'herbe souillée de sang. Il regardait avec incrédulité ses mains, dont il écartait et resserrait les doigts, contemplant avec émerveillement la mécanique parfaite de ses phalanges.

– Il est temps de reprendre le commandement de votre armée, Sire, reprit l'elfe avec un sourire.

– Enfin ! exulta Bergon. Fini l'exil ! Retour au palais. Je prendrais d'abord un bain, et ensuite… Oh oui, bien sûr ! Nous ferons un grand banquet ! reprit-il, enthousiaste.

Il poussa Alram du coude, indifférent au rictus de douleur de son cousin. Celui-ci lui rendit son sourire et se redressa avec peine, soutenu par Téjédor.

– Hommes de Blangerval, soldats du roi Darleon ! lança-t-il.

Les hommes le dévisagèrent avec surprise. Les plus proches poussèrent une exclamation avant de poser un genou à terre. Un murmure parcourut ce qu'il restait de leurs rangs.

– C'est le prince Darien !

Tous s'agenouillèrent et Alram ne vit plus à ses pieds que des dizaines de dos courbés vers le sol.

Passée la surprise, il s'adressa à ses hommes d'une

voix forte :

– Relevez-vous, soldats. Le sorcier usurpateur est vaincu. Je reprends donc ma place à votre tête. Cependant l'heure n'est pas encore aux hommages. C'en est assez des luttes fratricides. Nous sommes tous des hommes de Blangerval, le même sang coule de nos plaies pour souiller cette lande. Soyons à présent unis pour rétablir la paix dans notre royaume. Allez, et prenez soin de nos blessés.

Pendant que ses gens lui obéissaient, Alram se porta au-devant de Valayer qu'il venait d'apercevoir, marchant vers eux, portant Tréglamus, inconscient et le visage maculé de sang contre sa poitrine, la tête ballottant sur son épaule. À la vue du prince, le borgne déposa délicatement son frère sur l'herbe douce et se tint prostré au-dessus de son corps inanimé, caressant ses cheveux frisés ensanglantés.

– Aidez-moi, sanglota-t-il quand Bergon vint s'agenouiller auprès de lui.

Sa voix s'étrangla tandis qu'il reniflait bruyamment.

Téjédor essuya le sang coagulé qui souillait le visage de Tréglamus, découvrant une plaie béante. Il n'avait plus ni arcade ni pommette. Les os avaient été broyés par un terrible coup de gourdin, une arme telle que celle que brandissait le dernier gobelin qu'avait tué Alram, celui qui avait le poignard de Tréglamus fiché dans son flanc.

L'elfe posa ses longs doigts sur le cou du blessé.

– Il est trop tard pour Tréglamus, dit lentement Téjédor.

Valayer émit un cri étouffé et serra le corps inerte de son frère. Kuz, Bergon et Alram, ravagés par la peine, s'agenouillèrent devant leur compagnon, tombé à la bataille.

Après plusieurs minutes de prostration, le borgne se

releva et souleva son précieux fardeau. Il refusa toute aide et partit seul porter la dépouille de son jeune frère jusqu'à la couche confortable de la tente de Darakchan. Il l'y déposa avec douceur et prit soin de laver son visage, de réajuster son vêtement avec tendresse. On retrouva son épée et l'arme fut placée entre les mains du jeune guerrier. Valayer veilla son corps toute la nuit en chantant doucement, les larmes ruisselant de son unique œil.

Le calme revenait peu à peu dans la prairie. Chaque homme valide faisait de son mieux pour prendre soin des blessés ou entasser les morts. Ils attendraient le matin pour allumer un bûcher, dernier honneur dû aux combattants. Les gobelins seraient enterrés sous les arbres, dans la terre où pourriraient leurs corps maudits.

– Aux armes ! cria soudainement un soldat.

Alram se retourna tandis que les hommes reprenaient leurs épées et resserraient spontanément leurs rangs autour du prince.

Le jeune homme discerna bientôt une forme qui approchait lentement, encore trop lointaine pour l'identifier. Il attendit nerveusement jusqu'à distinguer un vieillard échevelé appuyé sur une enfant dont la chevelure rouge chatoyait sous la lumière lunaire.

Le vieillard avait l'air mal en point, le visage affreusement tuméfié et les cheveux collés par un sang noirâtre. Il paraissait ne plus avoir la force de parler. Des soldats le soutinrent et les menèrent, lui et l'enfant, devant le prince.

La petite fille, d'abord méfiante, reconnut Bergon parmi les soldats. Elle se souvenait très bien de ce beau jeune homme rencontré le jour de la fête, qui avait courtisé Issalis avant de leur voler des pipefarces. C'était juste quelques jours auparavant.

Une éternité, lui semblait-il.

Elle s'avança vers lui. Elle ne le connaissait pas vraiment, il était différent à présent, triste et las, du sang séché sur le visage. Pourtant, à qui d'autre se fier face à tous ces soldats ? Raffanel était incapable de la conseiller, il n'aurait pas pu parler tant son visage était abîmé. Alors l'enfant se fia à son instinct et raconta à Bergon et à ses compagnons attentifs – un elfe, un jeune homme brun aux yeux bleus et un géant qui portait trois petits lutins dans un panier – comment elle et Raffanel étaient venus jusqu'au cercle de Couët Krann pour contrecarrer les plans de Darakchan. Elle parla de leur rencontre avec le sorcier, de ce qu'il avait fait subir à Raffanel et de sa fuite honteuse dans le brouillard.

Tout en l'écoutant, le prince observait la fillette qu'il voyait pour la première fois. Hormis ses yeux que la clarté des lunes faisait paraître aussi transparents que l'eau des torrents de montagne, elle ressemblait beaucoup à Issalis : les mêmes traits, les mêmes cheveux incandescents que son aînée et que l'homme-ours mystérieux que Téjédor menait à présent vers eux. On l'avait revêtu d'une longue tunique de soie verte trouvée dans les malles de Darakchan. Ses mains tremblaient tandis qu'il s'approchait.

Alors, Raffanel croisa son regard et poussa un gémissement douloureux.

– Jin ! Jin !

Le vieillard répéta ce nom plusieurs fois, des larmes pleins les yeux. Lalaï le regardait avec incrédulité, comme si le vieil homme avait perdu l'esprit, tandis que Téjédor saisissait sa main et la mettait dans celle de l'homme aux cheveux rouges. Côte à côte, leur ressemblance était indéniable.

– Jeune Lalaï, cet homme est ton père, lui dit l'elfe

avec douceur.

– Mon fils ! ajouta Raffanel dans un souffle, des larmes lui roulant sur les joues, dessinant des sillons clairs sur sa peau souillée.

– Vous êtes Jin le Rouge ! s'étonna Alram. Issalis vous croyait mort.

– Pas tout à fait, murmura Raffanel d'une voix hachée.

Prendre la parole semblait le faire souffrir et il s'exprimait avec lenteur.

– Darakchan venait de tuer son épouse, ta mère Lalaï, expliqua Téjédor en se tournant vers l'enfant. Jin l'a pourchassé et enfin retrouvé pour assouvir sa vengeance. Cependant le sorcier était plus fort. Il lui a infligé une peine pire que la mort : une âme d'homme rongée de douleur, prisonnière d'un corps d'animal sans paroles. Un ours.

Jin poussa une plainte. Il n'avait pas parlé depuis tant d'années qu'il parvint à peine à articuler le prénom de son enfant.

– La… laï.

La fillette n'avait aucun souvenir de son père, pourtant elle serra sa main plus fort en cherchant son regard. Cette voix familière trouvait un écho dans les tréfonds de son jeune cœur.

– Par quel miracle est-il redevenu un homme ? demanda Bergon. Est-ce que Darakchan est mort ?

– Non, articula Raffanel.

– Mais je l'ai blessé, dit fièrement Lalaï.

– S'il perd abondamment du sang, précisa l'elfe, cela affaiblit sa magie de la même façon que les blessures de Raffanel ont affaibli la sienne, en faisant disparaître le brouillard dans la mer d'où il l'avait tiré. Sa métamorphose n'est donc que transitoire. Il est probable que Jin reprenne sa forme d'ours dès que Darakchan aura recouvré ses forces.

L'homme à la chevelure rouge sortait peu à peu de sa torpeur. Il caressait la joue de Lalaï en souriant.

– Tu… ressembles… à… ta… sœur, murmura-t-il.

– Où est-elle ? demanda l'elfe avec inquiétude. Et où est le prince Darien ?

Tous regardèrent autour d'eux.

– Le prince était là il y a un instant !

– Issalis a dû aller rejoindre sa sœur au cercle de pierres et Darien sera parti la chercher en voyant que Lalaï était ici, s'écria Bergon.

– Douze hommes avec moi, ordonna Téjédor, s'élançant aussitôt en direction du cercle de Couët Krann.

L'elfe avait le sombre pressentiment que lui et ses compagnons n'en avaient pas encore terminé avec la nuit des quatre lunes.

Tome 1 – Le Cercle de Couët Krann

# XVI

Issalis posa à tâtons la main sur un grand bloc de granit.

Elle caressa la pierre rugueuse. Elle avait erré longtemps avant d'atteindre le cercle de pierres dressées, car si le brouillard était presque diffus à l'endroit où Alram l'avait quittée, il n'avait cessé de s'épaissir au fur et à mesure de sa progression. La lumière des quatre lunes ne traversait pas la brume dense, l'obligeant à se déplacer à l'aveuglette, trébuchant à maintes reprises. Elle avait pourtant continué à marcher droit devant elle, en direction de l'est, s'enfonçant dans un brouillard de plus en plus épais, signe qu'elle allait dans la bonne direction. Puis la jeune femme avait perçu le bruit des vagues se brisant sur la falaise et s'était guidée grâce à ce son vers le bord de mer.

Plus elle progressait, plus elle sentait monter en elle une impression étrange, un léger poids dans l'estomac qui lui donnait la certitude qu'elle approchait du lieu sacré. Elle ressentait l'attraction du lieu. Les gnomes lui avaient dit que seules les personnes douées de magie le pouvaient. Issalis n'avait pourtant jamais exprimé de don particulier avant ce jour.

Enfin, elle avait atteint le cercle de Couët Krann avec soulagement.

Encore dissimulée dans la brume, elle s'arrêta pour écouter un instant, mais elle n'entendit rien d'autre que l'écho des vagues au loin. Alors, le cœur battant, elle franchit le seuil de la pierre et pénétra dans le cercle. Une intense luminosité la fit cligner des yeux. Tandis que le brouillard s'arrêtait à l'extérieur des monolithes, la lumière des lunes, très hautes à présent dans le ciel, éclairait l'intérieur du cercle comme en plein jour.

Le site était désert. Pas de Lalaï ni de Darakchan, pas de licornes noires, rien.

Pourtant, l'herbe était piétinée à plusieurs endroits. Une coiffe jaune avait été abandonnée sur le sol. Son cœur se serra lorsqu'elle remarqua la tache sombre qui maculait un des blocs, au pied du semeur qui y était gravé et l'herbe rougie de sang autour du monolithe. Elle examina le sol et y découvrit d'autres traînées écarlates un peu plus loin.

Soudain elle aperçut le poignard doré encore souillé, oublié entre les touffes de graminées.

Elle fut saisie de panique. Elle arrivait trop tard.

Darakchan avait tué une de ces licornes noires, et peut-être même aussi sa sœur. Elle se mit à crier son nom.

– Lalaï ! Lalaï !

Cependant ses appels semblaient rebondir sur les murs de brouillard et revenir à elle comme autant de gifles.

Elle perçut un léger froissement d'étoffe derrière elle. Le cœur d'Issalis bondit dans sa poitrine. Un instant, elle crut qu'elle l'avait retrouvée, que Lalaï était revenue en entendant ses cris.

Mais ce n'était pas sa sœur qui venait de pénétrer dans le cercle. C'était un jeune homme longiligne, affreusement tailladé aux mains et au visage. Sa robe ample était déchirée et tachée de sang. Issalis ne l'avait jamais vu auparavant et pourtant elle n'eut aucun mal à le reconnaître. Darakchan.

Il l'observait avec un regard où se mêlaient la curiosité et le mépris.

– Il y a énormément de monde ici ce soir, dit-il d'un ton acerbe.

Après sa fuite éperdue, il avait pris un moment afin de retrouver son calme puis avait réfléchi à ce qu'il allait faire, maintenant que tout espoir de tuer une licorne noire s'était envolé. Il avait finalement rebroussé chemin. Il lui fallait absolument retrouver la roue harmonique.

Un bref regard circulaire lui fit comprendre que la roue avait disparu avec l'enfant et Raffanel. Il sentit la colère le submerger à nouveau, comme une vague d'écume déferlant sur la plage un soir de tempête.

Issalis était terrifiée. Elle eut envie de s'enfuir et de se tapir dans une cachette jusqu'à ce que cette nuit maudite soit terminée, qu'enfin l'aube se lève sur un jour nouveau, et qu'avec elle renaisse l'espoir. Toutefois, son désir de retrouver Lalaï était plus fort. Elle fit courageusement face au sorcier.

– Je suis venue chercher ma sœur, dit-elle simplement.

Darakchan cracha à ses pieds et lui adressa un rictus mauvais.

– Cette gamine était ta sœur ? Une furie !

Issalis blêmit. *« Cette gamine était ta sœur »*. Ces mots résonnaient dans tout son être. Elle sentait son cœur se fissurer, prêt à éclater.

Lalaï était morte.

Malgré la prophétie, elle n'avait pas vaincu le sorcier. C'était son sang qui souillait l'herbe du cercle de Couët Krann. Son sang sur les vêtements de ce monstre. Tout avait été vain, elle arrivait trop tard.

Lalaï était morte.

Darakchan souriait. Ses yeux jaunâtres la jaugeaient. Il réfléchissait à la façon dont il allait la tuer. Elle se sentit glacée, pétrifiée, incapable de la moindre tentative de fuite, comme lorsqu'elle s'était trouvée seule face au dragon.

Le sorcier s'approcha lentement, si près qu'elle put

sentir son souffle lorsqu'il lui parla d'un ton narquois.

– Ne connais-tu pas les décrets de notre bon roi Darleon ? Les femmes ne doivent pas errer seules, ni le jour ni la nuit. C'est trop dangereux par les temps qui courent. Nous sommes attentifs à la préservation de leur vertu. Où est ton père ? Où est ton mari ?

– Ils vont venir, répondit Issalis d'une voix blanche. Ils me suivent de près.

– Menteuse ! aboya-t-il. Tu es seule. Sinon, tu aurais déjà hurlé comme une hystérique pour les appeler à ton secours.

Il lui attrapa le menton. Elle recula de quelques pas, et son dos heurta la dure paroi d'un monolithe.

– Il n'y a que les solas qui osent se promener seules. Es-tu une sola ?

– Non, souffla-t-elle.

– Non, bien sûr, dit-il d'un ton mielleux.

Il renifla ses cheveux, un bras sanguinolent plaqué contre sa gorge pour l'empêcher de prendre la fuite.

– Tu n'as pas connu d'homme, je peux le sentir.

Elle crut défaillir. Elle eût préféré qu'il la tue, qu'il la poignarde et qu'elle se vide de son sang à ses pieds, mais pas ça…

– Sais-tu ce que les paysannes des alentours viennent faire ici ? continua-t-il comme s'il conversait avec une amie, alors que son bras comprimait toujours sa gorge, la faisant suffoquer.

Elle ne répondit pas, tétanisée par la frayeur, les doigts crispés sur la manche du sorcier.

– Elles viennent scandaleusement se frotter contre ces pierres en espérant que leur pouvoir leur permettra de concevoir un enfant.

De sa main libre, Darakchan se mit à caresser le ventre d'Issalis.

– Toi, tu n'auras pas besoin de cette magie-là. Tu es féconde.

Sa main courait toujours, s'attardant sur ses seins, maculant de traînées de sang la tunique bleue de la jeune femme. Elle enfonça ses ongles dans le bras qui manquait de l'étouffer, toutefois le sorcier ne cilla pas.

– J'étais venu ici pour devenir immortel, et j'y serais parvenu si la gamine n'était pas intervenue. Malgré tout, il existe un autre moyen. Je n'avais pas songé au légendaire pouvoir de fécondité du cercle de Couët Krann, continua-t-il en riant. Tu porteras mon enfant. Un mâle. Il deviendra beau et fort et, lorsqu'il sera prêt, j'investirai son corps de mon âme pour régner encore et encore !

– Vous êtes fou ! parvint à articuler Issalis en repoussant le sorcier de toutes ses forces.

Il lâcha son étreinte et lui asséna un violent coup de poing sur la tempe.

– Cesse de bouger, cria-t-il.

La jeune femme s'écroula dans l'herbe en gémissant.

Darakchan se pencha sur elle et entreprit alors de relever ses jupes. Elle ne protestait plus, ne parvenant même pas à se débattre, à demi assommée.

Affairé sur la tunique de la jeune femme, Darakchan n'entendit pas arriver Alram dans son dos. Le jeune chevalier bondit sur lui et ils allèrent tous deux rouler à quelques pas.

Les côtes de Darien le faisaient souffrir le martyre, néanmoins, il se releva plus vite que l'autre, empêtré dans sa robe de cérémonie. L'épée au poing, le prince se fendit, cependant sa lame n'atteignit pas son ennemi. Il se redressa avec peine, recula d'un pas, déstabilisé, et se jeta derechef en avant, espérant cette fois atteindre le cou du sorcier. Pourtant, à nouveau, son épée ne rencontra aucun obstacle, comme s'il s'était attaqué à un mirage. Emporté par son élan, il tomba à genoux. Il souffrait tant qu'il doutait pouvoir se relever à nouveau, haletant bruyamment.

– Tu croyais vraiment pouvoir me vaincre, Darien ?

Darakchan avait repris contenance. Il s'était redressé et défroissait du plat de la main sa robe tachée et lacérée.

– La roue harmonique n'était pas mon seul atout. J'ai plus d'un tour dans mes bottes ! susurra-t-il en assénant un grand coup de pied dans les côtes du jeune prince, qui se recroquevilla en poussant un râle de douleur.

Le sorcier poursuivait, sur le ton du badinage.

– Ton père est mort, tu le savais ?

Darien devait se relever. Il parvint à se mettre à quatre pattes.

– Ce n'est pas moi qui l'ai tué, je te le jure, plaida théâtralement le sorcier.

Un nouveau coup de pied renvoya le jeune homme à terre.

– Je n'ai eu qu'à souffler l'idée pour qu'on le trahisse.

Darakchan observa le prince qui gémissait, feignant la pitié.

– Tu es seul ?

Il regarda tout autour, craignant que d'autres ne viennent au secours du prince. Cependant le silence régnait à l'extérieur du cercle. Darien était à sa merci.

– L'elfe t'a finalement abandonné ? Ces créatures sont tellement égoïstes.

Il tournait lentement autour du prince en dissertant, se délectant de sa vengeance, tel un chat qui joue longuement avec une souris avant de la mettre à mort, enfin.

Allongée sur l'herbe, Issalis reprenait peu à peu ses esprits. Sa tête la faisait souffrir. Elle entendait le sorcier parler, sans trop saisir le sens de ses paroles. Elle cilla à plusieurs reprises, luttant pour ne pas s'évanouir à nouveau. Non loin, le reflet d'un objet attira son regard. Un poignard doré, abandonné sur l'herbe, presque à portée de main !

Darakchan lui tournait le dos. Il parlait à Alram qui se tenait recroquevillé sur le sol. Le jeune homme gémissait de douleur sous ses coups.

Issalis se redressa à demi, comme dégrisée. Alram était venu pour elle et Darakchan allait le tuer, comme tous les autres.

– Je vais te tuer, Darien. Ensuite, même si j'en ai très envie, je ne laisserai pas ta royale carcasse pourrir ici. Je présenterai ta dépouille au peuple et nous te rendrons de grands hommages. Nous pleurerons longuement le vaillant prince Darien, et la fin de ta lignée. Après, je monterai sur le trône à ta place.

Darakchan lui tournait toujours le dos. Issalis se mit silencieusement debout, priant pour qu'il ne la remarque pas et ramassa la courte dague d'or ciselée.

Le sorcier s'emportait.

– Ton monde s'est écroulé. Tes sujets m'obéissent. Je veux que tu meures en sachant ce qu'il va advenir de ton royaume : je vais devenir le nouveau souverain de Blangerval. Ensuite, je ramènerai tout le peuple des gobelins de leur exil. Avec eux, je partirai à la conquête de nouveaux territoires. Même les Elfes, tes amis si précieux, ne sauront me résister. Je deviendrai le plus grand roi de la Terre d'Escalon. Et puis, je prendrai une reine pour porter mon héritier. Je te remercie, car c'est grâce à toi que j'ai trouvé celle qui conviendrait. Tu as bon goût, tu m'en as amené une parfaite. Je n'omettrai pas de souligner ton attrait pour les belles femmes dans mon homélie funèbre.

Darakchan tendit le bras pour désigner à Darien la fille rousse qu'il était venu secourir. Il tourna la tête, encore souriant, toutefois elle n'était plus allongée là où il l'avait laissée. Elle se tenait debout, juste derrière lui.

Il croisa son regard noisette et y lut toute la haine qu'il lui inspirait, juste avant qu'elle n'enfonce le poignard jusqu'à la garde dans son ventre. Il poussa un cri lugubre et tomba assis, tenant dans ses mains sanglantes la poignée de son arme. Il contemplait en gémissant le métal doré qui émergeait de son abdomen sans oser l'arracher à la plaie.

La jeune femme se détourna alors de lui, l'abandonnant à son supplice pour se précipiter auprès d'Alram. Elle aida le jeune homme à se redresser. Il était blême sous la lumière pâle des lunes, le souffle court et superficiel tant il redoutait qu'une grande inspiration ne soulève ses côtes brisées. Il se sentait incapable de se relever, car chaque mouvement entraînait une véritable torture.

Issalis refusait de l'abandonner à nouveau pour aller quérir un hypothétique secours. Elle s'assit sur l'herbe douce et posa la tête du jeune homme sur ses genoux, caressant sa chevelure d'un geste apaisant. Il semblait si fragile à présent, les yeux cernés, le visage et le camail souillés d'une substance brunâtre et malodorante.

Autour d'eux, le brouillard commençait doucement à s'étioler. Les lunes n'étaient plus au zénith et avaient entamé leur long déclin jusqu'à l'aube où elles disparaîtraient pour laisser place au soleil.

Darakchan restait prostré à quelques pas, gémissant parfois dans sa lente agonie.

Il s'écoula un long moment avant que Darien puisse enfin parler. Il s'exprimait lentement, la voix rauque, chaque mot semblant lui demander un immense effort.

– Issalis, je suis si soulagé de vous avoir retrouvée à temps. Nous avons vaincu là-bas. Il y avait des gobelins. J'ignore comment il avait réussi à les faire revenir.

Il fit une pause qui parut durer une éternité pour la jeune femme. Mille questions se bousculaient dans sa tête sans qu'elle osât les poser. Il était le prince Darien !

– Votre sœur et Raffanel sont en vie. Ils sont en sécurité au campement des soldats.

Le cœur de la jeune femme se mit à battre à tout rompre. Elle eut envie de bondir sur ses pieds et de courir rejoindre sa petite sœur. Elle se contenta de déposer un baiser appuyé sur le front d'Alram. Le soulagement l'envahit, rompant toutes les digues de vaillance qu'elle avait tenté de bâtir. Elle ne put contenir les larmes qui roulèrent sur ses joues. Le jeune homme sourit.

– Je n'y suis pour rien. Elle a une force incroyable, tout comme vous. Elle a réussi à l'empêcher de tuer une licorne noire, ajouta-t-il en désignant Darakchan qui se mit, à ces mots, à sangloter comme un enfant.

Le sorcier était progressivement parvenu à retirer la moitié de la lame du poignard, tandis que chaque centimètre libérait un flot de sang et lui tirait une plainte aiguë.

– Ce n'est pas tout, Issalis, poursuivit-il, plus lentement encore, comme s'il pesait ses mots. L'ours qui accompagnait Raffanel a retrouvé sa forme humaine. Il était sous l'emprise d'un maléfice de Darakchan depuis de nombreuses années. Il s'agit d'un homme aux cheveux rouges. Il a les mêmes yeux que vous.

Elle le regarda, incrédule. Elle ne comprenait pas bien ce que cela signifiait, ni où il voulait en venir.

– C'est votre père, Issalis, Jin le Rouge.

La jeune femme crut avoir reçu une gifle. Derrière elle, Darakchan se mit à rire comme un dément.

Comme le destin se montrait cruel avec lui ! Toute

sa vie il avait cherché le moyen d'accéder à la puissance et au pouvoir et à chaque fois, quelqu'un s'était dressé face à lui. Raffanel, la prêtresse, l'homme aux cheveux rouges, la petite furie et cette fille aux cheveux de feu… la même famille ! Tous liés par le sang, tous ligués contre lui.

Il aurait dû les tuer un par un quand il en avait eu l'occasion. Se libérer enfin de l'emprise des Rouge sur sa destinée. Ils s'étaient toujours retrouvés en travers de son chemin. Pourtant à présent, c'était terminé.

Son rire devint plus fort tandis que ses yeux roulaient follement dans ses orbites. Darien et Issalis se redressèrent, l'observant avec inquiétude. La raison l'avait quitté. Il riait à gorge déployée, ignorant la douleur qui lui déchirait le ventre. Le sorcier posa les deux mains sur la fusée du poignard et l'arracha d'un geste brusque. Son hilarité se mua en un long hurlement rauque et un flot de sang sombre inonda les pans de sa robe déchirée.

Issalis tenta de repousser Darien pour se remettre debout, mais le prince était trop lourd et il n'était plus en mesure de se relever seul.

La plainte de Darakchan cessa brusquement et il se tourna vers les deux jeunes gens, le visage blême et la respiration saccadée. Sa bouche était déformée par un rictus mauvais et ses yeux jaune pâle étaient cernés de violet. Issalis sentit la panique l'envahir. Ce n'était pas terminé.

Elle repoussa Alram plus violemment. Il poussa un grognement et parvint à se mettre à genoux, cependant le sorcier s'était déjà relevé dans un rugissement. Le tissu de sa robe détrempée collait à son corps trop maigre. Il fit deux pas vers eux, le poignard rougi toujours à la main.

Un sifflement bref fusa. Issalis vit clairement une flèche traverser la poitrine de Darakchan sans que cela lui cause le moindre mal, elle entendit le son sec de sa pointe qui terminait sa course à pleine vitesse contre le granit d'un des monolithes, comme si elle n'avait rencontré aucun obstacle.

Il y eut un murmure inquiet. Des soldats arrivaient, menés par Téjédor, l'arc à la main.

Darakchan était toujours debout et regardait les nouveaux arrivants les yeux remplis de fureur.

– C'est trop tard, chuchota un homme. Il est déjà devenu immortel.

– Non, pas encore, répondit l'elfe calmement en avisant le sang qui gouttait des lambeaux de tissu aux pieds du sorcier. Il doit porter une amulette de protection contre le métal de nos armes. Regardez, ajouta-t-il, il est faible et peine à se tenir debout devant nous.

Poussant un cri, Darakchan voulut brandir le poignard d'or qu'il tenait encore dans sa main, et l'abattre sur le prince Darien, toutefois Bergon l'avait sournoisement approché par l'arrière et le terrassa d'un formidable coup de poing. Le sorcier s'écroula sur le sol.

– Nous sommes quittes, je crois, fanfaronna le jeune homme à l'adresse de Darien en secouant sa main endolorie.

Trois hommes étaient déjà sur le sorcier, l'asseyant avec rudesse.

– Comment ont-ils réussi à le mettre dans cet état s'il portait une amulette de protection ? demanda un soldat.

– C'est sa propre arme qui l'a frappé. L'amulette n'est pas immunisée contre la magie de son créateur, répondit Téjédor.

Abattu, privé de tout soutien, Darakchan s'affaissa tête baissée, visiblement à bout de forces, encadré par deux soldats. Les autres cessèrent de lui prêter attention pour porter assistance au prince.

Le sorcier posa ses mains sur son ventre en gémissant, puis il les leva à hauteur de son visage, comme pour mieux en examiner leurs nombreuses entailles. Au lieu de cela, il ouvrit le chaton d'une chevalière d'argent qu'il portait à l'annulaire et en avala prestement le contenu, sans que personne ne l'eût vu faire. Il pria en son for intérieur pour que la poudre ait l'effet escompté. Il n'avait encore jamais eu l'occasion de la tester, mais les graines d'aconit et la peau de lézard vert qui entraient dans sa composition étaient des ingrédients très puissants de la magie primaire. Il sourit malgré lui, très fier de sa subtilité, mais, croisant le regard soupçonneux de Darien, assis à quelques pas de lui, il fronça les sourcils, espérant faire passer cette brève jubilation pour un rictus de douleur.

Le prince, méfiant, l'observa encore quelques instants, tandis que Téjédor s'affairait autour de lui, délassant son camail plaqué de cuivre. Darien était certain d'avoir saisi un sourire fugace sur le visage de son ennemi. Le sorcier semblait pourtant si frêle et pâle. Il avait perdu tant de sang que le prince doutait qu'il fût encore capable de la moindre tentative de fuite. Brusquement, Darakchan se mit à gémir plus fort, serrant ses bras contre son ventre, le visage déformé par la douleur. Les hommes le regardèrent s'agiter et convulser, presque réjouis de sa souffrance. Ils assistaient à la fin du sorcier.

Darien cria à Téjédor d'aller s'occuper de lui. Avant que l'elfe ne parvienne à s'exécuter, le sorcier s'évapora brusquement dans un hurlement déchirant.

Tous les hommes sursautèrent. Comment avait-il pu disparaître sous leurs yeux, dans la clarté lunaire ? On s'agita en tous sens pour le retrouver, mais il n'avait laissé nulle trace. On fouilla chaque ombre du cercle de pierres et les alentours. Malgré tout, il leur fallut bientôt admettre que Darakchan leur avait bel et bien échappé.

L'elfe vint s'accroupir auprès de Darien.

– Le sorcier nous a une nouvelle fois abusés, ragea-t-il. J'aurais dû le garder à l'œil. Il ne s'est pas volatilisé ! Je pense qu'il a profité de notre inattention pour avaler une potion d'invisibilité. De l'aconit, sans doute. Il est trop gravement blessé pour retenter quoi que ce soit cette nuit, cependant nous ne le retrouverons pas, il est trop intelligent pour se laisser prendre à nouveau. Au moins avons-nous évité le pire.

Téjédor se pencha sur le prince et passa ses mains sous sa chemise, palpant précautionneusement son torse endolori. Darien retint difficilement un gémissement.

– Il va falloir fabriquer une litière de transport, votre prince ne pourra pas voyager à cheval, ordonna Téjédor aux hommes qui se tenaient derrière lui.

– Y'a qu'à prendre celle du sorcier, proposa un soldat. Lui non plus, il n'a pas voyagé à pied.

– Très bien, reprit Bergon. Allez chercher cette litière pour le prince Darien.

Issalis était toujours agenouillée près d'Alram. Pourtant, elle semblait gênée de leur promiscuité affichée devant les guerriers de Blangerval. Il remarqua son malaise et la regardant dans les yeux, eut un sourire encourageant.

– Vous êtes le prince Darien ? murmura-t-elle.

– Oui, pourtant je suis toujours Alram. S'il vous plaît, ne croyez pas que cela change quoi que ce soit à tout ce que j'ai pu vous dire.

Elle posa son doigt sur ses lèvres pour le faire taire.

– N'usez pas votre salive, prince Darien. Vous aurez besoin de toutes vos forces pour remettre votre royaume sur le droit chemin.

Elle fit une pause avant de reprendre sur un ton hésitant :

– Cela demandera sans doute toute votre attention.

Il lui sourit avec tendresse.

– J'espère trouver malgré tout, le temps de vous faire la cour convenablement. Et je souhaite plus que tout parvenir à vous conquérir.

# XVII

Un vent frais faisait claquer les voiles blanches du navire qui cinglait rapidement vers l'île de Blangerval. Allongé sur sa litière, près de la proue, Darien contemplait la mer calme et, encore plus loin devant lui, les rivages gris de son île natale. Il leur faudrait longer les côtes plusieurs heures avant d'atteindre enfin le port de la cité.

L'équipage avait largué les amarres quelques heures après l'aube, dès qu'eut fini de brûler le bûcher funéraire des braves de Blangerval.

Le corps de Tréglamus avait été placé au milieu de ceux de ses frères tombés au combat, et ses compagnons étaient restés longtemps à regarder les flammes en pleurant.

Bergon, blême, avait soutenu de son mieux Kuz, dont les puissantes épaules tremblaient au rythme de ses reniflements sonores.

À l'heure du départ, il avait fallu entraîner de force Valayer qui restait prostré, le regard perdu dans le rougeoiement des braises. Il fut amené dans le bateau où les gnomes lui firent boire une drogue légère afin que le borgne soit libéré de sa peine, plongé dans un sommeil sans rêves.

Les soldats avaient rapidement chargé le matériel et les chevaux qu'ils avaient rattrapés dans la grande prairie. Les hommes étaient montés à bord avec enthousiasme. Ils rentraient chez eux, en la cité d'Arlix, et ils ramenaient leur prince.

Raffanel et Téjédor se tenaient au bastingage et observaient la côte de Caladre qui s'éloignait peu à peu.

Sur la falaise, la silhouette noire des pierres levées de Couët Krann se découpait dans le ciel rosé. Peu à peu, de gros nuages noirs vinrent s'amonceler au-dessus du cercle formé par les monolithes. On entendit le tonnerre rouler depuis la mer et s'abattre avec fracas sur les blocs de granit, alors que le ciel restait limpide tout autour sur la grande prairie.

– Le cercle de Couët Krann se purifie, remarqua Téjédor.

– Il a été souillé de sang, répondit Raffanel en désignant son visage tuméfié. Et cela aurait pu être encore bien pire… La pluie lavera ces outrages.

Le vieil homme récupérait peu à peu du traumatisme qu'il avait subi. Si son visage était encore méconnaissable, les onguents de l'elfe lui permettaient à présent de parler.

Issalis, Lalaï et leur père avaient eux aussi embarqué sur le navire royal. Darien se tourna pour les chercher du regard.

Ils étaient assis tous les trois à bâbord, à même le plancher grossier du pont. Jin le Rouge écoutait avec attention les explications de sa plus jeune fille qui faisait force de gestes en racontant son histoire, le théocorne roulé en boule sur ses genoux. Issalis et son père se mirent à rire. Lalaï fit mine de se vexer avant d'éclater de rire à son tour.

Depuis leur appareillage, Darien s'était tenu en retrait pour permettre aux Rouge de se retrouver, d'apprendre à se connaître à nouveau. Jin avait disparu depuis si longtemps que Lalaï n'avait gardé aucun souvenir de lui. Il souhaitait plus que tout rattraper le temps perdu avec ses filles, car il était certain que si Darakchan survivait à ses blessures, ce qui était probable, sa magie retrouverait peu à peu sa puissance et alors, l'envoûtement qui faisait de Jin un ours serait ravivé. Le sort n'avait pas été levé, il s'était simplement étiolé.

L'homme-ours avait préféré taire à ses filles cette nouvelle, pour mieux profiter avec elles du peu de temps d'humanité qu'il lui restait.

Raffanel, diminué par ses blessures, passa le plus clair de son temps dans ses quartiers où il s'entretint longuement avec Téjédor, Faroux, Blarel et Lacerte. Les cinq sages avaient beaucoup à apprendre les uns des autres et analysaient longuement chacun des derniers évènements, tentant d'appréhender tous les aspects de leurs aventures respectives et de présager leur avenir à tous.

Sur le pont, allongé sur la litière, Darien observait les vaguelettes qui venaient se briser sur la coque dans un doux clapotis, respirant profondément l'air iodé et vivifiant.

L'île de Blangerval se dessinait peu à peu à l'horizon, harmonieux camaïeu de gris et de vert.

À mesure que le navire approchait, ses contours devenaient plus précis. D'un côté de la terre se trouvaient les plages de sable cendré bordées de forêts denses et verdoyantes surplombées par un massif rocheux anthracite. Un pic plus élevé se détachait dans le ciel azuré. C'était un ancien volcan endormi depuis des milliers d'années.

La cité d'Arlix se nichait au pied du volcan, de l'autre côté de l'île, dans une immense plaine jadis défrichée par les hommes. Dans chaque zone déboisée se trouvaient des hameaux épars. La terre sombre et fertile était cultivée pour nourrir les hommes et animaux de Blangerval.

Encore quelques heures de navigation. Ils seraient au palais avant le coucher du soleil.

Le prince y retrouverait sa mère et pleurerait son père.

Il y aurait tant à faire dans les jours à venir !

Organiser les funérailles du roi, renvoyer des messagers dans tout le royaume pour contrer les effets désastreux des nouvelles lois de Darakchan, redonner confiance au peuple en libérant les femmes de leur joug ignoble. Et puis viendrait son propre couronnement.

Darien espérait devenir un bon souverain, comme l'avait été son père avant l'arrivée du sorcier, aimé et respecté par son peuple. Il avait pourtant l'impression d'être encore trop jeune et inexpérimenté face au poids de son devoir. Il porterait désormais sur ses épaules la responsabilité de son royaume. Bien qu'il ait été préparé à ce rôle depuis l'enfance, son estomac lui semblait enserré dans un étau glacé à cette perspective, écrasé par un poids colossal. À cet instant, il se sentait plus seul que jamais face à la pression du pouvoir, malgré ses compagnons, le soutien infaillible de Téjédor et malgré les sentiments grisants qu'il nourrissait pour Issalis.

Il doutait de parvenir à se hisser à la hauteur des espoirs que tous plaçaient en lui.

Grâce à des vents favorables, le navire fut amarré au port avant que le soleil ne s'abîme dans la mer. Le ciel s'était teinté de rose et d'or, et cette lumière chaude nimbait Issalis, Lalaï et Jin d'une aura de feu qui leur donnait une allure surnaturelle.

Leur cortège ne passa pas inaperçu dans les rues de la cité, excitant la curiosité des habitants qui, malgré les interdictions toujours en cours, sortirent sur le pas de leurs portes pour contempler les nouveaux arrivants. Les compagnons de Darien étaient encadrés par quelques soldats en armes.

La litière venait ensuite, ses rideaux tirés pour que le prince ne puisse pas être reconnu. Tous crurent au retour de Darakchan et s'inclinèrent au passage du convoi silencieux. Les femmes se tenaient en retrait, serrant leurs plus jeunes enfants contre leur corps. Les hommes murmuraient entre eux, l'air résigné.

Darien avait choisi de rentrer au palais sans annoncer son retour, ignorant l'accueil qui lui serait réservé. Son père, le roi, était mort et Darakchan avait sans doute encore des partisans qui ne verraient pas d'un très bon œil le retour du prince héritier.

Outre une vingtaine de soldats, le jeune homme était accompagné de ses fidèles compagnons, à l'exception de Valayer, toujours endormi à bord du navire.

Raffanel suivait, appuyé sur un bâton et soutenu par Jin qui tirait par la bride Estel, le cheval doré, sur la selle duquel se tenaient Blarel, Faroux et Lacerte. Les gnomes découvraient avec curiosité la cité des Hommes pour la première fois.

Derrière eux venaient Lalaï et Issalis. Ces dernières avaient obstinément refusé de rester à l'abri dans le bateau, malgré l'insistance de leur père. Elles ne souffraient pas l'idée de le perdre à nouveau. Face à leur pugnacité, Jin avait fini par accepter qu'elles les accompagnent, tout en déclarant qu'elles étaient trop peu obéissantes, et que s'il avait eu le loisir de les élever lui-même, il leur aurait assurément appris à coups de ceinture le respect dû à leur père. Pourtant, disant cela, il soupirait bruyamment pour réprimer son sourire.

Dans son for intérieur, Jin était très fier de ses filles. Elles avaient une telle force de caractère, de courage, que pourtant il avait pensé être l'apanage des garçons. Il repensait, admiratif, à sa toute petite Lalaï, qui avait réussi à mettre seule le sorcier en fuite. Et Issalis qui avait bravé tous les interdits pour voler au secours de sa sœur. Jin ne cessait de s'émerveiller de la beauté de ses deux filles, de leur chevelure rousse, une couleur si rare en Terre d'Escalon. Issalis était devenue une magnifique jeune femme… Son père s'étonnait qu'elle ne soit pas déjà mariée. C'était toutefois une chance pour lui. Il espérait être encore à ses côtés lorsqu'elle prendrait un époux. Ne pas être déjà redevenu un ours.

Jin pressentait que son aînée avait des sentiments pour l'un des hommes qui les accompagnaient. Il avait surpris ses regards brûlants sans avoir pu déterminer à qui ils étaient adressés. Il espérait que l'elfe n'était pas l'élu d'Issalis. Il était bien trop âgé, des centaines d'années sans doute. De même, il écartait le géant Kuz, trop peu distingué pour sa charmante enfant. Restaient Valayer, le prince Darien et son cousin, le blond Bergon. Cependant jamais Jin n'aurait osé demander à Issalis de lui ouvrir son cœur. Il se sentait encore trop illégitime pour s'immiscer dans les amours de sa fille. Il se contentait de la couver du regard, scrutant chacun de ses gestes pour tenter de deviner ses sentiments, tandis qu'ils suivaient la litière royale jusqu'au palais.

La petite cohorte mit plusieurs minutes pour traverser les quartiers ouest de la cité d'Arlix avant d'atteindre enfin le palais. Il s'agissait d'un grand bâtiment rectangulaire à deux étages, avec en son centre une unique tour ronde, surmontée d'une esplanade au parapet crénelé, depuis laquelle on pouvait admirer toute la cité d'un côté et la mer immense et bleue de l'autre. Au centre de la terrasse, deux colonnes massives supportaient une lourde poutre où était suspendue une énorme cloche de bronze. On ne sonnait le bourdon qu'en de très rares occasions, pour la naissance ou la mort d'un roi, ou en cas d'incursion ennemie.

Jadis, lors des rares assauts qu'avait connus la cité, avertie par l'alarme, la population avait pu se réfugier dans l'enceinte du château, qui ceignait un parc arboré et de nombreuses petites bâtisses, porcheries, poulaillers, bergeries et étables du roi. L'épaisse muraille surmontée d'un chemin de ronde courait sur une si grande longueur que son effet était désormais plus dissuasif que réellement défensif. L'île de Blangerval n'avait pas été assaillie depuis deux générations, et le royaume était en paix depuis que le roi Darleon avait exilé les gobelins sur la lune noire.

Chaque matin, les pâtres emmenaient les troupeaux royaux hors de l'enceinte par la porte ouest. De ce côté, la cité était bordée de pâturages et de champs cultivés, de vergers et de vignes.

Les écuries royales se trouvaient dans un bâtiment bas accolé au palais et disposaient de deux accès par la cour centrale pavée ou par des couloirs souterrains qui débouchaient à l'est, à l'extérieur des remparts. C'étaient ces boyaux souterrains peu fréquentés qu'avait utilisés Darakchan pour introduire les six gobelins au château.

La porte nord, devant laquelle se présenta la litière du prince, était gardée par deux soldats en armes portant la livrée royale à lune d'argent. Il suffit que Téjédor annonçât le prince Darien et que celui-ci soulevât légèrement le rideau pour que les gardes les laissent passer en s'inclinant. Un des deux hommes les précéda pour avertir le palais de leur arrivée, et bientôt des dizaines de soldats et de domestiques se massèrent sur leur passage en poussant des exclamations enthousiastes.

La petite troupe s'avança dans la cour principale, chassant devant elle un couple de paons bleus. L'orgueilleux mâle leur fit face et déplia les plumes de sa queue en une roue majestueuse, semblant défier quiconque de tenter de s'approcher de sa femelle. Lalaï ne se rappelait pas avoir jamais vu d'oiseaux aussi magnifiques, cependant le théocorne, qui ne l'avait pas quittée depuis leur départ du cercle de Couët Krann, fut tellement effrayé qu'il se réfugia dans les bras de la fillette en feulant, étendant son ombre jusqu'au pied de l'oiseau.

La litière atteignit une imposante porte de bois ferrée, que deux autres gardes ouvrirent devant le prince et sa suite. Bergon vint aider Darien à se tirer de sa couche.

– Veuillez annoncer notre retour à la reine, ordonna le cousin du prince.

L'un des soldats échangea un sourire joyeux avec son comparse avant de monter en courant l'immense escalier qui s'ouvrait face à eux, tandis que l'autre les conduisait dans la salle du trône à gauche du vestibule. Ceux qui n'étaient jamais entrés dans le palais royal d'Arlix ne purent qu'être impressionnés par la splendeur des lieux. La grande salle à la voûte haute soutenue par d'élégantes colonnes de granit clair était chauffée par trois immenses cheminées au linteau sculpté. Les gnomes admirèrent avec intérêt les fresques colorées du plafond. Le dais du trône d'albâtre était tiré comme un voile pudique cachant le siège vide où s'asseyait autrefois le roi défunt. Le trône de la reine, en bois sombre serti d'argent, était un peu en retrait sur la droite. Darien remarqua que l'on avait fait mettre un troisième siège de bois sculpté au centre de l'estrade. Il était orné de pierres précieuses rouges et jaunes, et son très haut dossier représentait un homme debout brandissant la roue harmonique devant une foule agenouillée. Darakchan. Darien serra les poings et sentit une bouffée de colère l'envahir. Cet usurpateur avait nourri l'ambition de se faire couronner à sa place et devenir le souverain légitime du royaume de Blangerval.

Une voix familière le fit sursauter.

– Mon fils !

Il observa la reine Kerdélaïde entrer dans la salle, les bras ouverts avec grâce devant elle. Sa robe de soie d'un gris pâle bruissait doucement à chacun de ses pas, évoquant la brise qui agitait les feuillages en automne. Elle était encore très belle, ses cheveux sombres encadrant son visage aux traits fins. Pourtant aucun sourire n'animait sa face, et son regard bleu était aussi glacial que dans les souvenirs de Darien. Il douta qu'elle fût réellement heureuse de le revoir.

Elle avait eu un premier enfant avant que ne naisse Darien, et elle l'avait chéri. Toutefois tout sentiment d'amour l'avait quittée quand le garçonnet avait été emporté par une fièvre dont aucun guérisseur n'avait su le libérer. Darien était né peu après, mais elle ne lui avait jamais témoigné aucune affection comme si toute sa tendresse s'en était allée avec son premier fils.

Le prince avait été élevé par ses nourrices, puis éduqué par des hommes de confiance de son père. Il avait appris à lire et à écrire, excellait en astronomie et en mathématiques. Il était devenu un bon cavalier et Valayer, son maître d'armes, lui avait enseigné les arts de la guerre, le combat à l'épée et la lutte à main nue, observant d'un œil averti les affrontements du prince avec son jeune frère Tréglamus, commentant leurs gestes, et corrigeant leurs techniques.

Malgré tous ces succès, Darien n'avait jamais lu aucune fierté sur le visage de Kerdélaïde.

– Mère, répondit-il en s'avançant vers elle.

Les bras de la reine étaient retombés avant qu'il ne l'atteigne. Elle n'avait pas eu l'intention de l'étreindre.

Il posa un genou à terre et grimaça de douleur. Bergon vint vivement l'aider à se relever puis recula d'un pas.

– Ton retour nous ravit, dit-elle d'une voix monocorde. Darakchan t'a fait chercher dans tout le royaume pour te ramener auprès de moi après la mort de notre roi.

– Mère, Darakchan était un traître. Il n'espérait me retrouver que pour me tuer et monter sur le trône à ma place.

– Je t'interdis de te montrer si injuste envers notre ami. Il a su tenir les rênes du pouvoir, alors même que tu t'étais enfui. Il est plus digne que quiconque de monter sur ce trône.

Darien sentit son cœur se glacer. Il n'obtiendrait donc jamais grâce à ses yeux. Il lui dit d'une voix brisée :

– J'aurais espéré un autre accueil de la part de la femme qui m'a donné la vie.

Il se reprit aussitôt et lui annonça d'un ton sans réplique :

– Mère, nous avons vaincu Darakchan et je viens reprendre la place qui m'est due.

La reine blêmit et recula d'un pas, prête à défaillir. Un garde se précipita pour la soutenir.

– Qu'as-tu fait, pauvre fou ! souffla-t-elle. Darakchan était seul digne de régner sur le royaume de Blangerval. J'ai empoisonné moi-même le roi afin qu'il puisse accéder au trône.

Darien ne put retenir une exclamation douloureuse.

– Mère, vous avez tué votre souverain ? Vous avez tué mon père !

– Darleon avait abandonné sa charge royale depuis longtemps déjà. Un homme incapable et grossier. Je ne supportais plus ses mains sur moi. Darakchan était mon unique amour.

Il y eut un murmure horrifié parmi l'assistance. Malgré le sentiment d'abomination qui l'envahissait, le prince releva la tête pour regarder sa mère et sa voix se durcit lorsqu'il s'adressa à nouveau à elle.

– Darakchan ne reviendra pas et, malgré vos

aspirations, je succéderai à mon père sur le trône de l'île de Blangerval.

Kuz avait saisi la reine par le bras. Elle semblait si frêle à côté du géant en armes. Ses yeux bleus s'emplirent de larmes.

– Mon destin est donc scellé. Tue-moi sur le champ que je ne doive point assister à ton triomphe.

La voix de Darien se fit glaciale lorsqu'il lui répondit.

– Que vous ai-je donc fait pour vous inspirer tant de mépris, Mère ?

Comme elle ne répondait pas, il ajouta :

– Le régicide est passible de la peine de mort. Cependant vous êtes ma mère, aussi vous épargnerai-je. Vous finirez votre vie recluse dans vos appartements en la compagnie d'une seule dame de parage que vous choisirez parmi vos suivantes.

La reine resta silencieuse, ses yeux larmoyants perdus dans le vide. Elle ne semblait plus entendre les paroles de son fils ni sentir la grosse main de Kuz refermée autour de son bras. Elle se mit à chantonner doucement une berceuse tandis qu'on l'emmenait vers ses appartements dont elle ne sortirait jamais plus.

Téjédor vint auprès de Darien. Le prince était blême, les poings si serrés que les jointures de ses doigts avaient blanchi. L'elfe posa la main sur son épaule.

– N'ayez point de regrets. Vous n'auriez pu la ramener à la raison.

Sa voix était douce et réconfortante. Darien lui fut reconnaissant de chercher à l'apaiser.

– Elle ne m'a jamais aimé. J'aurais dû me douter que mon départ n'y aurait rien changé.

– Pourtant aujourd'hui tu es de retour, l'encouragea Bergon. Tu es celui qui a vaincu le tyran !

– J'ai reçu de l'aide, répondit sobrement Darien en

désignant Lalaï et Issalis.

– L'important est que nous l'ayons abattu, s'insurgea son cousin.

Lacerte l'interrompit.

– En réalité, il n'a pas été abattu. Il est simplement hors d'état de nuire pour quelque temps.

– Cessez de jouer au plus fin avec moi, s'agaça Bergon. Peu importe qu'il revienne un jour. Pour l'instant, il n'est plus là, et c'est tout ce qu'attendait le peuple. Le roi est mort, mais le prince est de retour.

– Le peuple va reprendre espoir grâce à nous ! s'emballa Blarel.

Tous le dévisagèrent un instant avec surprise. Téjédor partit d'un rire cristallin, suivi de plusieurs autres, rompant ainsi la tension palpable qui régnait depuis le départ de la reine.

Ils furent interrompus par l'entrée du seigneur Berlean, frère du roi. La taille haute et élancée, richement vêtu d'un mantel de fourrure qui recouvrait ses larges épaules, le père de Bergon s'avança d'un pas hésitant jusqu'au prince qui l'observait, entouré de ses compagnons. Berlean eut un sourire gêné à l'adresse de son fils qui le considérait sévèrement, sourcils froncés. Il semblait ne pas savoir à qui s'adresser en premier, et ressentant son malaise, Darien prit les devants.

– Mon oncle, le salua-t-il sobrement.

– Darien, Bergon, je suis tellement navré de tout ce gâchis.

– J'ai tenté de vous prévenir de ce qui était en train de se passer, répondit Bergon d'un ton acerbe. Téjédor vous a prévenu, Darien vous a prévenu, et pourtant vous et Darleon ne nous avez pas entendus. Vous avez idolâtré ce sorcier comme s'il était un dieu vivant, au détriment de vos propres fils.

Berlean baissa ses yeux noirs, l'air contrit. Il nouait

et dénouait nerveusement ses mains.

– Je ne comprends pas comment nous avons pu être aussi aveugles. Deux vieux fous… Je suis tellement navré, répéta-t-il.

– Vous étiez sous l'influence du pouvoir de la roue harmonique, dit Téjédor d'une voix apaisante.

Puis, se tournant vers Bergon, l'elfe ajouta :

– La seule raison pour laquelle vous et votre cousin êtes parvenus à résister à la magie de Darakchan est que vous étiez absents lors de son arrivée au palais. Et ensuite, prévenus de sa dangerosité, vous avez refusé de paraître en sa présence. Il n'a pas pu vous envoûter. Ne soyez pas trop dur avec votre père. Il n'était pas lui-même.

Bergon se tut, tandis qu'il observait toujours sévèrement son père. Le prince Darien sourit à Berlean.

– N'ayez crainte. Assez de tragédies pour un seul jour. Vous êtes pardonné, mon oncle. Le seul vrai responsable est le sorcier. Toutefois, tout est maintenant terminé. Nous devons dès à présent nous tourner vers l'avenir. Il nous faudra en premier lieu décider de l'emploi que nous ferons de cet objet magique, ajouta-t-il en désignant la roue harmonique que Lalaï serrait dans ses bras.

– La roue harmonique est un objet très ancien, intervint Téjédor. Elle a été fabriquée par les Elfes. Pour mon peuple, il s'agissait d'un instrument capable de maintenir l'harmonie des saisons. Cependant dans les mains des Hommes, elle s'est avérée très dangereuse. Darakchan n'est pas le premier à l'avoir utilisée à de mauvaises fins. C'est pour cette raison qu'elle avait été confiée aux prêtresses de la déesse Brocca, et enfermée dans le temple. Je suis d'avis que l'enfant doit conserver la roue harmonique et que votre devoir à tous est de la protéger.

– Je protégerai et formerai Lalaï, si elle est d'accord, proposa Raffanel. Je peux l'aider à développer son don.

Téjédor acquiesça.

– Alors tout est parfait ! dit cyniquement Bergon. Passons l'éponge sur toutes les trahisons.

– Merci de vous montrer si magnanimes, répondit Berlean comme s'il n'avait pas perçu l'ironie dans la voix de son fils. Comme le dit le prince, il nous faut maintenant nous tourner vers l'avenir et faire en sorte que cela ne se reproduise jamais.

– Vous avez raison, reconnut Darien. Assez de malheurs et d'effroi.

Il fit signe à un serviteur d'approcher.

– Faites préparer un souper pour mes compagnons et moi à la troisième heure du soir. En attendant, veillez à ce que chacun dispose d'une chambre et de vêtements propres, et préparez la salle d'ablution afin que l'on puisse s'y délasser. Il faudra également renvoyer la litière jusqu'au port pour aller y chercher Valayer. Ramenez aussi nos montures et prenez-en grand soin.

Le serviteur hochait la tête avec attention à mesure que Darien lui donnait ses instructions, puis il disparut un instant avant de réapparaître en compagnie d'hommes et de femmes qui guidèrent les hôtes jusqu'à leurs nouveaux quartiers, attribuant à chacun des chambres luxueuses et confortables.

Le prince s'attarda encore dans la salle du trône pour y donner des ordres. Quand tous les serviteurs furent partis pour le satisfaire, il resta seul un moment à contempler le feu qui consumait lentement une grosse bûche dans l'âtre d'une cheminée.

Il était de retour. Il était enfin chez lui. Pourtant, tout était si différent.

Il resta un moment perdu dans ses réflexions, mais

fut brusquement ramené à la réalité par une nuée de serviteurs qui entrèrent dans la salle du trône, portant planches et tréteaux pour dresser la table. Une femme âgée à la mine sévère les suivait, les bras chargés de nappes écrues.

Darien les laissa à leur ouvrage et un jeune serviteur qui l'attendait en retrait vint le soutenir pour le conduire à ses appartements.

Sa chambre n'avait pas été ouverte depuis le jour de son départ. Il y retrouva avec émotion les objets et le mobilier si familiers, caressant le bois du lit avant d'ouvrir le coffre qui contenait ses effets. Il se devait de reparaître comme un prince et non vêtu comme un manant. Il observa un moment son reflet dans un miroir de métal poli posé sur une console. Il avait maigri et une ombre de deux jours noircissait ses joues et son menton, lui donnant l'aspect d'un bandit de grand chemin.

– Menez-moi aux bains, dit-il au jeune serviteur qui vint le prendre par le bras et le soutint jusqu'à une petite pièce qui se trouvait au bout d'un long couloir.

La salle d'ablution du château était astucieusement attenante aux fournils. Une citerne accolée au conduit de la cheminée permettait à l'eau de chauffer continuellement tout en économisant le bois.

Au centre de la pièce se trouvait un bassin de marbre carré, où Raffanel et Kuz avaient déjà pris place, barbotant dans l'eau chaude et parfumée. Le géant riait bruyamment, tandis qu'un serviteur lui frottait le dos avec une brosse de crin. On avait posé sur le bord du bassin une écuelle remplie d'eau chaude afin que les gnomes pussent également faire leurs ablutions sans risquer la noyade. À l'écart, un barbier étalait son matériel sur une console en attendant qu'un des hommes vienne prendre place sur la chaise qui lui faisait face.

Darien salua la compagnie d'un sourire avant d'entrer lui aussi dans l'eau, simplement vêtu d'un court pagne de toile écrue, comme l'étaient tous les autres. Il regretta que Téjédor ne se joigne pas à eux, cependant il n'ignorait pas que les Elfes méprisaient les plaisirs des bains chauds si chers aux Hommes. Les belles gens préféraient la fraîcheur et la solitude des torrents de montagne, bercés par le murmure de l'onde courant sur les rochers puis se laisser sécher à la brise sur la mousse épaisse d'un sous-bois.

Un instant après le prince, Bergon ouvrit la porte et resta coi un instant en constatant que les bains étaient déjà si fréquentés.

– Issalis nous rejoindra-t-elle ? demanda-t-il à son cousin, un sourire narquois sur les lèvres.

– Comme tu le sais, les femmes ne partagent pas le bain des hommes, répondit Darien, légèrement rougissant. Les dames de la cour viendront après nous.

Bergon ricana.

– Quel dommage, j'aurais bien goûté les joies du bain avec elle.

Blarel poussa une exclamation offusquée, mais fut interrompu par l'entrée de Jin le Rouge. Le sourire de Bergon s'effaça immédiatement.

– Tu disais ? demanda Darien avec un sourire en coin.

Son cousin l'ignora, observant le père de la jeune femme. Jin avait peu parlé depuis qu'il avait recouvré son apparence, hormis à ses filles et à Raffanel, son père. Il parut mal à l'aise en avisant le nombre d'hommes déjà présents autour du bassin, cependant le prince lui fit un signe amical et l'invita à se joindre à eux.

– Nous étions en train d'évoquer la beauté de votre fille aînée, lui dit poliment Blarel pour rompre le silence gêné qui avait suivi son entrée.

– Ne songez-vous pas à la marier, maintenant que vous êtes de retour pour exercer votre autorité ? demanda Kuz de sa voix caverneuse.

Le géant prenait tant de place, assis sur la marche de pierre, que Raffanel se tenait recroquevillé dans l'angle du bassin. Le vieillard le repoussait parfois du coude en lui jetant des regards irrités, pour autant l'autre ne semblait pas s'en apercevoir.

– Je la retrouve à peine et vous voulez déjà me l'enlever ? répondit Jin d'une voix mélancolique. Elle a grandi sans moi et est trop libre pour que je décide à sa place. Elle choisira elle-même celui qu'elle jugera digne d'elle.

– Toutefois, ajouta-t-il en dardant sur Bergon un regard inquisiteur, puisque vous me posez la question, certaines traditions sont respectables. Aussi, j'attends de son prétendant qu'il vienne me demander la main de ma fille avant de convoler avec elle.

– Vous vous méprenez, je crois, répondit le blond jeune homme avec un petit sourire en constatant que Jin s'adressait tout particulièrement à lui. Je n'épouse personne, moi, il y aurait bien trop de femmes désespérées pour une seule comblée ! Je laisse les projets de mariage à mon royal cousin.

Comme Jin fronçait les sourcils en préparant une réponse cinglante, Darien les interrompit, le rose montant malgré lui à ses joues.

– Rassurez-vous, Bergon n'est pas le prétendant d'Issalis. Je nourris l'espoir d'être celui qui viendra un jour prochain vous demander sa main, si toutefois elle partage mes sentiments.

Jin regarda le prince, à la fois surpris et gêné de l'avoir poussé à faire malgré lui aveu de ses sentiments devant tous ses compagnons. Il lui sourit avec la bienveillance d'un père.

– Et ce sera un honneur pour moi d'accepter, Sire.

Voir ma fille unie avec le futur roi de Blangerval ferait bien évidemment mon bonheur. Toutefois si elle ne souhaite pas devenir votre reine, je ne l'y contraindrai pas. Toutes les filles devraient d'ailleurs jouir de cette liberté, Sire. J'ai vu trop de fillettes données à des vieillards, de femmes battues ou affamées par de mauvais maris, vendues par leur père contre un lopin de terre.

– Vous dites vrai, Jin. Aucune femme ne devrait être mariée de force, et si Issalis me refuse le mariage, je respecterai son choix. La condition des femmes est un sujet auquel je compte m'attaquer peu après mon couronnement. Les Gnomes m'ont exposé le fonctionnement de leur société, qui me semble bien plus juste que la nôtre envers le beau sexe. Mais ne me nommez pas Sire, je vous en prie. Je ne suis pas le sire de mes amis, et j'espère vous compter parmi ceux-là.

Jin parut flatté et sourit en acquiesçant.

– Allons, s'écria gaiement Darien. Il est temps de sortir du bain, ne faisons pas attendre davantage ces dames.

Tous sortirent de l'eau en s'ébrouant dans un grand bruit d'éclaboussures, tandis que des serviteurs les enroulaient dans des linges de drap blanc et frictionnaient vigoureusement leurs corps pour les sécher. Jin le Rouge tendit la main au prince pour l'aider à se tirer du bassin. Il remarqua alors que Darien avait de nombreuses estafilades sur les bras. Son torse était enflé et violacé sur tout le côté.

Raffanel, qui patientait dans un coin, retint le prince, laissant les compagnons quitter la salle derrière leur serviteur. Lorsque tous furent sortis, il lui proposa d'enduire son buste d'un baume gras qu'il avait lui-même fabriqué.

Le vieil homme expliqua qu'il s'agissait d'un mélange de suif de porc et de plantes sauvages, auquel il avait ajouté le sang d'une corneille, séché vingt-trois jours au coin du feu dans un pot de terre. Ce baume ne quittait jamais Raffanel, à l'abri dans une petite boîte de bois tapissée de cuir pour garantir son étanchéité. Il l'avait utilisé sur son visage pendant la traversée, et si son arcade sourcilière restait enfoncée à jamais, les ecchymoses de son visage avaient déjà presque disparu.

L'onguent avait de prime abord une odeur désagréable de graisse rance qui se dissipa rapidement au contact de la peau de Darien, chauffée par les mains calleuses de Raffanel.

– Les côtes ne sont pas ressoudées, l'avertit le vieillard. Téjédor vous fera un bandage serré afin que vos mouvements ne ralentissent pas leur cicatrisation. Toutefois l'onguent annihilera la douleur. Sans aller jusqu'à vous battre, monter à cheval ou toute autre ânerie de cet acabit qu'affectionnent les hommes jeunes, vous pourrez presque vous mouvoir comme si vous étiez en parfaite santé. Je suis navré de ne pas vous l'avoir proposé auparavant, ajouta le vieillard, un sourire fugace passant sur ses lèvres fines, cependant la valeur d'un homme se mesure aussi à son aptitude à affronter la douleur et la déchéance physique.

– Ai-je triomphé de cette épreuve à vos yeux ? demanda le prince, sans malice.

– Assurément, répondit chaleureusement Raffanel. Téjédor me l'avait assuré, et je suis maintenant également convaincu de vos capacités. Votre courage et votre abnégation feront de vous un très bon roi pour le royaume de Blangerval !

Darien ne se sentit nullement offensé d'avoir été éprouvé par le vieil homme. Raffanel et Téjédor étaient à ses yeux deux êtres d'une grande sagesse. Savoir que tous deux le jugeaient digne de la royauté lui redonna confiance en lui.

Une fois lavé et rasé, Darien s'en fut dans sa chambre sans que ce déplacement nécessite le soutien de quelque personne. Le baume magique faisait déjà son effet. Il tressa lui-même sa chevelure brune et ceignit son front d'un lacet de cuir rappelant son appartenance à la famille royale, avant de revêtir des vêtements plus luxueux que ceux auxquels il s'était habitué pendant son exil en Terre d'Escalon. Son serviteur l'aida à lacer par-dessus ses braies noires une tunique courte bleu ardoise taillée dans un tissu souple aux reflets moirés.

Il lui restait encore à accomplir une dernière tâche avant de se rendre dans la grande salle du trône où les attendait le souper.

Le prince suivit un long couloir sombre avant de s'engager dans un escalier étroit et descendit de trois niveaux pour se trouver devant une lourde grille de fer. Il ouvrit la herse grâce à une petite clé qu'il avait emportée avec lui et entra dans la crypte sombre qui faisait office de salle du trésor.

Son père Darleon et son grand-père Darmin avant lui y avaient entreposé les richesses de la dynastie royale : de l'or prélevé grâce aux impôts, des objets précieux et des bijoux issus du commerce avec de lointains royaumes ou de butin d'anciennes guerres.

Darien était venu chercher quelque chose de bien précis, un objet qu'il enfouit dans sa poche avant de refermer la grille pour se rendre auprès de ses hôtes.

# XVIII

En haut des marches du grand escalier, Darien retrouva Bergon qui s'apprêtait lui aussi à descendre pour se rendre dans la salle du trône. Le prince sourit en constatant que son cousin avait poussé le raffinement jusqu'à piquer quelques fleurs dans les tresses de sa barbe.

– Pour qui, tant d'élégance ?

– Il faut toujours se tenir prêt, répondit Bergon. Qui sait qui le destin s'apprête à mettre sur ma route ? Et puis, je dois bien avouer que je me préfère ainsi, coiffé et sentant les huiles parfumées plutôt que le crottin de cheval. Mais, dis-moi, cousin, par quel miracle as-tu cessé de boiter et de gémir ?

– C'est un autre tour de Raffanel. Mes douleurs ont disparu et je pourrais presque danser, dit Darien en riant.

– Vas-tu danser ce soir ? demanda Bergon, avec un sourire espiègle.

Les joues du prince se colorèrent imperceptiblement.

– Nous sommes tous épuisés. Je ne sais si quiconque aura l'énergie de danser.

Au rez-de-chaussée, la table avait été dressée pour une trentaine de convives. Au lieu de se faire servir le dîner dans leurs appartements comme ils en avaient l'habitude, les proches de la famille royale qui vivaient au palais étaient descendus pour célébrer le retour du prince.

Outre le seigneur Berlean, il y avait là sa sœur aînée, la dame Andelys, ainsi que leurs familles respectives, époux, enfants et petits-enfants.

La dame Nassandre, sœur de la reine, avait quant à elle choisi de demeurer auprès de Kerdélaïde, contrainte à rester dans ses appartements à perpétuité, selon la sentence du prince. Nassandre était une femme d'un âge avancé qui avait vécu au palais depuis que sa cadette avait épousé le roi. Elle était veuve d'un seigneur tombé au cours de l'une des dernières campagnes de Darleon, tué par un tir de baliste. Ses trois filles étaient elles aussi devenues dames de compagnie de la reine dès leur seizième année. Malgré son amour profond pour Darien, Nassandre ne souhaitait plus reparaître devant la famille royale, estimant qu'il était de son devoir de partager le déshonneur de sa sœur.

Les autres dames attendues au dîner étaient les belles-sœurs et les nièces de Darleon. Toutes avaient été dames de parage de la reine, de la même manière que les oncles et cousins du prince deviendraient conseillers de Darien après son couronnement. S'ajouteraient à eux quelques autres que le roi choisirait lui-même pour leur valeur. Il espérait être plus lucide que son père qui s'était laissé illusionner par Darakchan et avait fait de lui son principal ministre.

Les convives devisaient debout au fond de la salle lorsqu'on annonça l'entrée du prince. Tous se tournèrent pour dévisager celui qui avait si mystérieusement disparu depuis quelques mois et qui revenait maintenant que le roi était mort et Darakchan parti.

Bien que membres de sa famille et le connaissant depuis l'enfance, la plupart des personnes présentes restaient sur leurs gardes, ne sachant pas trop ce que Darien allait faire de ses nouvelles responsabilités. Nul n'ignorait que l'accession au pouvoir pouvait parfois métamorphoser les hommes.

Le jeune homme entra en souriant, en compagnie de son cousin Bergon.

À son passage, Valayer se leva et croisa le regard du prince, les yeux encore rougis par les pleurs. Darien lui prit les mains et les serra fort dans les siennes. À sa douleur s'ajoutait la pitié qu'il ressentait pour cet homme, cet ami, qui subissait une si lourde perte. Malgré la joie du retour, les compagnons garderaient le cœur serré au souvenir de leur frère d'armes Tréglamus.

Darien salua ensuite tous les convives, avec une parole et un sourire pour chacun, posant ses mains sur les épaules ou donnant des accolades aux plus proches. Il était de retour et espérait vivement que chacun aurait à s'en réjouir.

Il regarda autour de lui, cependant il ne vit nulle part Lalaï et Issalis. La plupart des jeunes dames n'avaient d'ailleurs pas encore paru.

Chacun avait pris place à table quand elles entrèrent enfin en riant. Lorsqu'elles constatèrent que tous étaient déjà assis, elles se turent brusquement et saluèrent l'assemblée d'une brève révérence. Les hommes dévisageaient avec une curiosité non dissimulée les deux nouvelles venues à la chevelure si flamboyante. Cette teinte rouge cuivrée ne passait pas inaperçue au milieu des brunes et des blondes.

Les dames avaient revêtu Lalaï d'une robe d'un bleu vif, et tressé ses cheveux en deux nattes enroulées en macaron sur les côtés de sa tête. Elle adressa un sourire radieux à Raffanel avant d'aller prendre place auprès de son père. Autour des tables disposées en U, chaque femme vint se placer aux côtés d'un homme.

Darien espérait vivement qu'Issalis serait assise auprès de lui. Son estomac s'était noué en apercevant la jeune femme. Elle était si belle dans ce bliaud pourpre lacé qui soulignait sa silhouette élancée, ses cheveux ondulant librement dans son dos, à peine disciplinés par un bandeau de cuir souple brodé de perles irisées d'un vert sombre. Plusieurs des jeunes cousins du prince ne quittaient plus la jeune femme des yeux depuis son entrée. Darien en éprouva une vive jalousie, encore accrue lorsqu'une des filles de Nassandre vint prendre la place restée libre à côté de lui, obligeant Issalis à aller s'asseoir entre Raffanel et le seigneur Berlean. La voisine de table du prince était charmante, la peau claire et les cheveux blonds. Elle battait constamment des cils pour attirer le regard de Darien.

Deux servantes vinrent porter l'aiguière et le cuveau afin que les convives se lavent les mains puis l'on apporta les premiers plats. Bergon était sollicité de toutes parts et son père insista pour qu'il fît le récit de leurs aventures. Le jeune homme se mit debout et raconta avec force détails comment une excursion sur les pentes du volcan, prescrite par Valayer le maître d'arme du prince, les avait préservés de l'influence néfaste du sorcier à son arrivée à la cour ; comment Téjédor avait prévenu les compagnons de se méfier du pouvoir de la roue harmonique, comment les cinq hommes et l'elfe, impuissants face à la montée de Darakchan avaient fui le palais, comment ils avaient survécu en Terre d'Escalon et comment ils avaient combattu au cercle de Couët Krann.

Bergon avait un don de conteur indéniable et l'assistance demeurait suspendue à ses lèvres. Les femmes poussèrent de petits cris d'effroi lorsqu'il évoqua le dragon et la bataille contre les soldats du roi.

Il s'arrêtait par instant pour vider son gobelet d'hypocras d'un trait, laissant à dessein ses auditeurs en haleine à un moment crucial.

Arriva enfin la scène du combat du prince avec

Darakchan et la façon dont Darien avait sauvé la vertu d'Issalis. Les femmes soupirèrent de soulagement, émues par le romantisme de la situation. Tout cela était si conforme à l'idée qu'elles se faisaient de l'amour et de l'homme idéal, protecteur et brave.

La fin du récit fut applaudie avec force et Bergon salua bien bas comme un comédien, la main sur le cœur.

Le reste du dîner sembla bien long à Darien qui peinait à se concentrer sur les badinages de sa jeune voisine de table. Il garnissait distraitement son tranchoir, omettant de répondre à ses questions, si bien qu'elle finit par se lasser de son silence et se tourna de l'autre côté pour converser avec Bergon, qui sembla plus que séduit par ses yeux noirs et son petit nez mutin.

Le jeune prince finit par ne plus parler à personne, se languissant de la fin du banquet. Il avait ordonné au sénéchal un simple souper, pourtant les serviteurs ne cessaient d'apporter sur les tables des plats remplis de volailles rôties, de salmis d'étourneaux, de pâtés savoureux et de brouets fumants. On fit venir des musiciens pour égayer encore les esprits et fêter le retour du prince.

Darien épiait constamment Issalis en pleine conversation avec son voisin, le seigneur Berlean qui la couvait du regard.

À leur droite, Kuz revenait sur l'épisode du combat contre les gobelins avec force de gestes. Sa voix couvrait presque la musique et il manqua de renverser la table en se levant brusquement. Sa voisine poussa un cri strident quand le vin se répandit sur son bliaud jaune en une large tache violacée et le géant se rassit prestement d'un air penaud.

En raison de leur petite taille, les gnomes avaient été installés sur la nappe, face à dame Andelys. Les enfants avaient poussé des cris de joie en les remarquant :

– Des lutins ! Des lutins ! s'exclamaient-ils, provoquant la colère de Lacerte.

Faroux prit son air le plus pédagogue et passa tout le repas à expliquer à ces petits d'Hommes ce qu'étaient les Gnomes, leurs particularismes et les coutumes de leur peuple, ravi d'avoir trouvé un auditoire aussi enthousiaste.

Enfin, après les fruits et les dragées, le prince essuya ses mains sur la nappe et se leva, bientôt imité par tous les convives. Il fit tomber les miettes de sa tunique et, se faufilant entre les gens, se rapprocha imperceptiblement d'Issalis, que son oncle retenait encore, la questionnant sur ses origines et les circonstances de sa rencontre avec Darakchan.

Darien écouta poliment leur conversation pendant un moment, puis n'y tenant plus, il dit à Berlean d'un ton badin :

– Jin, l'homme aux cheveux rouges que vous voyez là-bas est le père d'Issalis.

– Vraiment ? répondit poliment Berlean.

– Oui. Et me croirez-vous si je vous disais qu'il y a quelques jours encore, Jin était un ours à cause d'un maléfice que lui avait jeté Darakchan ?

– Vraiment ? demanda encore Berlean, son intérêt tout à coup éveillé par l'étrange homme aux cheveux rouges.

– Oui. Et il a vécu sous cette forme animale durant plus de dix ans, tout en conservant sa conscience d'Homme !

– Vraiment ? fit encore l'oncle du prince, les yeux brillants d'intérêt. Tout cela est si passionnant !

Et après avoir salué Issalis, il se dirigea avec empressement vers Jin le Rouge afin d'assouvir sa curiosité.

– C'était peu charitable de votre part ! fit remarquer la jeune femme, un petit sourire sur les lèvres. Je ne sais si mon père sera ravi d'évoquer sa vie d'ours avec votre oncle.

– J'espère qu'il me pardonnera cette traîtrise, répondit Darien, toutefois je devais trouver un prétexte pour l'éloigner de vous. Cela m'a semblé le banquet le plus long auquel j'ai jamais assisté.

Le sourire d'Issalis s'élargit.

– Vraiment ? demanda-t-elle en imitant le ton qu'avait pris Berlean un instant plus tôt.

Darien pouffa de rire et plusieurs personnes se retournèrent avec curiosité. Le prince ne parut pas remarquer qu'on les observait lorsqu'il saisit la main d'Issalis.

– Vous êtes si belle ce soir !

Elle baissa les yeux avec pudeur, mais se ravisa aussitôt et darda sur lui ses yeux noisette.

– Ce n'est qu'un costume. Je ne suis qu'une villageoise, vous vous souvenez ?

Il la regarda et lui sourit.

– Je ne parlais pas de vos atours. Ne soyez pas impressionnée par tout ceci. Je suis toujours Alram. Le déserteur à qui vous avez plu dès qu'il a posé les yeux sur vous, alors que vous étiez aux prises avec un dragon.

Il sembla hésiter avant d'ajouter :

– Je nourrissais l'espoir de vous avoir inspiré quelques sentiments.

– Bien entendu, murmura-t-elle en serrant plus fort sa main. Je ne suis simplement pas certaine d'être digne de vous.

Le prince parut déconcerté.

– Pas digne ? Qui mieux que vous pourrait l'être ?

À quelques mètres de distance d'eux, Jin était aux prises avec Berlean dont il ne parvenait pas à se débarrasser. Pourtant, le père d'Issalis ne cessait de jeter des regards inquiets vers les deux jeunes gens. Quand le prince avait saisi la main d'Issalis, Jin avait été assailli par des sentiments contradictoires. Il était heureux que sa fille soit aimée de Darien. C'était un grand honneur. Et à la fois, il en éprouvait une pointe de jalousie.

– On dirait bien que votre fille a choisi son parti, dit une voix douce derrière lui.

Il se tourna pour dévisager Téjédor qui observait le jeune couple, un léger sourire au coin des lèvres. Jin regarda à nouveau sa fille et Darien qui se dévoraient des yeux en se parlant, comme si plus personne n'existait autour d'eux.

– N'ayez aucune crainte, reprit l'elfe. Darien possède une âme noble et un cœur pur.

– Je ne crains pas pour l'avenir d'Issalis, mais très égoïstement pour le mien. Je serai fier de la voir s'unir au futur roi de Blangerval, cependant j'avais espéré profiter un peu de ma fille après toutes ces années perdues.

– Il vous reste Lalaï, répondit Téjédor en désignant la fillette, en grande discussion avec une enfant brune qui devait être âgée d'une ou deux années de plus qu'elle.

– Oui, répondit Jin en riant. Pourtant très vite, son sourire se mua en un rictus figé. Il poursuivit :

– Lalaï… Elle sera seule à nouveau lorsque je redeviendrai un ours. Bientôt.

– Ne vous torturez pas. Vous redeviendrez un ours, toutefois les derniers évènements nous prouvent que cela n'est pas immuable. Et même lorsque vous serez à nouveau un animal, elles ne vous abandonneront pas. Leur futur à toutes deux s'annonce radieux, et le vôtre peut encore changer.

Jin posa sa main sur l'épaule de Téjédor.

– Vous êtes l'Elfe le plus optimiste qu'il m'ait été donné de rencontrer.

– C'est tout à fait vrai, s'écria Faroux qui se tenait debout sur la table la plus proche, ses deux frères à ses côtés.

– Que vous êtes un Elfe optimiste d'une part, ajouta Lacerte, mais aussi que ces filles sont promises à un grand avenir. Issalis fera une très grande reine !

– Elle ne s'est pas encore mariée, le coupa Blarel.

Ses yeux étaient rouges et il reniflait bruyamment par instant, en pestant contre la nourriture trop épicée des Hommes.

– Pas encore, dit Lacerte en jetant un coup d'œil sur Darien et Issalis. Cependant je n'ai aucun doute sur les intentions de ces deux-là.

Blarel se renfrogna sans qu'aucun de ses deux frères ne semble s'en apercevoir.

– Quant à Lalaï, continuait Faroux, elle conservera la roue harmonique qui lui revient de droit par sa mère. Cette enfant porte en elle l'espoir pour toutes les femmes de ce royaume, et sans doute même au-delà.

– Elle aura la lourde tâche de relancer le culte de la déesse Brocca, commença Téjédor. Et…

Il ne put terminer sa phrase.

– C'est cela, le coupa grossièrement Faroux. Je me souviens d'une autre prophétie sur la renaissance de cette déesse qui entraînera des mutations importantes dans les usages des Hommes. Il se pourrait qu'un jour les femmes soient considérées comme les égales de leurs maris.

– Qu'est-ce que tu racontes ? demanda Lacerte, quelque peu incrédule. Te rends-tu compte du nombre de générations qu'il a fallu aux Gnomes pour assimiler cette évidence ? Les Hommes sont jeunes. Il leur faudra longtemps avant de comprendre.

– Balivernes ! Le mouvement est déjà en marche,

rétorqua Faroux. Après que Darakchan ait aboli le culte de la déesse et qu'il ait promulgué ses nouvelles lois si injustes à l'encontre des femmes, elles ont perdu la place qu'elles occupaient, elles ont été soumises aux hommes en perdant leurs droits fondamentaux.

– *Du déséquilibre naît le chaos*, déclama doctement Blarel.

– Oui, s'enthousiasma Faroux, c'est bien le début de cette prophétie. Tu la connais donc toi aussi ?

– Je ne me rappelle plus les mots exacts, il existe tellement de prophéties et elles sont toujours si obscures, répondit Blarel. Celle-ci annonce que la détentrice de l'harmonie…

– C'est celle qui possède la roue, commenta Faroux comme s'il s'adressait à des enfants.

Blarel lui lança un regard noir avant de poursuivre.

– Oui, eh bien, celle-là engendrera une lignée de filles qui ramèneront l'équilibre chez les Hommes.

– L'équilibre entre les hommes et les femmes, crut bon de préciser Faroux.

– La paix des ménages, ajouta Lacerte en s'étranglant de rire sous les regards désapprobateurs de ses frères.

Jin contempla sa petite fille. Elle jouait maintenant avec plusieurs enfants. Ils chantaient une comptine entraînante en se tapant dans les mains, la gauche puis la droite, puis les deux, et enfin, chacun faisait un tour sur lui-même en riant.

– Mais Lalaï n'est qu'une enfant !

– Une enfant tout à fait exceptionnelle, dit doucement Téjédor. Elle a suivi Raffanel sans jamais se plaindre ni se retourner sur ce qu'elle laissait derrière elle. Elle a surtout affronté et mis en fuite Darakchan, alors même qu'il était craint par bien des hommes adultes.

– Et elle sera peut-être amenée à le faire à nouveau, renchérit Faroux.

Le gnome avait cru bon d'ajouter cette remarque, plus parce qu'il ne voulait pas laisser le dernier mot à l'elfe que parce qu'il était réellement convaincu que Lalaï retrouve un jour Darakchan sur sa route. Pourtant ces paroles firent frissonner Jin le Rouge.

Téjédor remarqua son trouble et tenta de le rassurer :

– Lalaï pourra toujours compter sur le soutien de sa sœur lorsque le maléfice aura repris son pouvoir sur vous. Et je pense qu'il est bon que Raffanel reste auprès d'elle et lui transmette son savoir. Même une fois redevenu ours, vous serez là pour veiller sur elle.

Jin considéra l'elfe un moment avant de réaliser.

– Vous allez partir vous aussi, n'est-ce pas ?

– Je le dois. Je ne suis qu'un ambassadeur. Je suis tenu d'informer le Conseil des Elfes du retour du prince héritier et de la défaite du sorcier. Cependant je ne serai pas absent pour longtemps, car Darien est mon ami et il aura sans doute besoin de moi à ses côtés pour rétablir l'ordre dans le royaume.

– Nous aussi, nous allons bientôt vous quitter, dit Faroux. Mais par la voie des airs cette fois-ci ! Le voyage serait trop long autrement.

– Oui, quelle excellente idée ! s'écria Lacerte. Profitons de la migration des oies sauvages. Elle devrait se produire dans une trentaine de jours.

– Et ainsi, nous pourrons assister au couronnement du prince Darien avant notre départ, reprit Faroux.

– Y serez-vous Téjédor ?

– Assurément. Je quitterai l'île juste après. Darien deviendra un grand souverain et le royaume…

L'elfe fut à nouveau interrompu au milieu de sa phrase.

Valayer s'était emparé de son instrument et avait

entonné un air traditionnel de la cité d'Arlix. D'autres musiciens les rejoignirent et se mirent à taper des pieds en cadence.

Les hommes saisirent une cavalière par la main et les entraînèrent dans un quadrille endiablé. Bergon profitait des moments où les danseurs se croisaient pour frôler de la main les hanches de la jeune femme blonde, qui gloussait de bonheur. Kuz marquait le rythme en tapant dans ses énormes mains, faisant plus de bruit que s'il y avait eu un tambourin dans la pièce. Les enfants faisaient la ronde en riant, tandis qu'un petit roquet noir bondissait autour d'eux en jappant joyeusement.

Malgré les pertes dans leurs rangs, malgré les sacrifices, malgré la menace que Darakchan laissait planer sur leurs existences, ce soir, ils étaient heureux.

Le malheur avait passé et l'espoir renaissait. Ils dansèrent pour fêter le retour du prince, pour conjurer l'obscurantisme d'hier et accueillir les lendemains radieux que leur promettait l'évincement du sorcier.

Darien profita du fait que tous étaient occupés à danser pour entraîner Issalis dans l'escalier.

– Nous ne dansons pas ? demanda la jeune femme.

– Pas ce soir, chuchota le prince, mes blessures me l'interdisent.

Il l'emmena sur la terrasse au sommet de la tour centrale du palais. L'air était doux, l'automne n'était pas encore parvenu jusqu'à eux. Deux lunes éclairaient le ciel et la ville endormie à leurs pieds. Ils contemplèrent un moment l'enchevêtrement de rues silencieuses et au-delà, le port qui s'ouvrait sur la mer.

– Issalis, j'ai quelque chose pour toi.

Elle le regarda d'un air interrogateur.

Darien enfouit sa main dans sa poche et en sortit un bijou qu'il attacha délicatement autour du poignet de la jeune femme. C'était un bracelet de bronze aux reflets dorés, fait d'entrelacs de métal tressé au creux desquels étaient sertis des éclats de nacre verte.

– Il est magnifique, murmura Issalis.

Le prince sourit de la voir si émue. Il caressa ses cheveux et se rapprocha d'elle.

Elle sentait bon, un mélange de violettes et de myrrhe.

Souriante, elle enroula ses bras autour de son cou et leva les yeux vers lui. Elle se sentit happée par son regard bleu aux reflets métalliques. Darien déposa un baiser délicat sur son front.

– Tu es digne d'une reine, murmura-t-il.

Leurs deux cœurs battaient fort dans leurs jeunes poitrines. Il respira un instant le parfum délicat de ses cheveux flamboyants et sa main vint caresser la peau veloutée de sa joue.

Issalis se dressa sur la pointe des pieds pour poser ses lèvres sur celles de Darien en un baiser timide, qu'il lui rendit en la serrant plus fort contre lui.

Elle ferma les yeux, ressentant chaque caresse comme une onde électrique qui remontait le long de sa colonne vertébrale pour faire frémir son cuir chevelu et enflammer sa peau.

De doux, leurs baisers devinrent plus fougueux, leurs bouches emmêlées dans une étrange lutte, leurs mains montant à l'assaut de leurs corps palpitants.

Darien et Issalis s'enlacèrent à la faveur de la nuit, leurs cœurs battant à l'unisson sous le ciel étoilé.

Tome 1 – Le Cercle de Couët Krann

## Remerciements

Je remercie ma mère, relectrice attentive de la première heure, et tatie Pounette qui me donna un jour une valise pleine de livres. Merci pour leurs encouragements.

Je remercie également Florence, mon éditrice, pour sa confiance et ses conseils.

Tome 1 – Le Cercle de Couët Krann

## Marathon Editions

La maison d'édition a pour objectif de publier des livres à destination des ados et des jeunes adultes.

Nos ouvrages sont réalisés avec le plus grand soin dans le souci de satisfaire les lecteurs.

Si toutefois vous remarquez une erreur quelconque, n'hésitez pas à nous la communiquer par mail (marathoneditions@gmail.com) afin que nous puissions la corriger.

**Questions aux auteurs :**

Si vous désirez poser une question à un de nos auteurs sur son livre, écrivez-la-nous par mail ou sur nos réseaux sociaux. Nous vous répondrons avec plaisir.

Retrouvez notre catalogue sur notre site Internet : www.marathoneditions.fr

MARATHON EDITIONS

*La collection Marathon Editions propose des livres relevant de la littérature de l'Imaginaire.*

*La collection Marathon Noir propose des livres relevant de la littérature noire.*

Achevé d'imprimer en février 2022
par l'Imprimerie Maury S.A.S. à Millau (12)
N° d'impression : B22/70711R

*Imprimé en France*